凉斯州文

A Discovery Journey

Through Liangzhou Civilization

徐兆寿 著

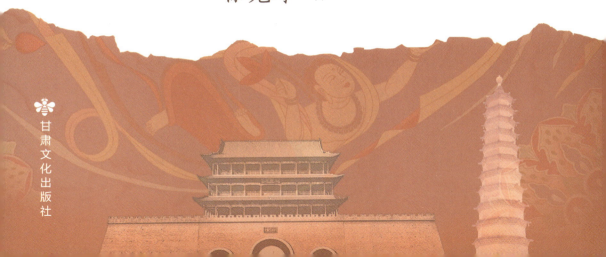

甘肃文化出版社

图书在版编目（ＣＩＰ）数据

斯文凉州 / 徐兆寿著. -- 兰州 : 甘肃文化出版社,
2023.7
ISBN 978-7-5490-2694-4

Ⅰ．①斯… Ⅱ．①徐… Ⅲ．①散文集－中国－当代
Ⅳ．①I267

中国国家版本馆CIP数据核字(2023)第106079号

斯文凉州

徐兆寿 | 著

责任编辑 | 张莎莎
责任校对 | 朱翔宇
封面设计 | 马吉庆

出版发行 | 甘肃文化出版社
网　　址 | http://www.gswenhua.cn
投稿邮箱 | gswenhuapress@163.com
地　　址 | 兰州市城关区曹家巷 1 号 | 730030（邮编）

- -

营销中心 | 贾　莉　王　俊
电　　话 | 0931-2131306

- -

印　　刷 | 兰州银声印务有限公司
开　　本 | 787 毫米 ×1092 毫米 1/16
字　　数 | 350 千
印　　张 | 26.75
版　　次 | 2023 年 7 月第 1 版
印　　次 | 2023 年 7 月第 1 次
书　　号 | ISBN 978-7-5490-2694-4
定　　价 | 98.00 元

序一

 还乡是建设一个新的故乡

2019年春，我接受了故乡凉州委派给我的一项任务，做50集短视频。最后做了190集《话说五凉》，在甘肃文旅网络电视台播放，目前的观看量早过7亿人次了。同时还做了英文版。根据这些视频中的录音，我的硕士生们将其整理成文字。我虽不满意，因为它看上去不像是我的文风，修辞各方面有些粗糙了，但作为一本大众传播性的读物，倒是很好。因为它里面有生活化的口语，散文味足。后来，我又加了一些内容，主要是图片和与其相关的文字，将我体验到的凉州人的生活场景和民俗文化置入其中，使其更文学化。我相信这样读下来，一个文化凉州就可以大致有了，故而将其命名为《斯文凉州》。

在此要特别说明的是，在我讲解五凉文化的过程中，我特别强调文化凉州，将凉州在文化形态和美学气质上进行了一些文学化的理解，有些朋友和学者向我表达了不同的观点。我知道，做历史的学者和朋友肯定将凉州历史数据化了，或者说硬化了。我也同意这些客观的梳理与分析，但我还想在此基础上进行一些建构，而这种建构往往超越了历史知识，成为一种心理的印象式的泛化的文学理解。比如，我们讲江南文化时，并不清楚江南指哪个特定的地方，但我们心里是有江南形象的。凉州也一样，在边塞诗中，诗人们把凉州也诗化了，泛化了，重新建构了。事实上，在唐之前，"凉州"与"河西"两个概念长时期地保持了它的共通性，尤其是五凉时期。在唐之后，凉州虽然在行政区化上小了，但它在河西的文化中心地位仍然保持着。所以，我想做一点努力，使凉州文化成为一种与江南文化、关中文化、岭南文化、齐鲁文化、中原文化等并列的文化现象。这不仅仅是我的妄求，事实上从五凉以来就一直有人努力着。

三年前，我曾经对我这样一种做法充满了兴奋，在我看来，生活在凉州的人们需要翻几页这本书，可以重新认识凉州与自己，而来凉州与河西的人们，看到这本书，一定会成为最好的导游。三年后的今天，我便知道，每一本书都像一个人，有它的前世今生，也有它的未来。祝它有个好前程！

徐兆寿

2023 年 6 月

序二

 被想象的凉州文化

　　江南，我们已经把它文化化了，我们说到江南的时候，实际上不清楚指的是哪个地方，但是一定会有中心，有可能指的是苏州，有可能是杭州，特别是北方人觉得南京肯定也是。实际上早期的江南指的是杭州和苏州，这有想象在里面。北方人想象南方是这样，那么南方人想象的凉州也是一样的，它很大，不是指一个很小的地方，只是说那个地方是中心，那个时候的武威就是行政区划的一个中心点。但是凉州非常大，它已经构成了美学文化上的一种意象，它不是单纯的行政区域的凉州。并且我觉得武威人深厚的文化底蕴是落在方方面面的。我记得有一次去吃"张凉面"，就听他们讲张凉面的故事，说以前旧社会的人们生活普遍比较辛苦，就有很多人拿家中从地里面挖出来的古董之类的东西去换他家的面吃。新中国成立后，张凉面的老板就把收集的那些古董全部捐到博物馆了。我当时就觉得武威到处都有文化瑰宝，也到处都是有文化人的。武威自觉地形成了文化以后，大家会尊重这样一种传统，同时也是继承这种传统。我去过很多地方，西北的西安当然文化底蕴很深，西安以西的文化底蕴，可能你去以后也会感觉到非常深厚。

今天把敦煌放大，实际上敦煌最重要的就是有个莫高窟，这不是散落在日常生活中的一种文化景象。它是一种我们想象中的文化，但是武威的文化是日常的。

　　古代的东西仍然在今天随处可见，可以发现今天的东西它一定能联系到古代。走到武威街头，走两步，有鸠摩罗什寺；再走两步，有雷台汉墓，老百姓日常上街都能够看到这些文化景象。现在我们开着车走一会，到白塔寺之后，登临天梯山石窟。所以这样一种文化景象，它就构成了一种文化——凉州文化。

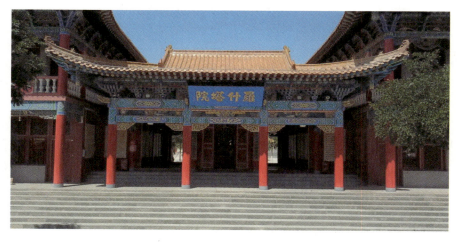

位于武威市北街的鸠摩罗什寺

　　八岁左右，父亲拉着一个架子车，带我去了城里。在一个城里人用的公共厕所里，父亲挥汗如雨地把城里人的粪便往架子车上装。那时，城市里的公共粪池旁，都有一个专门的人在管理，在往粪池里填土。那时没有化学肥料，城里人的粪便可以拉到乡下，撒到大地上，养育庄稼，庄稼收成后被磨成面粉，运到城里再养育城里人。这是一个生态系统。乡下人没觉得那粪便有多脏，但味道还是很臭。我站在粪池边，捂住鼻子抬起头想抽空呼吸一些新鲜空气，便看见了一座古塔。那座古塔斑斑驳驳，上面到处都是白色的鸽粪，有几只鸽子正停在上面。鸽粪使古塔显得更古老，但也突然间与当下融为一体。我问父亲，那是什么？父亲说，罗什塔。我又问，罗什塔是什么？父亲一边挖粪便，一边不耐烦地说，谁知道呢？我便不敢再问，但因为这疑问，那座塔便一直矗立在我的世界里，静静地寻找答案。直到我快四十岁时，才重新认识了这座塔和塔的主人，便写下《鸠摩罗什》这部长篇小说。我也才意识到八岁时看见的情景便是鸠摩罗什一直说自己的"身在污泥里，但心似莲花"。

　　北关十字东侧，雷台汉墓。天马是后来发现的文物，其实以前主要是雷台观，是道教的办公场所。1990年以前，我从未进过这些宗教场所。每次路过，也只是瞥一眼，没有要进去看一眼的念头。直到20世纪90年代，我才第一次走进那里。这座雕塑是后来为发展旅游经济而专门设计的。

　　文庙在武威城的东街上。人们都说文庙是明代修建的，但我一直强调武威文庙的历史可追溯到魏晋张轨时期，即公元301年他到凉州来任凉州牧时。他在这里设置崇文祭酒官职，并建立学官。凉州的文脉即从那时开始，距今1700多年了。

（以上照片由李兆军提供）

目录 / Contents

001　中华文明格局下的凉州

003　河西走廊格局中的凉州文化

005　重新构建凉州文化

007　何为五凉

009　寻觅河西走廊的历史

012　河西走廊之神话考古

016　汉帝国遭受匈奴的侵扰

018　张骞出使西域的背景和原因

021　张骞被抓之谜

023　张骞描绘世界图景的意义

025　古代的六次描绘世界图景

027　汉武帝注重的两个"世界信息"

029　从西王母说起

035　西王母的形象及西王母国

039　不周之风

042　昆仑山到底在哪里

044　丰沮玉门山

046　从三危山说起

047　西方诸山

053　轩辕黄帝到底出自哪里

055　黄帝的祭祀地在哪里

058　西羌人的文明

060　匈奴人的文明

062　月氏人的文明

064　关于乌孙人的猜测

066　凉州畜牧甲天下

070　祁连之雪

072　在那水草丰茂的地方

073　水系与绿洲

075　六畜兴旺

078　青海长云暗雪山

080　凉州大马

086　天马出世

088　寻找天马

090　打开凉州文化的钥匙

093　生死之道

097　汉武帝的天马梦

101 雷台汉墓被挖掘时有哪些文物

104 一个浪漫主义的命名

106 关于铜奔马的命名

110 天马行空

113 雷台汉墓之谜

115 六朝古都

117 凉州人的饮食

123 农耕文化——道法自然

127 凉州最早的农耕文化

130 为什么河西走廊没有发掘出更早时期的墓葬

132 重新解读河西走廊文化的两个障碍

142 凉州外贸引领天下

154 三大文明

157 凉州的礼教之始

159 窦融与凉州

163 凉州的农耕文明

173 张轨的礼容

176 儒家思想与张轨

179 张轨的老师皇甫谧

184 张轨向皇甫谧学到了什么

190 张轨的处世智慧

195 李暠的家世

199 李暠与西凉国

200 中国古代知识分子的传统和精神面向

202 凉州的知识分子

205 中国思想界的两个重要维度：儒家和道家

207 被误解的孔子

209 中国知识分子的两种精神面向

211 为董仲舒一辩

215 张轨的经世思想

217 凉州隐士们的精神传统

219 魏晋南北朝时期知识分子的风尚

221 凉州知识分子的风度

223 凉州的隐士

228 五凉文化终成一脉

230 凉州的佛教文化

236 中国人的巫史传统

239 中西方文化的差异

245 向西求法

248 佛教的贡献

250 凉州文化的善根

253 佛像石窟长廊

262 河西走廊是何时有了佛教的

265 凉州成为中国四大译经圣地之一

269 凉州的佛教在影响中国和世界

272 鸠摩罗什在凉州

278 鸠摩罗什译佛经

281 鸠摩罗什的两次破戒

286 鸠摩罗什吞针说法的传奇

289 鸠摩罗什的舌舍利到底在哪里

292 河西走廊上的丝织发现

295 盛唐时期的凉州乐舞

297 《霓裳羽衣舞》

301 一支乐舞乱天下

303 凉州的音乐

305 凉州的酒文化

308 凉州的贤文化

311 凉州的饮食文化

314 "武"文化的遗风

316 凉州的建筑风格

320 由来已久的凉州杂技

322 凉州的乡村文化

325 凉州人是如何看待死亡的

329 传统观念中的姓氏传承

331 中西方伦理观的差异

333 传统礼仪观中的道德观念

336 尊师重教之礼

339 道法自然

343 孔子和他的学生们

346 孔子的哲学思想

351 孔子的《周易》和《论语》

355 从六经中重新理解孔子

358 重新解读孔子

362 传统之变与价值重构

368 重振中国传统文化自信

372 中西方文化差异与交汇

377 河西走廊能给中国和世界提供什么精神

380 时代的呼唤

383 文学的旷野

386 野蛮是文明的救世主

389 五行是中国最早最朴素的科学和方法论

392 现当代文学中的平民化

394 文学对社会的教育功能

398 顺应天命

400 与道同行

403 《黄帝内经》

405 生命的法则

407 传统的伦理在逐渐崩坏

411 传统的养生观念

中华文明格局下的凉州

凉州属于游牧文明，尤其在汉武帝建四郡之前，几乎都是游牧文明，只有一些很少的农耕文明。在此之前，游牧民族在这里厮杀攻伐，实力此消彼长，土地不断易手。汉武帝以来，就开始推广汉朝的生产方式、生活方式，以及儒家的文明礼仪，此为后话。所以，当我们以今天的视角重新审视凉州的时候，它早期就经历了从游牧文明慢慢过渡到农耕文明的一个过程。这个过程的时间非常漫长，因为我们中国的文明几乎都是以农耕文明为主，游牧文明为辅，海洋文明更是边缘化。所以，在这样一个陆地文明进程中间，丝绸之路显得尤为重要。

因为汉武帝开辟了这样一条丝绸之路，他打通了我们与中亚、西亚、欧洲通商的一条陆上贸易路线。这条路线打通以后，整个世界就打开了。过去我们是自成一体，我们不知道周边还有哪些文明或国家，但是汉武帝派张骞出使西域以后，与外界交流的通道就打开了，进而与外面的世界发生了重大的联系，这是我们回顾历史可以一目了然地看到的。那么在中华文明的格局下，凉州，包括河西走廊等，既然属于中华的版图，凉州的文化是不是有自身的特点？是不是可以自成一格？在这一格局视角下，凉州文化对中国文化而言有哪些贡献？这就是我们今天继续要寻找的一个主题——中华文明格局下的凉州文化。

在中华文化的板块中间，我们会发现隋唐以前凉州文化也指的是河西文化，它成了中华文化版图上非常重要的一块。所以我们重述河西文化，重述凉州文化，就要寻找作为凉州文化自身的特点。今天来看，汉武帝置河西四郡，在那以后凉州在生产方式上已经开始从游牧文明往农耕文明进行转变。张轨用礼教和读书的方式在凉州确立了儒家文化的教化，凉州文化由游牧文明进一步向耕读文明转变，这一思想和生活方式由此在河西开始扎根，以后就逐渐偏向了农耕文化。原来凉州的游牧文明非常繁盛，加之西边的佛教文明传入，凉州文化又是非常开放包容的，导致了它和其他地方的文明有所差异。这就是凉州文化的特点和格局：多元包容，但是以儒家为本。

河西走廊格局中的凉州文化

　　实际上中华文化就是从具体的地方开始，如果不从哪一个具体的地方开始，中华文化怎么落实到具体的事物中间？所以，我始终觉得我们可以从某一个地方来重新认识中华文化。从这个意义上来说，凉州是"一带一路"上一个非常重要的地方。另外，我们现在说凉州，从河西走廊上讲凉州的时候，张掖、酒泉地区都可能会考虑，觉得凉州不会包含它们。因为从唐代以来，河西节度使仍然在管理河西，首府仍然在凉州，或者说一直到明清时期大部分时候是这样，河西走廊是一个整体，凉州是中心。我们今天讲敦煌文化，是很多世界文化进入中国文化的一个站点，实际上我们从日常生活来讲，武威这个地方可能更加鲜活，比如从汉代到唐代，"凉州七里十万家"，有多少民族最后都聚集到这里，非常繁华，包容多元。所以，凉州实际上是作为当时中国向西的第二大中心城市。当然这个说法可能有点夸张，还得进一步去考证，因为洛阳也非常繁华，应当比凉州要繁华。当时的凉州实际上就作为今天意义上的上海，世界文明在这个地方交流，这个地方作为一个中转站、补给站，再走向长安，所以我们今天重新来说凉州的时候，第一个是"一带一路"下的国际化存在，第二个是三种文明中的特征，第三个就是中华文明格局下的贡献，第四个是作为一个更小范畴的河西走廊中的中心位置。所以，我们可以从四个方面重新去理解和定位，甚至是重新塑造一个新的凉州。

　　三国时的凉州大致就是今天的甘肃，还包括青海北部，内蒙的西部。

故而今天说凉州，一方面要讲历代行政区划，另一方面要讲一个文化上的凉州。此时还未形成文化凉州。

前凉时的凉州经过张氏集团的精心经营，加上时代的原因，一个文化凉州终于慢慢形成了。它成为后来隋唐文明的先声。

唐时的凉州已经成了武威郡的另一个定义，这也是直到今天人们习惯说的凉州的地域。但是，唐时人们对凉州的定义并非当时的行政区划，而是沿袭两汉魏晋的概念，故而当时的凉州在文学的概念中泛指河西走廊，甚至还包括东部的兰州一带和西部的新疆地区。从边塞诗里就可以看出这种模糊的美学范畴。所以，"凉州"一词在唐时就成为了文学的、美学的、文化的概念，而非简单的行政区域。

重新构建凉州文化

　　凉州地区农业和牧业长期并存，直到 20 世纪 60 年代，我们仍然能看到这样一种五谷丰登、六畜喧嚣的景象：农村很多人家里会养羊、牛、马、猪和狗，甚至是驴。可是现在家里面六畜已经鲜有人养，因为养猪收成甚少，已经很少有人养殖；即便是狗，职责也从看家护院变成了陪伴式的宠物犬。田地倒是还在耕种，可是人力也日渐被越来越发达的机器工业化生产所取代，乡村正一步一步地走向衰落。父辈们从小十分熟悉的那样一种附着非常强大的文明体系，也几乎分崩离析。现在多是老人和孩子在乡村里面，但是孩子慢慢长大，大多会到城市读书，青壮年也都到外地去打工了，不在村中。所以农村人口大量迁入城市，乡村败落了。这也是农耕文明往商业文明转型过程中非常残酷的一面，同时，也是城市化建设所带来的乡村的一个调整。所以，现在怎样处理三农问题，怎么进行乡村振兴，是一个新的课题。

　　凉州是中原农耕文明与西域游牧文明共同缔造的结果，农耕文明尤甚，所以当今天东南地区的农耕文明都逐渐变化，失去了原有的主要特色时，凉州的农耕文明就应当适度保持它原来的特色。比如，人们盖房子，大都按照城里的样子来做，失去了原来农家四合院的形制。但是人们不知道，城市里的楼房借鉴了西方文明的特色，基本上丢失了《河图》《洛书》九宫八卦确定的天道形态。中国农家四合院是几千年来农耕文明按

2020 年的武威乡村（董彦成摄）

照天道演绎的结果，绝非随意设计的模式。哪里开院门、开后门、建厨房和厕所都是有规定的，同时，东西南北四个方位分别是什么人住也早有规定。院子中间干什么，后院干什么，也是数千年探索的结果。这些不可随意放弃。当然，我是从这种农耕文明被改造和消失的洪流中来观察中国之变的。在今天复兴中华文明传统的时候，我们更要适当地留下甚至恢复中国古代建筑的风貌。这也就是我说的以凉州为方法来重新看中国和世界的道理。

何 为 五 凉

我们总是将凉州解释为雍凉之地,但是整个河西的地方,比如,张掖、酒泉、敦煌,还有今天的陇南、陇东地区,以及天水的一些地方,人们在解释的时候也说自己属于雍州或凉州。实际上我们就面临一些问题,雍州到底有多大?雍州的地盘包括哪些地方?凉州是什么时候才形成的?同时还面临一个问题,行政区划上的凉州和文化内涵上的凉州的区别是什么?我们需要来解释这些问题。

我们现在看到的关于凉州的解读最早来自于一个学者,名叫张澍,他引用的是汉代一个学者的说法。公元前 126 年,那是汉武帝的时候,那一年正好是张骞凿空西域回来,他给汉武帝描述了匈奴右贤王管辖的地方,即今天的甘肃部分地区,主要是河西走廊和新疆以及其以西的广袤世界,就是西域。在我看来就是当时的世界图景,当时整个世界是一个什么样子。在张骞凿空西域,也就是从西域回来以后,他觉得世界还是很大,很多地方第一次看到,所以叫"凿空"。他说西王母国家的人后来就到那个叫条支国的地方去了,在哪里呢?历史学家说是今天的两河领域。但是,张骞告诉我们,那个时候的河西之地,不属于汉朝的版图,它是茫茫西域世界的一部分。这是《史记》里记载的。但实际上是什么样子?汉帝国之前是什么情景?很多学者并没认真研究过这个问题,所以今天我们要破这个题。我们老说,凉州在汉武帝之前是雍州之地,到底怎么去讲?

齐家文化、马家窑文化基本上在甘肃东部,西边到达河西走廊的中部山丹一带，山丹以西暂时停止了，是另一种文明的延续，不知以后有没有考古上的证明。大地湾文明还没有被特别标出和解释，但它要比仰韶文化早得多。史学界不愿意承认这一点，有很多解释，但既然要遵守考古的时间，为何又不遵守？这是很有意味的。这大概与司马迁《史记》里的一系列论述有关，与中原文明中心说有关。但也是这个原因，我们一直认为中华文明是一个封闭的自给自足的文明，基本上与外界不发生太多关系。事实上，我们今天吃的小麦、土豆、西红柿、西瓜等食物都是从西方引进来的，且是被我们主动请进来的。小麦和土豆尤其重要，这是中国人口增长的主要原因之一。

九州从哪里来？刘勰在《文心雕龙》里说，出自《洛书》，而《河图》孕乎八卦。孔子在《易经》说，河出图，洛出书，圣人则之。大概都是一个意思。现在的人们一听说这些就头脑发晕，想都不想就将其打入"迷信"这个地狱里。这可是把老先人们打入了地狱。根据我这些年的研究，它们基本上讲的是天地人的规律，《洛图》讲的是太阳历时代上古先人们对四时历法运行规律的总结。那时，人与自然的关系还很紧张，人的能力也有限，所以一切都以自然规律为准，这样就没有多少伤害了。这便是上古时人们的智慧哲学。《洛书》不仅是人的身体的规律，也是天地的规律，这就是天地人三才合一的来源。阴阳五行、八卦、九宫都是古代天文学、地理学和生物学等学术的综合，是那时候学术大数据的总结结果。大禹依天道而建九州，西边两州为雍梁二州。西北是雍州，西南是梁州。后在汉时将雍州改为凉州，梁州改为益州。这就可以解释为什么在商以来中国的版图失去了西边二州而不自知的原因，这种情况也导致周秦时的版图依旧如此，司马迁也只能这样讲。这也就能解释当张骞再次开通西域其实不是先开通雍州，然后向西开拓，而梁州同时也被阻塞，阻塞后的梁州开始与中亚各国发生交流，这就是今天看到的三星堆文明。

寻觅河西走廊的历史

　　我们现在再来从古代的历史中，一点点寻觅河西走廊的历史。我们现在所看到的历史，在汉武帝之前最多的是《山海经》。当然还有其他的典籍，但是《山海经》最了不起，也最被人重视。只是很多人以为《山海经》是一部神话，不能成为历史。我常常在想，人类在文字产生之前，是口语传播时代，那时就是口耳相传。这段历史可能远比我们的文字时代要长。这些口传的内容其实就是我们心中的历史。犹太教就是一个仍然存在的例子，古希腊神话也是，但它们在后来都被考古学家和历史学家所重视。只有我们中国，不把这段历史当史。司马迁说的很直接，因为它有太多的神奇鬼怪，不是我们日常中所能见到的。这种观念当然是非常慎重的，也是可取的，但因此而一概否定其价值，则有些草率了。西北、西南及东北地区有很多民族就有口耳相传的史诗，它里面一定有信史。所以，我们虽不能把《山海经》直接当成信史来看，但也要确信它有信史在里面。

　　山海，在某种意义上就是山水的意思。古代水很大，到处都是海，后来海水降到东南一带，陆地升起，海变成了水。中国古代有一个非常重要的风俗，叫风水学，也就是中国的山水地理学。后世学者们讲山水地理时基本把它讲成了物质化的存在了，但在古老的风水地理学家那里，山和水都带着我们看不见的灵气。山、水、时间、日月、人或各种事物都始终成为一个整体而存在，它们彼此之间有我们看不见的但确信存在的各种关系。这是天地的关系，是山水万物之间的关系。我们现在把人类的意识放得太大了，不太相信古老的自然地理学了，所以我们也失去了感知自然地理的能力。反过来讲，因为我们智力上的发达和感知能力的降低，就只能相信已有的知识，而不再重视和认可大自然本身的力量了。《山海经》讲的当然不是这个事情，但是它是我们古老的自然地理学的雏形，它记载了当时华夏文明形成之初那些传说中的山。可能因为口耳相传容易出错的原因，等到它见诸于文字时就已经离原来的真相非常遥远了。这是它的问题所在，但是它的逻辑和思想应当被我们重视。

《山海经》的最后写了一句话："天帝命大禹，来做九州。"所以大禹治水之后做了一个事情，把天下封为九州。"九州"用我们今天的思想是没法去解释的，但是古代有非常清晰的思想脉络，就是我们最早看到的《河图》《洛书》的模式，九宫算法。古人就是按照这个方式来治理国家和山水的，在夏代也就是大禹的时候，用得最多的数字就是九。所以中国最早的版图为什么叫九州，就是从大禹开始的。

也有传说大禹是在兰州白塔山顶上的九州台分的九州，有时候觉得也是可以说得通的。现在考古学家们有一种说法，齐家文化圈大概是大禹的王国。齐家文化基本上就分布在今天的甘肃、青海和陕西的一部分地区，而这些地区的中心就是兰州。这可能是巧合。我们从史书上看到的中心显然不是兰州，还是在今天的河南，从河南往四边分了九州，这时候就出现了雍州。我常常在想，也许我们的文化圈有一个逐渐东移的过程。最早可能是以昆仑为中心的文化圈，它以最早的《河图》《洛书》为思想，后来就往东移，这就是齐家文化圈，也可以说是华夏文化圈，这应当是夏早期。再后来，又往东移，便形成了中原文化圈。今天的很多考古都指向这一点。它说明一个什么问题呢？就是中华文明从来都是多种文明交流合和的结果，因为它的整体性观念和包容一切的胸怀使它从一开始就像天地一样能容纳世界上所有的思想，然后让它们交流、融合，形成新的思想。

雍州就是大禹分的九州中最西边的州，到汉代时雍州缩小，就有了凉州。

河西走廊之神话考古

　　河西四郡是在西汉时期设立的。此后，河西走廊才开始有了清晰的历史，在此之前的历史很少有人去叙述。汉武帝，少年天子，16岁就继承了天子位。从刘邦建立汉帝国，一直到他的时候，经历了一个非常漫长的过程。这个过程，主要是外部环境非常恶劣。匈奴帝国对其长期侵扰，使它极不安宁。

　　《史记》里边讲的中国的版图是错误的，汉武帝的史观可能与司马迁是不一样的。当然，他们都会以《尚书》为参考。《尚书》中的《禹贡》是有雍州的，雍州地界一直到了昆仑山界。那里有流沙，有昆仑这个"天下之都"——在道教那里，这是信仰之山。更重要的是，那里还有黄河的源头，有祭祀的重要特品昆仑玉。所以，汉武帝的史观注定与司马迁不同。这从张骞回来给汉武帝述职时特别提到昆仑山、黄河源头与西王母就可以看出来。所以汉武帝是要恢复古代圣王的江山，但司马迁无法理解他。司马迁的局限在于头顶有一个圣人，将他的想象力阻挡在了匈奴边界。

　　司马迁比较崇尚从周代的历史开始讲，中国的版图在这个时候不包括凉州。周代的边疆在泾水和渭水之界，伯夷和叔齐跑到那里就是"不食周粟"了，因为那里是周代和西戎的交界。今天的渭源县还有伯夷叔齐庙。到了秦始皇打下江山之后，他在这个地方修了长城，进一步确定这就是中国的西界。同时还有一个原因，即周公把天下打下来以后，在今天河南洛阳这个地方建立了一个天子之城，叫成周城，名叫中国，意思是国之中心。这就是当时周朝的中心地方，这个地方往四边走的时候基本上都是等距离的。所以为什么叫中国，实际上跟地理位置有关系。

但是早在大禹的时候是不一样的，大禹的时候版图可能一直到了河西走廊甚至葱岭的西边，所以我们今天怎么去重新看中国，也很有意思。《山海经》便是理解大禹九州的一部重要著作。但司马迁否定了它，说《山海经》里面的很多描述，河西走廊西部的这些东西都属于神话，不足为信，忽略了泾渭以西的地区。假如说司马迁到过河西走廊，可能认识就不一样了。

子午岭上向南瞭望的景象

2016年6月，我去镇原县讲课，顺便去庆阳市的庆城县考察周文化。庆阳在过去是豳地，《诗经》里有专门写此地的诗歌，叫豳风。豳风当然写的是当地的民情风俗，是此地周人的情状，但我也常常会联想到另一种"风"，类似于五行中的古风。明清之前，这些诗被很多人认为是周公所作。当然，豳地到底是哪里一直有争议。郑玄、颜师古和朱熹都认为在陕西之旬邑、彬县一带，钱穆则认为在山西汾水流域，而生活在庆阳一带的学者们用很多材料力证豳地在甘肃的正宁、宁县一带，与子午岭相关。我观《括地志》，其上曰："宁、原、庆三州，秦北地郡，战国及春秋时为义渠戎国之地，周先不窋、公刘居之，古西戎也。"这说的不就是庆阳一带吗？但复观《史记·周本纪》上说，周祖之前确实在此生活，此地乃戎狄之间，但在公刘时北上，渡过漆、沮二水，国于豳。似乎这里不是豳地。因为学术考证工作并未彻底进行，只是阅读到零星材料，不敢确定。但我对这里的另一个地方非常感兴趣，即子午岭。2021 年 5 月，我陪作家格非到庆阳考察，终于上了一趟子午岭。在那里，我竟然美美地睡了半个小时。这是黄帝确定天下气候、地理界线的一个地方。此事牵扯到阴阳五行的运行，以后再表。

庆阳市镇原县人还在那里建了周祖庙，后来又建了黄帝陵，当然，陕西的黄帝陵可能更为人们所重视。我在一个下午登上了新修的黄帝陵。我问当地的朋友，黄帝陵到底在哪里？他指着北边的一个小山包说，就是那里，在子午岭上。我不是考古学家和历史学家，无法证明是与非。但是，不管怎么说，子午岭是黄帝和其士兵们常走的一条路。他在这里与歧伯讨论阴阳四时的变化，讨论人与自然的对应关系，那些古风仿佛还在。所以，在这里对黄帝进行祭祀也是合适的。

汉帝国遭受匈奴的侵扰

　　张骞这个人物的出现改写了历史，不仅是中国历史，还有世界历史。有时候想，无数的人在创造历史，但是这中间有一些特殊的人，他们把历史给串联起来了。张骞就是个非常重要的人，我们说张骞凿空西域，如果没有张骞的出现，可能河西以及整个的西域世界就不能被历史发现，尤其是被中原发现。张骞出使西域也是一个历史的机遇，那么，现在我们就要讲讲，当时汉武帝为什么要做这个事情？也就是要回答河西走廊为什么会进入到中华文明这样一个伟大的版图里。

　　我们从《史记》里面可以看到，从周代开始，甚至更早之前，河西走廊这个地方生活了很多少数民族，其中在周朝的时候，生活着一个叫月氏的部落，存在了大概600年。时间可能还更长，各种史家说法不一样。后来来了匈奴，把他们赶走了。这个时候汉武帝抓了一些匈奴，就问月氏人到底去了哪里？匈奴人说他们往西打，把原来的月氏人打跑了。当时月氏人非常憎恨匈奴，把他们的故乡占领了。他们背井离乡，到哪里去了呢？据说是去了今天的伊犁河流域，但是可能还有一部分人在河西。事实上还有一部分叫小月氏，就在今天的敦煌一带。

　　那么汉武帝为什么要做这样一些事情呢？原因是北方的匈奴人一直在侵扰南方的汉帝国。月氏和周朝的关系非常复杂，他们占领了河西走廊，到了秦始皇统一六国的时候，匈奴人来了，趁着秦始皇还不是太强大的时候，很快把黄河以北河套平原这些地方全部占领了，然后又不断地往南方侵扰。

秦始皇统一中国七年之后，就派大将军蒙恬带领 10 万大军去打匈奴，歼灭匈奴 11 万人。打得匈奴十年之内不敢南下。秦朝很快又不行了，项羽和刘邦开始争天下，这给了匈奴一个很大的机会。等到刘邦把天下打下来的时候，可以说是百废待兴，虽然号称有几十万大军，但能用的马没有多少了。当时有一个传说，说刘邦当了皇帝，要找几匹毛色一样的高头大马，竟然未遂。当然这可能也有点夸张，但是它说明一个问题，就是当时的国力非常虚弱。

北方的匈奴呢，这时候拥有最强大的部队——骑兵，数量非常多，非常厉害，所以汉朝没有办法和匈奴打仗。当然刘邦也不服气，就跟匈奴较量了一番。他带着骑兵在前面奔跑，后方的军队是步兵，因为没有马跟不上，结果，前面的刘邦被围住了，围了七天七夜。这就是著名的"马邑之围"。这个时候，刘邦这边的人出了个主意，拿着东西去贿赂冒顿的王妃，最后把刘邦救回来了。这应该是汉帝国历史上遭受的最大耻辱，但是也使汉帝国认清了没有马，是没有办法去打仗的。

张骞出使西域的背景和原因

一

　　国家强盛之后，皇帝发现一个问题：大地主越来越多，它能够影响国家的力量；同时诸侯势力开始壮大，相较之下中央力量很弱。所以这个时候，继位不久的少年天子——汉武帝的胸中就一直有要干出一番事业的豪情壮志。这种豪情壮志主要表现在两个方面：一方面是如何维护和发展中央的权威力量，让这个帝国强大起来；另一方面，老祖宗刘邦那个时候留下的耻辱，一直郁积在这个少年天子的胸中不得排解，因此他势必要想方设法地一雪前耻，扬眉吐气。那么首先要做的事，就是在窦太后死后，为国家选拔人才，举贤良，开新局。

　　提到举贤良就不得不提起董仲舒——这是个不但有大才而且懂得韬晦之道的聪明人。窦太后生前，整个国家的意识形态是道家，举国休养生息，奉行无为而治。当时一些五经博士想以儒家思想来治国，却因此被杀头了。那时候，董仲舒没有出来，他知道还不是时候。直到窦太后死后，汉武帝进一步举贤良的时候，董仲舒才开始崭露头角。在此前后，汉武帝做了这样几件事。首先是整顿吏治，恢复中央集权，因此有三万多人被杀，其中包括他的三个叔叔。这样一来吏治得到初步治理。其次，为使吏治整治的成果持久，中央集权能够得到加强，国家能长治久安，则势必需要一种新的制度和秩序，从根本上稳定整顿吏治后的局面，汉武帝决定采用儒家思想治国，董仲舒就恰逢其时地出现了。融合百家，独尊儒术，这就是汉武帝做的第二件事情。

最后他发现，经济不行。由于大地主拥有大量的财富，国家拥有的不多，国家还是亏损。所以这时候他就用了很多大臣，例如卜式、桑弘羊等。把很多大地主的财产用"告缗令"重新归入国库。也用了很多方法，发展经济，使国力强盛。这是汉武帝做的第三件事情。

三件事情完成后，国家统一，有了统一的意识形态——形成了内儒外法，集百家之长的新儒家思想主导的国家意识形态。这样一来大家都同心协力，又有相对足够的经济支撑后，就开始着手准备攻打匈奴，一雪前耻。

但打匈奴之前，汉武帝要先把匈奴的事情搞清楚，知己知彼方能百战不殆。于是，张骞就是在这样一种背景下挺身而出，出使西域。

二

当时汉朝俘虏的匈奴人中，有个叫甘父的奴隶。汉武帝问他，匈奴到底是怎么一回事？他们有多少人，究竟多么强大，边界在哪里？因为古时交通闭塞，国与国相互隔绝，往来甚少，整个北边和西边大家都不知道是怎么回事。丝绸之路连接了大汉与沿途的一些国家，使得各国的交流和经济往来日益密切频繁。

甘父告诉汉武帝匈奴的大致情况，并说到了冒顿单于的时候，讲了单于如何弑父，如何打月氏人并把月氏王的头颅拿来喝酒的事，汉武帝便明白月氏人与匈奴人有世仇，同时知道匈奴疆域辽阔，匈奴也是个能征善战的民族。

汉武帝听到这个情况以后，心生一计，想要攻下匈奴，需得和月氏人结盟。汉武帝主意已定，只差一个联络西域的使者，于是张贴皇榜招贤纳士，要求身强力壮且不惧死亡者出使西域，结果应者寥寥。

　　此时，26岁的张骞一心想光宗耀祖，建功立业，于是他揭下皇榜去见汉武帝，汉武帝令他带着包括甘父在内的一百多人出使西域，因为甘父是匈奴人，对西域的路线较为熟悉。张骞一行人的目的，就是为了联络月氏王，商议合力攻打匈奴之事。自此，张骞就踏上了出使西域的茫茫征程，为汉武帝寻找跟月氏人联合抗击匈奴的道路。

敦煌壁画中张骞出使西域场景图

　　因此，后来司马迁在《史记》中将张骞出使西域的壮举称作"凿空西域"，这是非常形象的。张骞作为丝绸之路的开拓者，使得汉帝国与丝绸之路沿途国家在经济、文化、政治上产生联系，为后期丝绸之路的蓬勃发展做出了重要贡献。

张骞被抓之谜

张骞究竟是在哪里被抓的？直到今天也是历史上的一桩悬案，现在一些说法倾向于张骞是在张掖扁都口被抓，比如《河西走廊》这部纪录片，但是《史记》中记载张骞是出陇西后被抓，而非张掖，张掖是当时羌人的聚居地。现如今我们想当然地认为，张骞一定会被抓，但我们忘记了一个基本的常识——两国交战不斩来使。张骞带着甘父和一百多人走的时候，一定是大张旗鼓，浩浩荡荡，绝非小事。那么，张骞被抓是偶然还是有意为之呢？

为了解开这一谜题，在后续查询史料的过程中抽丝剥茧，将事件的始末还原出来：张骞在出使大月氏的时候，浩浩荡荡百来人的使者团队，被大月氏的敌对势力匈奴人扣押。匈奴人询问他们此行目的时，张骞守口如瓶，但是他们这样的使团不免引得匈奴人的猜忌——张骞一行人出使月氏，势必要联合月氏攻打匈奴，匈奴部落怎能安心放使团西去，于是扣押了使臣送到了匈奴人的王庭。

在这以后，匈奴人想要策反张骞，从他口中得到汉朝的情报，同时也敬佩他是个义人，想感化他，于是安排张骞从事放牧的工作，让他娶妻生子，在那里生活了很多年。至于他随行的使臣结局如何，史书上没有明确交代，但是甘父一直追随着他。然而，张骞并没有忘记自己的使命，某一天趁其不备，张骞抛下妻儿，和随从逃走，经由河西走廊一直到了乌孙国境内。张骞从匈奴逃脱后去到乌孙国，返回大汉时是否会原路返回呢？答案是否定的，重走老路必有重蹈覆辙的风险，因此他是取道青海，从羌人的聚居地回到了汉都城长安，从地图上来看，张骞走的是回字形的环状路线。尽管如此，张骞还是被抓了，应当是在今甘肃靖远等地，黄河的一个渡口，刚过黄河就被抓了。在外游历漂泊十三年后终于回到了汉朝，和汉武帝上奏自己游历过的世界的经过，司马迁就是以此撰写了《大宛列传》。张骞被抓的这一桩历史悬案，至此稍稍有了一点眉目。

　　秦和汉初时期的河西走廊是匈奴人的地方，而陇西郡以西到整个西域，则是匈奴右贤王的地方。那时人们都信奉道法自然，面朝太阳的方向，所以西边是右。这也就是后来说的断匈奴之右臂的道理。在古人看来，整个国家就像一个人，九州就是一个完整的人，现在断了匈奴之右臂，而我们的右边身子就舒展了，所以打下了河西走廊就是张开了国家的右臂，这就是张掖的意思。

张骞描绘世界图景的意义

　　司马迁写的《大宛列传》中把张骞出使西域十三年间的见闻都写了出来。除去匈奴人、月氏人、羌人之外，还记载了乌孙、康居等西域诸国。最重要的是，张骞认真考察过黄河流域的源头——尽管他并没有详细地考证出源流，却表示了黄河发源自昆仑山。

　　昆仑山不仅自古以来是一个极其重要的地理标志，它在汉武帝的意识和认知中同样具有无可比拟的重要意义——因为《山海经》中记载，昆仑山是世界的最西边。然而张骞描绘的世界图景超越了这一认知。昆仑山的西边还有更广阔的世界，还有很多的国家。除此之外他又发现，当年在昆仑山上生活的西王母国，现在已经西迁到了西海边一个叫"条支国"的地方，也就是两河流域，今天的伊朗和伊拉克。昆仑山本来是一个世界文明交汇的地方，现在西王母带着中国人的一种原始的记忆，继续往西走到了两河流域；而两河流域还有一支，恰恰是亚历山大率领的古希腊文明一直往东走的结果——至此世界文明在两河流域又交汇了。因此张骞出使西域，实际上是描绘了一幅世界图景。

　　所以从开疆拓土，以定九州的层面来说，汉武帝是比秦始皇等这些古代帝王更了不起的。他知道世界有更辽阔的版图，所以他必须把昆仑山打下来，"以定九州"。所以汉武帝是一个有雄心壮志，雄才大略的皇帝，但是当时的知识分子不理解他，认为他穷兵黩武，尽管确实如此，但不可否认的是，汉武帝的眼光因张骞描绘的世界图景，而变得比前人更加广阔深远了。所以张骞描绘的世界图景，也就是当时人们认知中的世界版图，是非常重要的。

从商开始，其实是从夏后期，九州分裂，文明的中心不断向黄河中游迁移，雍州和梁州慢慢地由羌人或戎人甚至印欧人占领，但因为没有史书记载，孔子也无从考证，只好"从周"。所以从那时起，人们就只信中国人所讲的汉家天下的西界应当是泾水和渭水领域。

对于早已失去九州的汉武帝来说，《山海经》《穆天子传》等这些古籍对他的影响甚巨。后来张骞回来描述的昆仑山、西王母和河源基本上就是这两部书所确定的。这两部书中的昆仑山至少有如下几个条件：天之下都，即世上最高的山峰；玉石，琼楼玉宇；河源，黄河的源头；流沙、火焰山、敦薨之山西流入泽等。后来很多地方都以为自己发现的地方是昆仑山，但只是具备其中的一两个条件而已。于田南山则几乎所有条件都具备。这便是河武帝确立于田南山为昆仑山的原因。此外，黄河的源头在今天的新疆，并不在青海。这是今天的人们无法想象的。沧海桑田，两千多年的地理变化使整个大西北成了荒漠。所以说，昆仑神话就是今天人们说的黄河的源头文化。

古代的六次描绘世界图景

　　古代描绘世界图景，实际上一共六次。回想起来，在我们的中华历史上来看，第一次应该是在《山海经》中。但《山海经》中描绘的不是一个世界版图，可那时在人们的眼里就是个世界版图，今天来看是一个中国版图，定的九州。所以是第一次描绘世界的图景，从天和地、山和水来定九州。

　　第二次是在《尚书》中定九州。大禹定了九州以后，大家都给大禹进贡，中国就这样慢慢确立了。

　　第三次就是张骞。张骞凿空西域带来新的世界，边界一直到了两河流域。张骞所看到的世界，也是听说的。但是他看到的世界确实不一样。所以后来说张骞是第一个睁眼看世界的人。

　　第四次是大唐玄奘。玄奘的大唐西域，它是以佛教教徒去西天取经，他到了西边的最边界的地方——尼泊尔，佛陀诞生的地方。到了《大唐西域记》的时候，玄奘已经把这些国家写得很清楚了，而张骞是一种非常粗犷的描述，只是说到了哪里，有什么国家等。

　　第五次是成吉思汗，那时他统治了半个世界，差点统治整个欧洲，真正看到了世界是什么样子。

　　第六次是到了明代的时候，西方的一个传教士叫利玛窦，这时候就把一个西方世界，海洋世界全部呈现给中国了。中国傻眼了，皇帝傻眼了。这时候恰恰是闭关锁国，所以明代是一个非常纠结的时代，元代向世界进军，明代又收回来了。

在古代六次描绘世界图景中，张骞最有力量。除了说他发现了昆仑山和西王母之外，他还发现了另外一个物质世界，即西域世界的物质珍宝，有那么多的物产，所以他带了很多种子回来，最重要的是知道西域有天马。汉帝国缺少马，打不过匈奴。现在终于知道了天马，所以说张骞带回来的消息非常重要。

汉武帝注重的两个"世界信息"

从今天来看，汉武帝当时特别注重张骞在描绘这么多世界信息里的两个信息：一个是天马，所以后来他不断地派人去寻找天马；另外一个，就是西王母和昆仑山。昆仑山不仅是中国道家神话的起源之地，还是黄河的源头。所谓"玉出昆冈，河出昆仑"讲了两个方面的内容。一是祭祀之神器玉石在昆仑山，中国神话的仙山在昆仑山，对于一个非常信鬼神的帝王来讲，汉武帝一生之中都在寻找长生不老之药，所以这里很重要；二是《山海经》等古书上讲，黄河的源头在昆仑山，那里同时也是圣王大禹治水的地方，所以也很重要。他要向古代圣王看齐。

因为他祖母窦太后和后来的很多大臣们都是道家出身，我想他一直在看《山海经》，所以他特别重视昆仑山到底在哪里，西王母到底存不存在？张骞告诉他，昆仑山在今天的新疆于田县的南面，叫于田南山，那个地方盛产玉。当然，不仅是《山海经》，还有其他的经典里面讲的昆仑山也一样，《穆天子传》里也讲西王母与玉石。所以，张骞是第一次把昆仑山确定在于田南山的人。

那么，既然昆仑山在罗布泊南边，从那里再往东走，便是河西走廊。汉武帝后来就到了今天的崆峒山上，往西看了一眼，千里河西走廊太辽阔了，他走不动了，就再没往西走，他停了下来，遥望昆仑。可以想象，此时的汉武帝是多么失望。他回去以后就大建王母宫，整个天下都效仿。但是，西王母毕竟去了条支国，没办法了，这个时候又来了一个人，名叫东方朔。东方朔说，没事，西边没有不要紧，东海里也有仙山。汉武帝也便像秦始皇那样遍求天下长生不老之术。

山丹军马场的马

另外，天马是西域世界军备装置方面的核心力量，所以要把天马夺回来。后来，那么多的汗血宝马要回来以后，汉武帝因此而写了好几首诗礼赞这个事情。汉武帝还让霍去病在今天的山丹建立军马场，这就是皇家军马场，也是亚洲最大的军马场，为后期与匈奴打仗做好了准备。

从西王母说起

一

　　现在来讲一个家喻户晓的神话传说——西王母。从太史公司马迁时起，我们中国人就将西王母视为神话传说而非正史，因为西王母并没有确凿史料记载，更没有考古学发现。当然，钱穆等史学家认为，神话传说也是一种史，至少可以占三四成，剩下六七成给实物考古。还有些人认为神话也是考古学的一部分，是语言考古学。都是有道理的。

　　考古学是西方社会逐渐发展起来的学科，与重视物质的科学紧密相连。随着考古学的发展，"近代西方文明的摇篮"的古希腊文明被证实。在此之前，西方人普遍认为《荷马史诗》中叙述的古希腊只是神话，而考古学证实了古希腊文明是确凿存在的。之后很多古希腊的城市、文明、遗迹被发掘出来，比如特洛伊、迈锡尼文明等。从此考古学就有了发言权。考古学的发展和成熟也催生出了对人类文明价值衡量的标准：城市建筑、文字文化、工具铁器、礼仪等。由此可知，考古学对于人类历史以及史料的修著而言是非常重要的，它可以以一种更直观、更具体的方式来讲述历史。

　　然而，司马迁写《史记》的时候是没有考古学的，三皇五帝这些都是神话，而非考古发现的确凿历史，司马迁在《史记》中却采用了这些神话，把他们当作真实的史料，而关于西王母的神话，他却不采用，这是一个非常有意思的现象。司马迁取舍材料的背后也许是他的儒家倾向，

甘肃泾川的西王母宫

西王母神话则属于道家的范畴，太史公司马迁认为道家的历史过于玄妙，所以并未采用。

　　这样一来，整个西北的历史就被悬置在《史记》之外了。西北被历史书写得边缘化也与中原中心文明有关。从大禹开始，夏商周三代的国都都在河南，历代的统治者不断地建立一个核心价值区，即中原文明，到汉武帝的时候，司马迁建立起了中原文明中心学说，整部《史记》就是围绕中原文明展开的。在这样的学说体系之下，人们就自然而然地认为所有的历史文明都是从中原展开，继而向四方发散。中原文明很大程度上代表了中国古代书写中"中国"的意义和价值。

2021 年的伏羲公祭大典盛况

　　随着考古学的诞生和发展，伏羲文化、马家窑文化这些灿烂的文明被发现，它们并不在河南，而在黄河以西，甚至到了更西部的昆仑山，这里是中国绝大部分神话诞生发源的地方。西王母的神话传说就在其中脱颖而出。也就是说，当我们放弃了中原文明中心说之后，整个西部的文明开始冉冉升起。将西部文明纳入整个中华文明的视野后，历史的书写与叙述就有了新的契机，所以河西走廊的历史也必须重新去叙述，而西王母神话便是重述西部历史的一个楔子。

二

如今甘肃泾川县的西王母宫被认为是西王母的祖庭。这是汉武帝寻找西王母而不得，便在崆峒山附近修建王母宫，也算是皇帝钦定的，故可称为祖庭。不过，这已经到汉代了。

《山海经》《穆天子传》《史记》和一些其他的典故则认为西王母的祖庭在昆仑，指的是西王母最早诞生和活动的地方。道家也是这样认为的。《山海经》中说西王母"蓬发戴胜""虎齿豹尾""善啸"——就是叫起来声音很响亮。这个形象似人非人，倒更像是野兽，令人费解。后来人类学家揭示了这一形象的根源：草原丝绸之路连接着的中国北方和其他的国家盛行萨满教，这是一种很古老的宗教。萨满教跟巫术传统相关，信仰万物有灵。西北由于受到儒家文化的影响，萨满教等一些宗教传统则慢慢没有了，只留存下来一些遗迹。值得一提的是，萨满教后来在中国东北非常兴盛。从萨满教和巫术仪式的角度看，西王母的形象就有了合理的解释，因为萨满教在祝祷过程中带着虎头面具，身上有各种装饰，类似《山海经》中"蓬发戴胜"的描述。

后来一些学者认为，大禹、黄帝、伏羲都类似西王母的大祭司角色。也就是说，西王母实际上是一位居住在昆仑山的萨满王。西王母为什么在昆仑山而非其他山脉呢？主要是因为昆仑山乃世界上最高的山峰，乃天之下都，可以仰观天象，而且这里盛产玉石，玉石在中国传统文化中被认为是大地阳气聚集的精华。从地理学上分析，昆仑山也就是现在的喜马拉雅山和青藏高原，是整个地球最年轻的山脉和高原，最富有生命力。所以西王母要居住在这样一个拥有地理高度、凝聚了阳气精华和富有生命力的地方。

这个还保存着的浮雕上，前面是披发戴胜善于"虎啸"的萨满，而后面的西王母则在接受穆天子的拜谒。期间相隔两千年甚至数千年。

在《山海经》的记载中，昆仑山发生过大洪水，而希伯来文明源头的《圣经》里面也记载了大洪水的传说，这就非常耐人寻味，中国的文明和两河流域的文明，似乎慢慢地交织在一起，它们的记忆好像交叠了起来。西王母也被视为文明的始祖，据说伏羲的八卦是受了西王母的影响，后来也是西王母支持黄帝打败了蚩尤和其他的部落。尧、舜、大禹也和西王母有千丝万缕的联系。传说中黄帝的宫殿也在昆仑山上，《山海经》中说轩辕氏生活在昆仑山西边几百公里的地方，也就是今天的葱岭一带，在帕米尔高原上。黄帝创造的很多文化也与西王母有关。当然，黄帝之前的伏羲氏传说也是生活在昆仑山上，创立了易经八卦，然后在大洪水时代顺着黄河迁徙到青藏高原的东侧。

　　舜的五行大法从何而来，是个谜。大禹的父亲鲧用五行大法去治水，没用好，也便没治好水。《洪范》一文中说舜重新把五行大法的心法给禹传授了一记，大禹便用它治理好了洪水。至今我们不知道这样的五行大法是怎么用的。我们只知道金木水火土相生相克，但如何去用则不大明白。此外，五行是在黄帝时就用的天地大法，究竟是怎么创造出来的，则无人能说清楚。一些古书上讲，大概与《河图》《洛书》相关。我的研究是《河图》《洛书》讲的是太阳历时代的天地日月的运行规律，可能与中亚的西王母的智慧有关。至今，中亚很多地方用的都是太阳历。

　　总之，要揭开西王母的谜底，中国文化的源头就清晰了。

西王母的形象及西王母国

一、西王母的形象

大禹到周穆王这一千年时间中，史料为什么没有西王母的任何记载和传说？这至今是一个谜团。周穆王的时候，又出现了关于西王母的描述。周穆王去拜见西王母，途经整个的河西走廊，那时候河西走廊加上今天陕西的部分地方被称为西戎之地，也就是各个少数民族居住的地方，过了西戎再往西走，才能看到西王母。周穆王为了找到西王母，征讨了西戎的五个王，然后一路向西。

周穆王向西的路线说法不一，有说是从宁夏出发经过河西，还有说他是从陕西过来一直到青海。有的学者认为周穆王是经由张掖的扁都口到了西边，也有学者认为周穆王是直接从西戎之地到了敦煌那一带。这几种说法当然有各自的道理，也有交叉的地方，我们暂且不去评说，总之，不管经由何种路径，周穆王见到了西王母。

这一次，西王母以美女的形象出现在周穆王面前，且能歌善舞，备有美酒，不再是《山海经》中的"蓬发戴胜""虎齿豹尾""善啸"的形象。

周穆王与西王母在何处相遇呢？张骞认为是在于田南山这个地方。后来也有一些其他的说法，认为是在酒泉，因为史料记载周穆王与西王母相遇之地有美酒，酒泉不仅有夜光杯和葡萄酒，还产玉。随着酒泉的玉石被逐渐开采完，玉石的产地慢慢向天山推移，西王母的祭祀与传说也随之到了天山一带。

　　周穆王后来又收复了大禹时期丢失的雍州,雍州是丝绸之路之前"玉石之路"的途经地。玉石之路有一些散落的线索,比如武威的皇娘娘台、祁连山和于田南山都有产出玉石的记载。由此可见,西王母神话与祭祀民俗的记载、中华民族早期一些文明发展与流变等,有千丝万缕的关系,而这为我们今天解释河西走廊的历史提供了一些线索。

　　西王母形象的变化也从一个侧面说明了民族融合和文明交流的一个结果。汉武帝打下河西走廊,确立河西四郡之后,巡游到崆峒山遥望西边的时候,西王母国已经不见了。张骞说,西王母国的人已经迁徙到条支国也就是今天的美索不达米亚平原去了。这也从一个方面显示出了中华文明的西迁,所以认为中华文明是一个闭关锁国、自成一统的文明是片面的,因为中华文明一直在通过各种路径和形式与世界其他文明进行交流。汉武帝为西王母重建庙宇,将她奉为中华文明古老的创始神之一,今天泾川的西王母宫就是重要的文化遗迹。西王母是泾水和渭水以西这片广袤草原上游牧民族崇拜的女神。

　　在后来的探究中,我发现几个特别的现象。一是西王母住在回屋里。这个没人关注,而我关注到西南地区摩梭人的祖母屋就类似于回屋。这个回屋就是河图的样子。她掌管的是天文、地理学的大道和阴阳相配的婚姻大伦,而掌握了这些,基本上也就是掌管了核心的权力。她还掌管长生不老之术,除了药物之外,便是修行之术,这在洛书之中。所以说,西王母是古代的科学家,只不过那时巫师与今天意义上的科学家是融于一身的。二是西王母就住在黄河的源头昆仑之巅,就是观测天体最好的地方。而我研究了上古时代埃及、巴比伦、印度、玛雅等地的天文历法,那些地区几乎与中国都研究过太阳系七大行星相互之间的关系,每一个行星都对地球产生巨大的影响,同时,不同地区观测到的星象有所不同,所以天文学是有差异的。然而,上古这些文明最后都集中在昆仑之巅,只有中国人把它继承了下来，其他地区的都消失了。三是今天关于河图洛书的一系列解释都无法令人满意，尤其不能有一个科学的说法，关键在于过去的学术已经隐去，人们也总是拿中原地区的学术资源来进行考证，且这些学术资源大多是周秦以来中国版图上的。为什么是十个数字？这令人疯狂。其实它是太阳历时代的地理、气候、天文之间的规律性科学。现在的中亚地区和中国西南地区的彝族人用的仍然是太阳历。我们必须将它放在整个人类上古时代的学术史上去考察，将一定有所得。所以说，阴阳五行学说是上古人类文明的继承与创新，也非中国人独立的创造。

二、西王母国

司马迁《史记》中认为，西王母是一个国家，称为西王母国。《山海经》里有西王母国，但也有一个西王母神。西王母作为女神一直存在于西北的神话中，从中原文明来说，西王母到汉代才被封为神。此后，西王母作为国家的书写在史料中逐渐淡化，而作为女神形象的西王母则慢慢被确定下来，在道教的传说中西王母管辖着玄女与七仙女。

按照今天的地理学和近一百年来考古学的成果来看，西王母居住的昆仑山可能就在现在的于田南山一带。当年张骞在凿空西域的时候，他给汉武帝标识出的昆仑山就是于田南山。南山能产玉，玉是上古时期和道教带有灵气的祭祀物品，所以《山海经》中提到西王母居住的昆仑山时，强调了几个非常重要的地名，比如丰沮玉门山、盐泽、大泽，这些地方在如今的于田南山一带。

于田南山往东走是河西走廊。确定昆仑山的大体位置，为的是找到大禹分封九州的最西边的界限。进而谈论西王母，主要是想探明河西走廊这一片区域的先民是谁。虽然西王母国的人不一定在河西走廊生活过，但是在河西走廊的最西边再往西，就是西王母国。这个地方有传说中的神仙，还有长生不老的仙药。

《山海经》记载，很多圣王派使者到昆仑山上去采药。今天的塔里木盆地，青海西北部的柴达木盆地，在《山海经》中记载为仙境一般的存在，"鸾鸟自歌，凤鸟自舞"。后来，生态变化非常大，地壳运动加上青藏高原上的冰川不断地融化，历经风沙等自然变化，仙境已成荒芜之地。

接下来再看中国西北部一个类似昆仑山的神奇的地方，就是《山海经》中的不周山，也就是"共工怒触不周山"神话故事的发生地。从西王母到不周山，我们今天用神话来重新解读中国的西北方。

不周之风

　　《山海经》中记载共工把不周山撞倒了，所以大家都好奇不周山到底在哪里？事实上不周山就在西北。

　　《地形训》《说文解字》中又出现了"不周之风"的说法。不周之风说的就是西北这一片区域的风，比如安西就被称为"世界风库"。吐鲁番也是如此，赶上大风天气，车速快一点时车子就不稳，司机还告诉我们，大风甚至能将车速较快的火车吹翻。现在去敦煌，如果坐火车，在柳园下车，再坐汽车去敦煌，一路上会看到很多风车。人们在用它发电。

西北地区道路沿线风力发电的大风车

《山海经》中说共工撞倒了不周山，所以才会有大风。按照板块运动学说猜想，青藏高原在不断地发生地壳运动，蒙古高原也在和它相互挤压发生大地震。大地震之后，世界上最高的山峰倒塌了，不周山就不见了。当然这只是猜想。

地质学认为不周山坍塌之后青藏高原上的冰川开始融化，冰川融水奔腾而下，西北发了洪水，接下来就有女娲补天的传说。在西北的女娲传说中，关于伏羲的传说比较少，而在中国其他地方女娲与伏羲的传说往往联系紧密。比如，西南地区就有大洪水后伏羲和女娲一起逃难的传说。

现在我们说天干地支的纪年法是黄帝命大挠氏创造的，但也有很多疑惑。也有传说，认为北方的共工创造了天干地支。天干地支纪年法最早使用的词汇现在来看很陌生，十干有阏逢、旃蒙、柔兆、强圉、著雍、屠维、上章、重光、玄黓、昭阳，十二支有困敦、赤奋若、摄提格、单阏、执徐、大荒落、敦牂、协洽、涒滩、作噩、阉茂、大渊献。后来才简化为甲乙丙丁戊己庚辛壬癸和子丑寅卯辰巳午未申酉戌亥。我查了很多典籍，也咨询过很多语言学家，都无法解释。后来，葛剑雄先生说，它们可能是从外来民族中学习的。我也咨询过通古斯语系的专家，还是无果。

由此来看，中华民族早期的文明与西北的传说密切相关，而这些西北传说都有一个共同的源头，那就是西王母和昆仑山。据说黄帝和蚩尤大战时，西王母就派九天玄女去支援，西北也有许多关于九天玄女的传说。尧舜禹的时代，西王母也经常出现在史料中，比如在《瑞应图》中："黄帝时，西王母献白玉环。"然而，"献"字说明她是附属国，虽然掌管着文明却被边缘化了。

安西被称为"世界风库"，新疆的吐鲁番这里则有人以此来卖关于风的品牌。也是极有意思的事。作家刘亮程的散文《一个人的村庄》里有对风的描写，他说风与风之间经常有空隙，熟悉风的人会顺着风的空隙走，就不被吹走。这个写法使上海的作家卢新华老师颇为惊讶，他给我讲这些时表现得不可思议。刘亮程还有一篇文章，题目为《天黑是最大的自然》，我以为说得好。人们往往忘了很多事情，尤其现在的年轻人基本上忘记了自然规律。风当然是天地间最大的自然。没有风，世上的一切都难以成就。我小时候并没有感到河西走廊的风大，也许是习惯了吧。有一年春节回家，给爷爷奶奶上坟，一路与父亲和弟弟们走过去。那是个下午，天很晴，我们感觉不到有风，但是，我听到半空里有巨大的风声，在浩浩荡荡地前进着。我问父亲，这是风声吗？父亲听了听说，嗯。我看着天空，什么都没有，但是，明明能听到风的大军在行走。那是一次特别的体验，故而后来我得出一个结论，不走出故乡，对故乡一无所知。我们对河西走廊就是如此。

昆仑山到底在哪里

想要确定河西走廊属于古雍州是非常困难的，因为汉武帝设立河西四郡之前的史料非常稀少。所以只能从历史的蛛丝马迹中，一点点去勾勒汉武帝之前河西走廊的历史。

首先，《山海经》向我们描绘了河西走廊西边是昆仑山。昆仑山是"天之下都"，是世界上最高的地方，是与星空最接近的地方——自然是今天的青藏高原与帕米尔高原一带，所以昆仑山是一座很大的山脉还是一个山峰，是我们要考虑的关键。根据道教一些典籍和《水经注》《山海经》等典籍来看，昆仑山是一条非常大的山脉，而非一座山。它的东面是流沙之地，东北角是黄河的源头。根据这些信息，我们可以初步断定，它以东一定是祁连山，加上昆仑山脉中火焰山的记载，可以寻迹到今天吐鲁番一带的火焰山。其次，河西走廊有流沙，借此可以定位到敦煌以西的流沙。再次，河西走廊盛产葡萄，葡萄在北纬38度到40度之间最为香甜，这个纬度包括了中国河西走廊和新疆南疆的地区。这些地方的瓜果糖分也很高。穆天子去见西王母时喝的就是葡萄酒，这个信息也合适。最后，昆仑山上最重要的是有玉石。玉石是道教的圣物，也是古代巫师和夏商时期祭祀的用品。河西走廊西端的酒泉就产玉石，而其西边的于田南山就产玉。

除此之外，还能从《山海经》中找到一些能与如今的河西走廊对应起来的河流名称，如"黑水"，能对应到张掖的黑水河，《山海经》里说，

"其下有弱水之渊环之"，黑水河再往西的酒泉就有弱水河。《山海经》里还有一座名山——丰沮玉门山，"大荒之中，有山名曰丰沮玉门，日月所入"，这句话的意思是太阳和月亮在这里升起或落下。然而，西部文明的边缘化导致了玉门山的寻迹与解读至今是个谜，虽然今天的酒泉就有玉门市，但是与《山海经》中的丰沮玉门山在地理上还是有出入。

昆仑山的位置肯定一直在变动，但也有一个相对固定的位置。这个位置在汉之前到底有多大不清楚，在汉代则被张骞和汉武帝共同确定为于田南山。这里符合《山海经》和《穆天子传》里的诸多条件。而在新石器时代，它就当然地成为石器文化的一部分，且因为这里有玉石，便成为最重要的一个区域。那时人们崇拜玉器和巫术，西王母又拥有它们，自然成为整个古代萨满们崇拜的圣地。

丰沮玉门山

　　《山海经》里的丰沮玉门山，在敦煌以西。古代的丰沮玉门山周围有两个地方，一个叫且末，另一个叫且羌。今天的新疆南部有一个且末县，它在昆仑山和阿尔金山的北麓，塔里木盆地东南边缘。旁边还有民丰县，假设和田、民丰县、且末县、若羌这些地方合起来就叫丰沮玉门山，那么就正好能与《山海经》的记载对应起来，丰沮玉门山的南边是阿尔金山，西边是昆仑山，东边就是河西走廊。

　　《山海经》里还记载了一个地方钟山，钟山主阴，也就是世界的阴面。传说这里常年大雪，阴森寒冷，常有鬼神出没。按照地理方位来看，钟山往南是湟水，可以对应到今天的祁连山，而且也是常年冰雪覆盖，有很多神奇的传说。《山海经》里找不到"祁连"二字，因为"祁连山"很可能是后来的匈奴人命名的，"祁连"在他们的语言中就是"天"的意思。

　　河西走廊历史的空白就是在这样追踪历史的蛛丝马迹中被逐渐填补起来。《山海经》中的丰沮玉门山指示的可能不是一座山，而是一个大致的区域。这个区域里巫风盛行，有"巫咸、巫即、巫肦、巫彭、巫姑、巫真、巫礼、巫抵、巫谢、巫罗"等十巫，巫师和长生不老药的传说都在这里。无论是祁连山、丰沮玉门山，还是昆仑山，都是巫文化的聚落。古人把西边叫作西天，西方就是神仙居住的地方。一方面这和佛教有关系，另一方面是因为西王母在西北方，她是巫师的统领。

再回头看看之前说的"玉石之路"，就能发现"玉石之路"与巫文化密切相关，玉石输送到中原的同时，巫文化输入到了广大的中原腹地。

很少有人考证过"丰沮玉门山"在哪里，主要是人们对过去的西域不大清楚的缘故。所以有人便认为其指的是非洲第三高峰图卜卡勒峰，海拔4167米。其实，只要我们认真读一读历史，再看看地图，就明白丰沮玉门山指的是什么了。丰在今天指的是民丰县，沮在今天指的是且末县，过去它们都指的是一个国家，在《汉书》里叫沮末国，在《三国志》里写作"且志"。玉门倒是有些迷惑。今天我们看到的一是酒泉的玉门镇，二是古遗址玉门关。这两个地方肯定是久变不居。玉门关已经是一个打仗的地方了。最早的《山海经》里的玉门可能是今天的若羌地区，因为若羌、且末、民丰在古代常常是一个区域。人们从于田南山到玉门，要经过几个地方才能到达中原。而它们的南方的山就是丰沮玉门山了。也可能是今天的阿尔金山，或者是于田南山的东部。

从三危山说起

　　《史记》中提到了一个地方——三危山，尧把"三苗"迁到了这个地方。"三苗"指的是尧之前王族留下的遗民，他们不愿归顺尧，经常发动叛乱，尧就把他们迁到边疆。所以三危山应当是那时的边疆之地了。

　　《山海经》虽然没有"三危山"的记载，但是通过原住民的比对，可以将《山海经》中的章山与三危山关联起来看，因为这里都居住着黎民和苗民。章山的山群中，有一座名为合黎山，黎民和苗民最早就生活在西边，这样一来，合黎山与三危山就能对应起来。昆仑山以东，合黎山、三危山、章山这些地方通过这样抽丝剥茧的比对，逐渐清晰起来。

　　《山海经》提到"赤水"和"积石山"，"赤水出东南隅，以行其东北。河水出东北隅，以行其北，西南又入渤海，又出海外，即西而北，入禹所导积石山"。赤水指的就是黄河，而积石山也有被叫作阿尼玛卿山的。阿尼玛卿山在藏语里是神山的意思，这里有很多巨石，《山海经》中记载正是大禹将巨石劈开，黄河才能奔流而下。

　　由此来看，《山海经》里所描述的这些并不都是神话，也有史料的价值。西方学者用考古学证明了古希腊神话的真实性，如《荷马史诗》中出现的特洛伊城、迈锡尼文明等等，这些都被视为西方历史的一部分。如果我们也用考古学的眼光去看待《山海经》，将神话作为考古学的依据，就能在很大程度上填补西北的历史空白。

西方诸山

　　《山海经·西次二经》里记载有"皇人之山""西皇之山""中皇之山"，从考古学和地理学的角度来看，史料中的记载都能在中国西北找到相应的地理位置。皇人之山上有汇入黄河的"湟水"，湟水在今天的青海东部。著名诗人昌耀就生活在湟水附近，所以他写的诗有很多古老的意象。我每次经过那里时便想起昌耀，想起他那首《内陆高迥》的诗歌。皇人之山被认为在湟水附近，从诗人的角度来说，他在那个地方能看见这些古老的山脉。

　　每两年的秋天，我几乎都要翻越祁连，把祁连高原走一遭。仿佛一年的不快都要在这秋天被辽阔的高原之景融化，而一年的美景也从此展开。这几乎成了一种仪式。在大通河边，我写下一首小诗《大通河边》：草原。河流。牛羊。毡房。蓝天。白云 / 啊！多美的草原 / 可为什么我的心里总有一丝悲伤。这是我每一次去那里看高原的感受。我将此理解为有限的人在无限的时空中的一次慨叹。

中皇之山有黄金，所以被认为在大通河附近。每一年的秋天，我都要和家人、朋友们游历河西走廊和青海之地。我们一般是先回武威看过父母，与朋友们聚会，然后从武威出发到山丹军马场，再从那里到扁都口，进入祁连山里面。一到祁连山，风景便不一样了。到处都是游牧之地。高山上有马和牛悠闲地吃草，牧羊人赶着一群羊孤独地行走，而苍鹰在高天里盘旋。然后会进入祁连县境内，沿着山脉不停地向上爬，爬上高高的大冬树岭。那里海拔极高，风很大，空气稀薄，很冷。所以在那里不敢多停留，很快就下山往东走，慢慢就进入到了大通河边。看着那河水，便想起有专家说《西游记》中的通天河可能就是指这条河。河水并不大。如果沿着它，就会进入甘肃永登境内，一直到吐鲁沟。我在那里没有发现黄金，但昌耀显然是发现了的。我将这首诗摘录在这里，以供大家欣赏。

内陆。一则垂立的身影。在河源。
谁与我同享暮色的金黄然后一起退入月亮宝石？

孤独的内陆高迥沉寂空旷恒大
使一切可能的轰动自肇始就将潮解而失去弹性。
而永远渺小。
孤独的内陆。
无声的火曜。

无声的崩毁。

一个蓬头垢面的旅行者西行在旷远的公路，一只燎黑了的铝制饭锅倒扣在他的背囊，一根充作手杖的棍棒横抱在腰际。他的鬏角扎起。兔毛似的灰白有如霉变。他的颈弯前翘如牛负轭。他睁大的瞳仁也似因窒息而在喘息。我直觉他的饥渴也是我的饥渴。我直觉组成他的肉体的一部分也曾是组成我的肉体的一部分。使他苦闷的原因也是使我同样苦闷的原因，而我感受到的欢乐却未必是他的欢乐。

而愈益沉重的却只是灵魂的寂寞。

谁与我同享暮色的金黄然后一起退入月亮宝石？

一个蓬头的旅行者背负行囊穿行在高迥内陆。

不见村庄。不见田垄。不见井垣。

远山粗陋如同防水布绷紧在巨型动物骨架。

沼泽散布如同鲜绿的蛙皮。

一个挑战的旅行者步行在上帝的沙盘。

河源

一群旅行者手执酒瓶伫立望天豪饮，随后将空瓶猛力抛掷在脚底高迥的路。

一次准宗教祭仪。

一地碎片如同鳞甲而令男儿动容。

内陆漂起。

昌耀，写于1988.12.12

其实他自然也未曾发觉。对于一个现代人，一个见过现代生活的人来到这里，他看到的永远是孤独、荒凉、空寂，还有无效的抗争，随即便是宗教的皈依。然而，近些年来我竟然慢慢没有了这样的孤独，竟然由衷地热爱上了荒凉和这种远古的寂寞。

大冬树山垭口，海拔4120.6米。从2007年以来，我曾每两年翻越一次那里。我曾经写下一首诗《翻越大冬树山》：风吹经幡／风吹玛尼石／风吹高高的大冬树山／我们在此停留／大家各做各的事／我只疑惑：神在哪里。

有人说，西皇之山很可能就是嘉峪关附近的硫磺山。我没有去过。每次在嘉峪关短暂停留，都感到昌耀诗中的那种焦渴。它本不是我的焦渴，我的手里有现代化的水杯、矿泉水，然而我依然感到一种巨大的焦渴。它来自戈壁的深处，来自高远的天空，以及看不见的大千世界。在那里，有八棵树的故事，说整个嘉峪关绿洲是从八棵树开始的。在那里，也有几个湖，我曾经在那个最大的湖边来回走过几天，尽管水面平静，然而我总担心它一夜之间被某个天地的巨物一口吸干。在那里，树木都长不大，人们对土地的热爱与水一样。硫磺山，也许是它南边的山脉吧。虽然目前这种说法只是一种地理和考古的假设，但是这样的假设为进一步研究西北的历史与文化提供了有效的思路。

　　《山海经》中还有一座非常神奇的山，叫日月山。之所以被称为日月山，是因为太阳和月亮就是从这座山出入的。《山海经》中说天帝俊与妻子常羲生了十个儿子太阳和十二个女儿月亮，常羲便经常来这里洗月亮。这大概就是十天干和十二地支的比喻吧。天干表示阳，地支表示阴，也就是天阳地阴。

　　我每次经过那里时就有一种恍惚的感觉。感觉这里是太古之地，是天之最西界了，但其实又不是。一种古代与现代混合打架的感受。日月山那个地方有条倒淌河。导游说，天下河流皆是从西往东，而这条河不是，是自东向西，故称倒淌河。它在今天的青海海南藏族自治州，自东向西流入青海湖。

　　《山海经》的记载中还有一座位于古凉州最东边的山，叫鸟危山，鸟危山很可能就是今天靖远的屈吴山。《山海经》中记载"鸟危之水出焉，西流注于赤水"，鸟危山上有水流，且向西注入了黄河。屈吴山上确实有水流，并且向西流入了黄河。如果以《山海经》中的昆仑山为地理考

古的中心，就能找到一些比较有名的山脉，它给人们描述了大荒以西，也就是今天河西走廊的整体风貌。

日月山

传说中的日月山
其实没有什么
世人闻名而来
空手而还
我也站在山顶
想望见长安，或者兰州
目光渗进茫茫山色
有些畏惧，有些伤感
想想当年青涩文成
确有些不忍
但再想望点别的东西
已然不能
路途遥遥
不允停留
只好留下一念
匆匆下山

日月山
我不知哪里是日，哪里是月

轩辕黄帝到底出自哪里

《山海经》中记载昆仑山西边几百公里处，是黄帝居住的轩辕国，轩辕国在密山。密山如今何在，说法不一，有人说是巴颜喀拉山，有人说是帕米尔高原，也有人说是陕西的密山。陕西密山说得最多，学术界大概都持此说。但是依据密山产玉和谷物丰茂这两个特点来看，可以排除陕西的密山，这里虽然有谷物，但是没有玉石。陕西的密山也可能是后来的祭祀之地，一如后来有很多祭祀之地也叫昆仑山一样。如果依据昆仑山这个主要的地理坐标来看，其北方的塔里木盆地非常符合轩辕国的特征。古代的塔里木盆地是盐泽之地，非常富饶，且南山有玉石产出。

《山海经》里面记载，轩辕国的人都是长寿之人，最不寿者也要活八百年，长的有两千年，西王母还传授给长生之术，他们到哪里都是居住在山南水北的地方。当然这只是神话传说而已。但是轩辕国的地理位置确实有使人长寿的重要因素。其一，有充足的食物资源；其二，轩辕国是"阳气"的聚集地，阳光可以促进钙质的吸收，进而使生命力旺盛；其三，柴达木地区还生长着许多珍贵的草药，这些奇珍异草可以帮助人们治疗疾病，调理身体，这容易使人联想到数千年前的塔里木盆地也一样是美丽的人间仙境。

《山海经》不仅是地理和考古的素材，它还包含了"礼"的文化。比如箭不能往西射，也不能往北射，因为西边有轩辕台，北边有共工台，这两处都是神明所在地，往这两个方向射箭是大不敬。

　　《山海经》中说，昆仑"又西四百八十里，曰轩辕之丘，无草木。
洵水出焉，南流注于黑水，其中多丹粟，多青雄黄"。如果说它在昆仑之西，
则可能是喀什地区，或到了葱岭之上。但此处出现了"洵水"和"黑水"
两条河流，以及"丹粟""青雄黄"物质。"黑水"可能指的是祁连山
中流出来的黑河，而前面讲的西皇之山很可能就是嘉峪关附近的硫磺山，
这是否就是"青雄黄"呢？它们周围便是柴达木盆地，上面提到的"多
丹粟"也是没问题的。据地质学家分析，青藏高原是地球上最年轻的高原，
生命力正在喷薄之时，它的北侧每年以 7—10 厘米速度向上升高，而柴
达木盆地曾经是河源周围之地，塔里木盆地中坳泽的水向南渗过来，在
这里又形成一个湖地，然后在青藏高原的东北部形成河源。这里是过去
的沃野，至今还保存着很多珍奇的植物与动物。那么，轩辕国很可能又
在敦煌至酒泉一带，总之在祁连山西部。而我们目前所说的陕西的峚山，
可能是后来轩辕国生活的另一个地方。就像过去少数民族把很多地方都
叫天山或白山一样，这很容易理解。但是，陕西的峚山除了可能有"丹粟"
之外，其他的条件都不具备。虽然有很多大家支持此说，但目前还说服
不了我。故而有此一说。将来考古学家和人类学家可进一步去考证。

黄帝的祭祀地在哪里

《山海经》记述轩辕氏经过沃野之地，而后向中原进发。用来捕猎和防卫的弓箭都是用玉做的，这就说明他们来自产玉的地方，这个地方有可能是昆仑山。过去很多学者认为黄帝生于陕西，但甘肃一位学者在《甘肃通史》上说轩辕帝出生在西北的天水。有一些证据，但说到玉的时候就无法自洽了。陕西更是如此。另外，很多学者都想把出生地确定在某个地方，然后把黄帝的活动范围也缩小在一个很小的范围，都是有些问题的。围绕子午岭，甘肃正宁县和陕西的黄桥县有祭祀地，河南灵宝县和河北涿鹿县也有祭祀地，但大都认可陕西的黄帝陵。几千年来，陕西的黄帝陵常常受到人们的祭祀，其他地方则都有一些争议，史料不足。当然，其他几地都可以看成是祭祀地。

轩辕帝的孙子是颛顼帝，他是一个很有建树的帝王。颛顼帝有一个儿子叫淑士，建立了淑士国，淑士国位于西大荒，以此可以推断轩辕帝的重孙淑士在大荒以西生活过。轩辕帝的六世孙叫鲧，鲧是大禹的父亲，他在这一带生活，治理洪水。但是他的方法行不通，于是被流放到了别的地方。他的儿子大禹还要在这里接着治水。《山海经》里的诸多记述都与中国的西北有关。

八卦里有一个艮卦，原来在西北，后来到了周文王时被移到了东北。不周山被撞倒之后，这个艮卦就变换了方位，而这两者之间似乎有某种联系，当然这只是一种想象，最重要的提示是，有一天夜里，周文王去上厕所，一观天象，发现天象早已不是先天八卦上的方位，于是将其变为后天八卦。后天八卦就较符合处于黄河中游地区的人观察天象的方位。这是古人治理国家、家庭、婚姻和日常的心法，今人不知，将其定义为迷信，或者应当把《易经》从迷信的范畴中剥离出来，因为从哲学体系上来看，《易经》是古人对整个宇宙的理解。

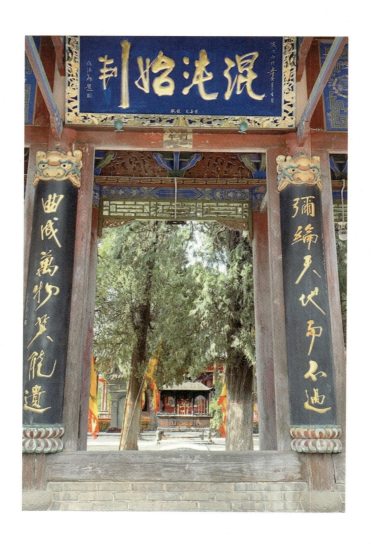

这是天水伏羲庙里的一幅对联，赞扬的是《易经》。"弥纶天地之道"是说《易经》是"冒天下之大道"。春秋时，郑国的子产是大思想家，但他感叹天道之不显，所以孔子说，朝闻道，夕死可矣。讲的都是天道。《史记》中讲，孔子四十二岁之前，主要是完成"诗书礼乐"四书。《庄子》中讲孔子在五十一岁时去见老子，明白了阴阳之道，开始学习《易经》。我研究的结果也大概是五十岁左右，孔子开始研究《易经》，因为他认识到了天命，但《易经》不是他那时的学术重点。大概是到五十六岁以后他开始正式研究《易经》，越是晚年越是重视。《易经·系辞》是基于儒家道德伦理体系建立的天道体系，没有这些天道体系，人伦就没有依据，但后来的人们都忘记了天道，只记得伦理体系这个人道。"曲成万物莫能遗"，说的是八卦的创立，非一日之成，也非只说天和人的事，而是仰观天象星辰之变化，俯察万类生物之变化，然后依据天地自然之变化才总结出这个规律来。也就是说大至宇宙，《易经》是可以解释的，而小至世间任何一物或一事，《易经》也可以解释，这就是《易经》之妙，乃人类最大圣物。世间再无可比者。

　　黄帝在此基础上又创立了五行和天干地支。子午岭就是地支中的子和午构成的中轴线，是冬至和夏至的合称。道家将黄帝与西王母并说，是有道理的。一则《山海经》中讲黄帝与西王母住的地方很近，二则神话传说中西王母曾帮助过黄帝。很多学者尤其是外国学者认为，西王母是女萨满，伏羲、黄帝、大禹都是男萨满，大概他们也是感受到了他们之间密切的联系吧。

西羌人的文明

　　《史记》中关于河西走廊先民的记载提到了三苗，三苗是那些不愿意臣服尧的人，被统一迁到了三危山。当然，《史记》的叙述中用了一个"窜"字，说这些人是"窜"到了三危山，是逃到这里的，可能还有别的故事。待到《后汉书》中提到三危山时，将那里的人称为西羌人。依据《后汉书》的记载，可以推断西羌人是三苗的后裔，这个说法当然也只是一种推测，现在人们说这些都要拿到 DNA 的证据才能相信。他们的相貌和后来的匈奴人有些相像，性格都豪爽剽悍。西羌人的聚居地属于大禹和其父亲的统辖范围，他们成为了河西走廊最早的民族之一，也就是今天河西人的先民之一。

　　羌人也是中华民族中最古老的一个民族，有学者认为西王母也是古羌人。西羌人是游牧民族，以牧羊为主，他们没有类似农耕文明那样复杂的伦理制度，但这并不是说没有伦理制度。他们规定十二代之内，同姓不能通婚。西羌人还有一个有意思的地方，就是他们没有父姓，父亲姓的都是母亲的名字，比如最早的姜姓、姬姓都是母亲的名字。从西羌人的姓氏可以看出中华文明早期的伦理形态。

　　西羌人长期在草原上生活，过着游牧的生活。后来西羌人东进，逐渐与农耕文明交融。有学者认为大禹率领能征善战的西羌人与东面的舜帝开战，是大禹以武力得了天下，而非舜帝禅让。这样的说法也有一定的道理，因为西羌人是游牧民族，善于征战，马匹强壮。百年以来的考古成果说明，羌人在夏代就有青铜器，武备方面得以大大改善，这也可以说明羌人在当时的强大。

按照五行来说，西方属金，金行之气，有杀伐之气。西羌人在夏朝的时候还生活在青藏高原和三危山一带，河西走廊是其中的一部分。但是夏朝灭亡之后，商朝伊始，西羌人就开始叛乱，依仗自己的强兵悍马发动战争。一直到商朝武丁统治时期，才平息了西羌人的叛乱。商朝重新统一了西域诸国，但是好景不长，武丁死后大一统的局面也不复存在，各方势力蠢蠢欲动。

羌人的尚武思想不禁使人联想到《斯巴达三百勇士》这部电影，斯巴达尚武的不仅是男人，女人也勇猛剽悍。女性占有社会主导地位也是河西走廊古老历史中的一种特质，比如西王母形象，以及西羌人都随母姓的伦理形态。

匈奴人的文明

　　一部分西羌人东移，到了陕西一带，还有一部分西羌人到了西藏。从藏族人的体型和面部特征就能看出他们和西羌人的关系，藏族人的颧骨很高，脚型也与西羌人很相似。所以，藏族人应该是中华民族古老的民族之一。他们中很多人虽然并不牧羊，但仍然有对羊头崇拜的习惯。我一个诗人朋友是在甘南长大的藏族人，如今住在兰州。有一次去他家里，看见在书架正中心的位置，挂着一个羊头，羊头上披着哈达。人们总说藏汉一家，语言学家把藏人和汉人的语言称为藏汉语系，是世界上几大语系之一，说明藏汉在上古时代本就可能是一家。

　　虽然史料记载中认为西藏是从元朝开始并入中国版图的，然而从民族迁徙和融合的角度来看，藏族很早就在中华文明的版图之内。大禹定九州中的古雍州应该包括西藏地区，或者说雍梁二州就包括整个的西部。夏后期，雍梁二州相继丧失，直到张骞从西域回来后说，不仅从西北可以到西域诸国，西南也有一条通道。张骞还被派去在那里做过一阵官，主要任务就是开通梁州，即蜀道。但《史记》上说，他没有完成任务，梁州很难被打通。后来，汉武帝又把兵力集中在西北打匈奴了，那边就又放下了。

　　羌人经过迁徙和民族融合之后，慢慢消失了。现在只能通过考古学、地理学等方法，追溯到羌人生活过的一些地区，如甘肃、陕西、青海、西藏、四川、新疆等地，甚至云贵高原。我在看有关五凉时代的一些史料时，频频看到羌人被迁到凉州姑臧等地的信息，五凉时代的开启者张轨被封为"护羌校尉"也充分说明他到凉州的一个任务就是要看好羌人。羌人就这样被不断地迁到各地。早在张骞出使西域，回来时他选择的道路就是走羌地，结果还是被俘虏了。

再往西看，超出中国版图的地方也有羌人的痕迹，羌人是中华文明中一个古老而神秘的民族。

还有一部分羌人的后裔生活在西北，他们与从蒙古草原上来的游牧民族进行融合，逐渐演化成了匈奴人。当时的蒙古也在大禹划定的九州范围内。匈奴人主要活动的区域有三个部分，一部分在今天的山东和东北这一带；一部分在今天的河北、山西、陕西和宁夏这一带的黄河流域；还有一部分在西北。

匈奴在秦始皇统一中国时崛起，匈奴人按照方位将他们的首领分为右贤王和左贤王。右贤王统治广大的河西地区。他们以河西为后援，准备进犯中原，直到秦始皇派蒙恬大将军消灭了十万匈奴人，重创了匈奴的势力。然而，匈奴到汉武帝的时候又再次强盛起来。有些学者认为汉武帝把匈奴打到了欧洲，使得古罗马分化东罗马和西罗马。还有一种说法认为现在的匈牙利就是匈奴。

与羌人沿用母亲姓氏一样，匈奴人对于"父权"也不放在眼里。匈奴的冒顿单于想发展自己的国家，但是他的父亲不敢前行，于是冒顿就杀父篡位。这样的行为在匈奴人的文化伦理中竟然也能接受，新生的强大的力量取代了旧的腐朽的统治。

纵观匈奴人的历史，他们是中国北方草原上强盛的游牧民族，他们在河西走廊上也生活了很多年，然后被汉武帝驱赶，流散到各地，与各个民族战斗的同时进行民族交融。

月氏人的文明

　　除了羌人和匈奴人之外，河西大地上还生活着月氏人。月氏人在匈奴人之前就已经来到河西生活了很久。《史记》《左传》《战国策》等一些典籍提到的"禺知"就是月氏。月氏人的出现应该与周朝是同一个时期，所以，周穆王当年征战西域，拜见西王母的时候，月氏人很可能就已经生活在那里了。月氏人具体是什么时候来到河西的，目前无法考证，但可以确定的是月氏人至少在这里生活了七八百年。七八百年相当于从元朝到现在这样一个时间跨度，也就是几十代人都在河西走廊生活。

敦煌壁画中张骞拜访大月氏场景

月氏人是从哪里来的？现在有几种说法，其中一种认为他们是西羌人的后代，还有一种说法认为月氏人是民族融合而产生的，被匈奴人打败后开始迁徙。其中一部分留在了祁连山的西边，也就是今天的敦煌一带，被称为小月氏。大部分人顺着天山南侧向西而去，到了今天的阿富汗一带，在这里建立了一个新的国家。

　　《张骞传》中提到了大月氏国，大月氏的贵霜部落建立了贵霜帝国，贵霜帝国、罗马帝国和汉朝一样都是大帝国。张骞在拜访大月氏的时候，大月氏还没有整体统一起来。大月氏曾经受到了匈奴的侵犯，他们大王的头被匈奴王冒顿拿来当酒器，月氏人原来是很痛恨匈奴人的，所以张骞想要说服他们与汉帝国联手对抗匈奴。然而，张骞并没有成功，此时的大月氏已然放下了心中的仇恨，不愿再起战事。这是历史上非常有趣的现象，大月氏这样的选择应该与佛教的传播有关。

关于乌孙人的猜测

　　一般认为佛教是在汉明帝时期传入中国，而张骞是在公元前 139 年到 126 年之间找到大月氏的，虽然此时佛教在中原地区还不兴盛，但是处于河西走廊上的大月氏可能已经受到了佛教的影响。有趣的是，河西走廊上的先民在更远的地方建立国都之后，又将佛教一步步输送回中原，西域和河西走廊则成了最先接触佛教的地方。汉明帝时期第一批到中原传播佛法的人就是大月氏国的摄摩腾和竺法兰和尚。这样一来，河西走廊就变成了一个世界走廊，成为了中华文明与世界文明交流的地方，月氏人的历史也给河西走廊增添了无穷的色彩。

　　说完月氏人之后，我们再来说说乌孙人。乌孙是一种音译，也叫乌逊，这个民族生活在河西走廊的西边。后来月氏人把乌孙人驱赶到了新疆的伊犁河畔，伊犁河畔水草丰茂，所以，他们仍旧延续游牧传统。待到匈奴强大，乌孙人就依附于匈奴，攻打月氏。然而，此时乌孙人又遭到柔然举兵进犯，他们被迫翻越葱岭开始迁徙，今天的哈萨克族被认为是他们的后裔。

　　在当时的北方草原上，印欧语系的人和阿尔泰语系的人不断地迁徙、融合，乌孙人的眼睛、鼻子更像是欧罗巴人，所以也有人认为他们是来自印欧语系的一支。

　　2012 年，我到新疆的伊犁采风，专门去了乌孙人生活的地方寻找天马。在那里看到了天马，也就是西极马，还看到了哈萨克人。在乌孙山上，我看着那茂盛的次森林带和高高的山峰，怀想当年他们是如何在这里生活的。在辽阔的昭苏草原上，我看到很多马悠闲自在地吃草，无人打扰，便想到当年也可能有过这样和平的岁月。我还去了细君公主与解忧公主生活过的地方。那天，天色阴沉，我站在荒芜的山峰上，听到北风从我耳边呼啸而过，想想遥远的兰州甚至长安，不禁忧从中来，悲也慢慢诞生。人太渺小了。

乌孙人在这儿生活了不久，就又散乱在历史的风烟里。

天山牧场

没到过新疆的人，是无法体会中国之大的。从一个中心城市到另一个中心城市往往要一两千里。我从兰州到乌鲁木齐飞了差不多四个小时，相当于从兰州去了两个北京那么远，然后从乌鲁木齐再坐飞机到伊宁市要700公里，也要差不多一个小时。我在飞机上看天山的风景，才明白当时月氏人、乌孙人在河西走廊待不下去后就到了伊犁河流域。这里有水，有草场，是游牧人天然的乐园。

凉州畜牧甲天下

凉州最早的文化类型是游牧文化，神话的西王母族、黄帝族与共工族，大概都是羌人，到后来的羌人、月氏人、匈奴人，再到西夏党项族、回鹘族、蒙古族，还有外来的粟特人等，都是游牧民族。汉武帝时期是凉州由游牧文明向农耕文明的转折。

从《史记》开始，汉武帝之前的游牧民族都不属于中华版图，比如周朝时的月氏人，还有秦汉时的匈奴人和乌孙人，他们不在中华民族范围之内。现在讨论的游牧民族是指匈奴投降以后，慢慢地融入到汉族的这一部分。但问题在于大禹的九州在哪里？它是一个什么样的版图？似乎没有几人能说清楚。这就给历史留下了悬案。

汉武帝设置河西四郡后，凉州的畜牧业一度非常发达，就是所谓的凉州畜牧甲天下。发达到什么程度呢？据史书记载，凉州很早就有六畜，六畜指的就是马、牛、羊、猪、狗、鸡。这样兴盛的文化影响延续至今，武威人过年的时候写对联，要写"六畜兴旺"贴在羊圈、牛圈的门上。我小学三年级的时候，父亲就让我练毛笔字，希望将来能写春联，大概五年级时写过一次，结果把"六畜兴旺"贴错了地方，至今还记得。"六畜兴旺"仿佛凉州人记忆最深处的东西，牢不可破。年年要写这个。即使现在都不大养牲畜了，羊圈也空了，但仍然不会忘记在那里贴一幅对联，上面的横批仍然是"六畜兴旺"。可见凉州畜牧业之发达，由畜牧业产生的文化影响之深远。

祁连山畜牧

　　小时候，还在公有制经济时期，我们村有很多牛、羊、马、骡子。我家的北边曾经是一个很大的打麦场，再往北走，就是生产队的圈，里面啥都有，每夜都有人去值班。我们经常在那里玩。很快就到了包产到户的年代，我们家到底分了几只羊和牛，我们小孩子不清楚，但父亲买了很多羊。我们暑假做的事就是放羊。早上起来，背一个馒头，那时也不拿水，没法拿，渴了就到附近找井水喝。再后来，等到20世纪90年代，牛、马、猪还在，但开始慢慢退出历史舞台。现在只剩羊和鸡了。父母天热时回到乡下有事干了，天冷时进城就要把羊和鸡都卖掉。现在我父母还养着三只羊和十几只鸡。这便是他们的农家日子。

　　无论《山海经》中到过河西走廊的颛顼帝，还是河西先民西羌人，他们的形象都是高鼻梁、深眼窝。今天一些武威人的相貌看起来也有异域血统。我小时候，包括写作的时代，时常能感受到想要骑马奔驰的冲动，或许凉州人的血液里天然有一种游牧文明的情怀。

　　凉州人的血统充分体现了民族融合的特征，《史记》《汉书》《后汉书》的史料中有中亚、西亚、欧罗巴人在河西的痕迹。有的学者认为，

今天金昌市永昌县的骊靬村，就是罗马人的后裔。这样的说法虽然有争议，但是从一个侧面说明了河西人血统的复杂性。这些实际上都是游牧民族的特点，要经常迁徙，逐水草而居。

在《汉书·地理志》上记载："自武威以西……地广民稀，水草宜畜牧，故凉州之畜为天下饶。"这里的武威显然多指今天的武威地区，当然也有变化，而凉州则指整个河西走廊、青海北部，还包括兰州一带。"凉州畜牧甲天下"这句话出自《金史》里的《夏国传》，书中写道："南界横山，西通西域，东距河西，土宜三种，善水草，所谓凉州畜牧甲天下者也。"从这两段史书的记载中我们可以看到，从汉代到宋代，凉州的畜牧确实是甲天下。这种盛况直到明代时开始发生变化。明代的时候大规模开垦土地，农耕文明普及化，凉州地区的畜牧业被慢慢削弱。

是什么条件决定了凉州的畜牧甲天下？凉州又有哪些独特的自然条

件和风土人情，让它在历史长河中以畜牧业为中心，散发出耀眼的光芒和无穷的魅力呢？最主要的原因是河西走廊独特的地理环境。之前甘肃旅游业有一个口号："丝绸之路三千里，华夏文明八千年。"丝绸之路三千里指的就是河西走廊，华夏文明八千年指的是大地湾和伏羲文化。这样丰富的历史和地理资源，造就了河西走廊的独特性。

祁连之雪

甘肃是一个狭长的"如意形"地形，东西长约一千六百多公里，依祁连山脉往西延伸。狭长到什么程度呢？一位北京的友人曾说："什么时候到兰州，请你顺便陪我们去看看敦煌。"我面露难色，勉强答应。友人嗔怪不解，我解答说："其实从北京到兰州的距离，就相当于从兰州到敦煌的距离。"他听完后大惊道："是吗？"这一桩趣事足以说明甘肃的狭长地貌。

如此狭长的地貌如何能成就"畜牧甲天下"的称号呢？同样是草场，内蒙古为什么没有河西走廊这样的美名？其一，是因为喜马拉雅山板块运动和气候的大变化，整个西北地势隆起，原来的冰川、湖泊消失，冰川融化后的大洪水把河西走廊冲积成了土壤肥沃的平原，也就是今天的武威、张掖、酒泉、敦煌等这几大平原和盆地。这里土壤肥沃所以才能水草丰茂，这也是后来"金张掖""银武威"得名的原因。如果没有特别肥沃的土壤，也不会成为农耕文化发达的地方。其二，是因为祁连冰雪融水给植物提供了充足的水源。距今约四万年前，喜马拉雅板块运动形成了整个的青藏高原，这一时期冰川不断地融化，形成了大洪水，水量充足。除了冰川融水之外，河西走廊地区冬季漫长，夏季较短，大量的雪水被囤积下来。这也是凉州之"凉"的一层含义。

我家住在祁连山北边，小时候，早晨起来，大地一片寂静，天空特别晴朗，远远地望去，就能看到祁连山上连绵不绝的大雪，仿佛是一面巨大的镜子，非常耀眼。即使在夏天也是如此景象，特别壮观。现在基本上没有了。

　　2006年暑假，我随学院的社会实践团队去了酒泉考察当地的旅游，站在城市中心的钟楼上，还是能看到南山上的雪。在武威，基本上看不到了。环境的变化使这里的一切都发生了巨变。

在那水草丰茂的地方

　　还在我童年的时候，家乡在挖水井时只需一米深，便能溢出水。武威的雀儿驾，以鸟多闻名，还有很多参天大树。上武威师范学校时的一次夏令营活动就是在那里，记忆中草坪是湿润的，稍微不小心踩到一个凹地，就能踩出泉水，但是现在没有了。短短三十年，生态发生了很大的变化。遥想汉武帝时期，河西走廊水清草长，才成就了"畜牧甲天下"的草场。河西走廊的草原之所以比新疆和内蒙古的要肥沃得多，是因为有祁连山的冰川和积雪，才有了冲积后的广阔平原。

　　河西走廊每年的降水主要集中在五到九月份，其他时间都比较寒冷。我记得小时候五六十左右的人，夏天都穿秋衣秋裤，因为昼夜温差很大，早晨很冷，中午很热。这样的气候使得这里的瓜果特别香甜，加上在北纬 38 度到 40 度的光照，瓜果水分足，含糖量高。我也曾吃过民勤友人家的西瓜，早上七点多太阳刚出来的时候，他把我带到瓜地，从瓜秧上摘下来一个西瓜，真是非常甜。记忆中最好的西瓜是在瓜州吃的，卖瓜的人说是从吐鲁番拉来的。这些年有朋友总是从民勤拉来哈密瓜，糖分很高，吃得人觉得仿佛在吃另一种糖。由此来看，这样的水草，这样的瓜果，这样的地理环境，怎么会养不出好的牲畜呢？所以这个地方的牛马一定是最肥硕的。

水系与绿洲

    河西走廊最丰沛的水系是黑河水系，它流经酒泉、张掖、嘉峪关等，其间有许多支流汇入，一直流到内蒙古。这片水系主要的流域是张掖，虽然也经过酒泉，但酒泉还是以戈壁地形为主，如果坐火车就会看到，车窗两边一望无际的戈壁和石滩，仿佛一下子进入了古代蛮荒之中。有一位诗人叫张子选，在酒泉的阿克塞生活过，他写过这样的诗句："羊群啃着石头上的阳光。"因为没有草，所以羊群啃着石头上的阳光，虽然特别有诗意，但也说明了这个地方很贫瘠，很荒凉。

    河西走廊有三条大的水系，分别是石羊河、黑河、疏勒河。这三条大的水系形成了四个绿洲，分别是武威、张掖、酒泉和敦煌。疏勒河流域就是今天的敦煌绿洲。月牙泉是由疏勒河形成的，过去的月牙泉应该很大、很壮观。

    河西走廊由游牧文化转为农耕文化是在汉武帝时期，汉武帝认为这么肥沃的土地，为什么不去耕种呢，所以当时被派遣驻守河西走廊的军队，在不打仗的时候就开始耕作。这和后来的新疆建设兵团有异曲同工之妙。要想长期驻守边疆，除了打仗，还要自力更生。这样一来，河西走廊就开始慢慢地农耕化，文化也逐渐开始汉化。不仅如此，霍去病在河西走廊建设了皇家军马场，就是现在的山丹军马场。它是亚洲最大的皇家军马场，也是世界三大军马场之一。

    从北斗卫星地图上看，河西走廊的水系很明显，武威、张掖、酒泉的水系和绿洲在地图上还能看到，还有一些绿意，但敦煌看上去则有些荒漠化了。这其实也是两千多年来地理演变的事实。很多人都在为敦煌月牙泉的水而担心。这的确是一个问题。这并非人力能为的事，是天地的事，但人们总想改变自己生活的境遇，这也是自然赋予人类的能力，于是，人们道法自然，一方面想人为蓄水，另一方面想把其他地方的水引导过来。2010年，我在上海读书时，每天都看到有雨泼下，人们都为雨而发愁，相反，我的故乡大西北是多么需要雨啊。想到这里，便写下一首短诗《又下雨了》：又下雨了／不知始于何时／轻轻地，斜斜地／把天地织得迷离，忧伤／此时的上海更像一个情人／而我远在西北的大地／我目光抚摸过的山川平原／多么渴望这场浩大的爱情。最近这两年，在网上时常看到人们设想把长江或黄河之水重新引到西北的各种言论，甚至还有项目考察。如果能够实现，这也许是这个时代留给后世千成的伟业。它也许需要很大的成本和牺牲，但从长远看非常值得。想想看，在张骞的时代，这里还是河源之地，现在它已经成了荒芜。如果河西走廊以及整个新疆有了水源，那么，中国的发展将又是一个新局面。

六畜兴旺

我记得童年时家中除了养羊、鸡、狗、猪外，我们还养过牛、驴，马没养过。六畜中有五畜，如果把驴算上，也算是六畜了。当然，六畜也只是对家畜的一个统称而已。如今，家里基本上不养牛、驴和猪了，但羊、狗、鸡还在养。父亲每天很早便起床，骑着自行车去外面割草，回来后把割的草晾一下再喂羊和鸡。现在的武威越来越看不到这些牲畜了。

河西大地上除了六畜之外，还有骆驼。在古代，骆驼可能是这里最多的牲畜了。现在的敦煌、民勤都可以看到骆驼的身影。记得小时候，我家附近还没有很多村落与房屋，在平原上，远远望去，经常能看到远处的驼队在缓缓移动。它们走的路线是古时候凉州城到永昌府的路，再往北走就到了金昌和民勤，再北一些就是一条隐蔽的丝绸古道。驼队在夕阳下变成一道剪影，仿佛20世纪七八十年代的画一样，现在想起来还觉得特别美。

在河西，骡子也很常见。骡子不生育。如果有人骂人是骡子，那就是我们那里最肮脏的话，就是断子绝孙的话。河西还有一个重要的动物就是马。我上一次去时，山丹军马场的人说，那里还有三千多匹马，但是交通、战争、耕地都不用它了，所以马匹逐渐退出历史舞台，变成了记忆中的英雄。

　　2007 年，父亲还养着牛。那时，我们村几乎家家都有牛，也有羊。但牛的作用在慢慢降低。在还没有机器播种和耕地的时候，牛是主要的劳动力，与人朝夕相处，很有感情。人从牛的身上能学习到很多道理。比如，我父亲曾经对我说，你看，夫妻过日子就跟牛犁地一样，若是犁地的两个都是犏牛（公牛），那么，两只牛一个比一个跑得快，人最后就跟着牛跑了，犁悬在空中，是犁不了地的。如果是两只乳牛（母牛），又会一个比一个慢，你拼命拿鞭子抽也没用，一天下来犁不了几分地，把人还气得不轻。最好是一只犏牛，一只乳牛，犏牛跑得快，乳牛把它拉一下，不要挣死，而乳牛太慢时，犏牛把它拉一把，也能犁几分地，人也轻松。我一听就明白了。后来我研究《河图》，发现《河图》尽管说的可能是太阳历的天文、地理和气候规律，但也指人与社会的管理规律。最初，这些都由西王母掌握，后来伏羲习得创立八卦。黄帝从伏羲和西王母那里都有学习，创立五行和天干地支。这都是中国人早期的世界观和方法论，是关于物质世界和精神世界的共同规律。人是其中的一个自然物，自然也得遵循这个规律。但后来人类的理性发达了，对道德的追求也越来越高，这就是老子讲的，大道废，有仁义。人们渐渐忘记了自然规律，只认识道德和社会规则。人活在社会中了，与自然宇宙渐行渐远。如果从这个思路往回看，《河图》上讲的："天一生水，地六成之；地二生火，天七成之；天三生木，地八成之；地四生金，天九成之；天五生土，地十成之。"讲的是天上的五星在一年（太阳历是十个月）中的一月（不是后来天干中的甲）出现，经过五个月的运转，到六月在大地上被收成。那时是夏天，雨水正多的时候。二月（非天干中的乙）的时候，火星虽然没有在天上出现，但是地上已经有火了，到了七月的时候，就能看见天上的火星了。这其实也是后来十二地支中五行的转行规律，火是从寅时生，午时旺，戌时落下，亥时绝去。这个天道人人可看见。但十二地支中的夏天已经到了午未之时，在天干中还是六月。此时，是大暑或初秋的时候，是三伏天，的确是地上最热的时候。三月大概是春风和芒种的时候，是大地播种的季节，是草木生的时节，是木星在春天出现的时候，所以说天三生木，但到秋天八月的时候，大地上就收获了。这就叫春种秋收。这样理解可能一切都顺了，是科学，且是农业科学，不是迷信。依次可解释下面的金和土。我说的重点不是这个，是要说人们在这样的大道中明白了一个道理，五行是天和地共同完成的，不是其中一个能完成的，天地是阴阳，阴阳和合，能相互成就对方都是一阴一阳之合，且在数字上相差无几，即在历法上按顺时针算相差五个月，这就是人们在天干上说的五合。后来中国人解释不了天干了，因为上古时代的历法后来人们都不知道了，且从封闭的中原文明更是无法解释，直到现在的考古学和网络带来的学术大数据时代，我们可以从世界范围内的上古历法去考察才能明白。这就是天道。现在人们用的是甲乙丙丁戊己庚辛壬癸的十天干，是从天三生木开始算起的。就拿人们用的"三八为木"这个说法来看，显然不是完全合理的。三月肯定是木，没问题，但到八月肯定是秋。这是春种秋收之理。所以三和八是阳和阴，且阴阳结合时还有一个规律。三是阳木，八是阴金。阳木和阴金是相生相克的关系，这就是老子讲的大道。

从这些来看，其实天地和自然界无时无刻都在向我们吐露真理，而我们只顾自己的感受和一个小团体的挣扎，再也看不到天道了。

青海长云暗雪山

　　古代匈奴有一首非常著名的民歌，叫作《匈奴歌》，歌词就简简单单四句："失我焉支山，令我妇女无颜色。失我祁连山，使我六畜不蕃息。"2006 年秋天，我已经是西北师范大学旅游学院的一位教师，跟着大家到了张掖进行考察，当时考察最多的就是山丹军马场。焉支山就在军马场的北面，出了张掖城不久就能看见。

　　焉支山非常壮美，焉支二字其实就是指"胭脂"。据说焉支山产胭脂，妇女涂抹了之后就变得美丽，所以歌谣中言失去了焉支山，妇女便失去了"颜色"。那时秋天，我和大家登上焉支山后就四处找能做成胭脂的花草，可惜大家都不知道用什么花草，所以盲目地四处张望了一阵，只好失望地停止寻找。后来我们去后山看河。有一条河流在秋天的阳光下淙淙流淌，发出悦耳的声音，可惜水流已经很小了，露出很大的古老的河床。

　　焉支山还是隋炀帝召开万国博览会的地方，当然不是万国，当时只有二十七个国家，号称万国。隋炀帝从扁都口进入河西走廊，途径山丹军马场，而后抵达焉支山。据说隋炀帝当时是扫荡吐谷浑后到这里的，因为不知道这里的天气情况，带的衣服都不多，结果在祁连山上遭遇了冰雹天气，把姐姐或妹妹给冻死了。这事儿听着吓人，其实还真的会发生。

　　2007 年，我驱车陪同雷达老师一起去河西，从扁都口进入祁连县，一到俄博镇，就遭遇了冰雹和大雨，持续了十几二十分钟，一度看不清前方的路况。后来几次去青海，走的仍然是这条路，每次都能遇到暴雨。

我们曾在俄博镇吃过炒面。天气很冷，当地人都穿得很厚，至少是初冬的衣服，我们穿的则是短袖，极不协调。从那种情况看，在祁连山里若遭遇极端天气是非常正常的。但也许正是因为这样的天气，所以俄博一带的草原极美，被有些游客评为天下最美的草原。

从扁都口进去往青海那边走，沿线山路巍峨陡峭，成群的牦牛和马在山上吃草却如履平地。远远望去，它们都过着陡峭的生活，我们都替它们的悠闲捏一把汗，但后来仔细想想，到跟前也许是广阔的山顶呢。所以，我有时认为《匈奴歌》中的焉支山可能不是我们看见的这座山，而是包括青海一带的很多山。王昌龄有一句诗能让我们想象到当时的祁连山到底是什么样子，他说："青海长云暗雪山，孤城遥望玉门关。"我每年都会去一次青海湖，绕着雪山游览。身处高原，遥望连绵的祁连山，草原辽阔，云层厚重，便是青海长云暗雪山的意境了。

凉州大马

　　"凉州畜牧甲天下"的说法在窦融时期真正进入史书。说起五凉时代，不得不说窦融。窦融是汉光武帝的云台二十八将之一，非常著名。他来到河西之后，大力发展河西，使得河西富庶且兵马充足。当时天水有一个军阀叫隗嚣，窦融已经归顺了汉，但隗嚣不愿意，他以天水为中心，称霸一方。汉光武帝就让窦融去攻打隗嚣。窦融去的时候，仅是运送辎重的马拉木栏车就有五千多辆，这种车肯定不是一匹马在拉，可能是好几匹马，粗略一算就有几万匹马，当时能有几万匹马是非常震撼的场面。窦融除了几万匹马拉车之外，还有几万骑兵，结果可想而知，很快就取胜了。

　　随着窦融势力越来越大，汉光武帝感到不安，非要把他召回到身边，窦融一行阵容非常豪华，跟随他的车有一千多辆，用来拉车的马有四千多匹，还赶着无数的牛、羊、骆驼，史书上记载，他们一行漫山遍野，浩浩荡荡。从这个角度来说，当时凉州的畜牧确实非常繁荣，所以史书上把窦融时代的凉州称为"畜牧甲天下"。那时的凉州，版图已经缩小了很多。

高原之舟（刘忠摄）

    这是天祝高原上的白耗牛。它除了供养神和人之外，大概别无用途。我也未在高原上生活过，不知它与人的关系如何。反正我小时候看见牛的时候，有一种莫名的哀伤，再年长一些时觉得那可能是慈悲，但也不仅仅是慈悲。看过一篇宁夏作家石舒清的小说《清水里的刀子》，心里也常常有一把凌厉的刀子在心头闪过。其实，看完人类的历史，你会有一种感受，牛是人献给神的最好的祭品。神喜欢牛。在最早的时候，两河流域、欧洲人都喜欢牛，甚至崇拜牛。天文学家告诉我们，他们的天上有一个星座，叫公牛座，这是真正的原因。于是我查了一下，摩西一族崇拜的是白羊座，所以说上帝是牧羊人。我突然想到《易经》中的一句话：在天为象，在地为形。这不是一句空话。天和地的关系我们至今并不怎么清楚。人类早期是清楚的，因为他们裸露在自然界中，可是后来就不清楚了，因为人类住在屋子里、大宅子里、城堡里、高楼大厦里，人类生活在人类自身中间，不大愿意承认天对地有那样大的作用了。

　　这是我家北方民勤县沙漠里的骆驼。小时候，在还没有汽车的时候，我们家前面大概五百米远的地方是通往民勤和阿拉善的金武公路，那条路一直可以走到阿拉善古老的丝绸之路上。2010 年，我曾踏访过那条早已被废弃的公路。但小时候的记忆是抹不掉的。那时候，早晨太阳刚刚升起的时候，我和兄弟们集体跑到大门外面迎接太阳的出世。现在想想，也没什么道理，可能是生命自身的被召唤吧。就像我们家乡田野里的那些向日葵，头永远都朝着太阳，太阳到哪里，它就把头转向哪里。我们其实在本质上与它们一样。所以我们可能是感受到了太阳无声的召唤，就集体跑了出去。便看见公路上一队队骆驼缓缓走过村庄，向凉州城移去。

　　但不久，公路上开始铺沙石，不久就铺上了沥青，再后来就有越来越多的汽车呼啸而过。骆驼再也没有了身影。古老的事物就这样戛然而止。我一直在询问，那些骆驼到哪里去了？难道它们绝种了吗？

后来，我在敦煌、沙坡头看见了它们，它们形单影只，神情没落，再也不是沙漠之舟，而是古老的道具。再后来，我终于在民勤的沙漠里看见了它们。后来，人们拍到敦煌有野骆驼出现。我的心里闪过一丝兴奋，但随即就灭去。我们都是历史的过客。

窦融的名字里有一个"融"字，意义重大。因为他祖上都在张掖做官，所以他选择到张掖，而不是武威的姑臧。另一个原因是他是打仗的将军，守住张掖，河西就稳定了。大家看地图，若是依山势而站，人都背靠祁连山，面朝北方的茫茫戈壁，而张掖的后面是扁都口，羌人很容易进来，张掖的前面又是极窄的一块绿地，北方的少数民族很容易从那里切入进来。所以张掖自古以来就是一个游牧文明与农耕文明交融性很强的地方，他守在那里，谁也不敢动。

为什么在窦融的时代，凉州的畜牧如此繁盛呢？因为窦融不仅骁勇善战，而且治理国家也有韬略。他到凉州的时候被称为"凉州牧"，他采取宽容怀柔的政策吸引各地的人来到凉州，大家和谐相处，共荣共存。

当时凉州有羌人、小月氏人、秦人的后代，还有很多西欧民族，多个民族都被融合到一起，窦融创造了一个和而不同的大好局面。凉州的畜牧业也开始稳定有序地快速发展，马越来越多，就有了马市。如果其他地方需要早中晚开三次市，凉州就有四次，因为这里的马匹交易非常频繁。窦融就以这种开放的政策，使凉州成为当时全国最大的马匹交易之地。

两汉时期，在凉州设计了牧苑，牧苑就是国家专门的畜牧机构，以便加强对畜牧业方面的管理。有了牧苑，凉州的畜牧业得到了空前发展，这样的情形一直持续到魏晋时期。这便是童谣中"凉州大马，横行天下"的历史背景。

普氏野马（刘忠摄）

　　这是我在山丹军马场上拍到的一匹马。它一直看着我，可能想与我相认。的确，在我的潜意识里，我感到始终有一匹战马在移动，在嘶鸣，但我一直没有释放出它。2012年去新疆昭苏考察西极天马，也有几匹马静静地望着我，我却什么都想不起来。我常常觉得人类最大的能力是有了理性和道德，但恰恰也是这两样东西把我们与自然隔了开来，把我们的天性封闭了起来。我们再也不能拥有动物一样的灵敏和天性，所以也不能听清鸟语和物语。我现在住的地方常常会有一群小鸟过来与我们家的两只猫吵架。它们互相说着、骂着。我看着它们对垒，却一脸茫然。它们到底在说些什么呢？我有时候看着家里的两只猫想，它们从生下不久就来到我们家里，与我们朝夕相处，虽然我们也有很多默契的时候，但最终觉得我们人类始终不知道它们在说什么，而它们则知道我们在说什么。比如，有时候我们要出门的时候，小白可能正在楼顶上睡觉，或在瞭望远方，但它总是能听到我们说要出门的声音，自然也可能会听到我们找它的声音，它便立刻在几秒钟之内赶回来，从楼顶上一跃而下，声音则早已传至我们耳内，于是我们便把它放进来然后再出门。这样我们相互就不惦记了。

山丹军马场（徐兆宝摄）

　　如今，山丹军马场仍在，只是马已经在渐渐退出历史舞台。人与马的关系也淡了。过去的马等着被人征服，与人交朋友。现在的马也许失去了梦想，只等着死亡。这也许就是事物的发展规律。每一个人、每一个物、每一个事都有其使命，有其成住坏空的过程，谁也不能幸免。既然如此，就不必为其唱悲歌。

天马出世

　　任何一个历史时期，都有最重要的事物在主宰或改变着时代。如在森林时代，草木就成为第一要素，后来突然有人发现在木头上拼命敲击，可以产生火，便有了钻木取火的发明。这个技术成为人从只吃生食类东西变成吃熟食类东西。吃生食，野性大，同样细菌也多，容易生病。熟食可以杀死很多细菌，使人类变得文明，行为有止，这大概就是"文明以止"的初期。再后来人们发明了石器，可以砍伐森林，盖房子，且可防御，于是就有了聚落。石器再加上火，可以炼金，变成更为锐利的武器，这就是金戈的产生。兵器成为战争的利器。据说大禹的时代就是用铁器代替石器的时代，所以他统一了九州。

　　此时，最大的问题就成了交通。马是陆地上的交通工具，船是海上的交通工具，所以有了好马，陆路交通就开通了，这就是丝绸之路开通的重要原因。这里不但是陆路，而且是草原，最重要的是有马。再后来就是船的发明，这与陆地丝绸之路关系不大。

　　河西是游牧之地，马自然是它生养的最重要的子民。人类靠马而强大。所以，对马的崇拜也就自然而然地产生了。

　　《新唐书·兵志》里记载："自贞观至麟德四十年间，马七十万六千，置八坊岐、豳、泾、宁间，……八坊之马为四十八监，而马多地狭不能容，又析八监列布河西丰旷之野。"从这一记述中可以看出河西的马匹数量之巨。

铜奔马马阵（刘忠摄）

　　从周穆王驾着八骏去拜见西王母，到汉武帝对天马的崇拜，再到唐代八骏的出现，说明河西之地历来是产马之地。马在古代整个畜牧业中是占据主要地位的。

　　我出生的第二年，也就是 1969 年，武威雷台出土了铜奔马。当时农民们在挖地，偶然挖出一个墓葬，里面有很多铜车。那个时候大家对文物都没有概念，因为是铜色的，农民们都以为是黄金，把一些带回家去了。后来武威的文物专家追回了一些墓葬中的文物，其中就有著名的铜奔马。但是，大家对铜奔马的价值和意义都不了解，也都不甚在意。大概在 20 世纪 90 年代，武威的广场中立了铜奔马像，人们只是觉得这是个文物，直到郭沫若看到铜奔马，并指出它非凡的历史价值和美学意义。后来，铜奔马成为国宝到世界各地展出，回来后又被定为国家旅游标志，然而直到这时，武威人也不怎么在意铜奔马。因为，武威的旅游业发展迟缓，铜奔马意象的阐释只是停留在知识分子中间。随着武威旅游业的发展，人们才逐渐重视铜奔马和相关的天马意象，以铜奔马为代表的天马意象才真正成为了武威的名片。

寻找天马

　　现在的马匹除了观赏，就是用马血制药，除此之外，马的用途似乎不大了，所以数量锐减。我十八岁时去过山丹军马场，本以为能看见万马奔腾的场景，结果也没看到几匹马，非常失望，所以写了一首诗叫《寻找英雄》。北岛也有一首诗《宣告》，他写道："在没有英雄的年代里，我只想做一个人。"后来又去了几次山丹军马场，每每都怀着寻找古代英雄的心情。

　　传说中的天马是在敦煌一带发现的，一个犯过事的被流放到这里来的官员，发现了几匹非常俊美健硕的野马，认为是传说中的天马，就想办法抓回来献给了汉武帝。汉武帝将它命名为天马。后来汉武帝让霍去病在山丹军马场养马，有了健壮的战马就为攻打匈奴奠定了坚实的基础。我一直有寻找天马的梦，新疆的昭苏也被称为天马的故乡，我便去那里看了一次。那里的马被称为西极马。大概就是敦煌发现的这种马吧。等到从大宛国得来的马被称为天马之后，先前的这种马就被叫作西极马。

　　我在昭苏有幸见过两匹汗血宝马，汗血宝马是天马的原型。马对于河西走廊来说是非常重要的意象。中国旅游标志铜奔马在凉州出土，也表明了这个地方是天马的故乡，马的天堂。现在不仅马匹减少，其他牲畜如骆驼、骡子、牛、羊，甚至是鸡也越来越少了，狗也变成了宠物狗，之前所说的六畜兴旺到现在成了"六畜消亡"了，它们都在慢慢地退出历史的舞台，现在想起来也是令人伤感。

万马奔腾（刘忠摄）

　　我向友人推荐以自驾游的方式在甘肃旅游是最好的，从武威沿着河西走廊，直奔嘉峪关，沿途就能看到长城，疾驰的车窗上映出长城向后退去的景象，就犹如骑着一匹骏马奔驰在广阔的河西大地。所以自驾游能让人浸入这片苍茫大地上古今交融的历史情景之中，回到英雄的时代。边塞诗就是在这里产生的，如果没有辽阔的边塞风光，又何来那些金戈铁马的雄浑诗意。

打开凉州文化的钥匙

天马意象是游牧文明的代表之一，同时它也是打开中国汉代历史文化，以及汉武帝时代和匈奴关系的一把钥匙。

汉武帝一心想要得到天马，很多人都不太理解，包括司马迁和诸多文人。在司马迁看来，这是劳民伤财，汉武帝后期穷兵黩武，连年征战，把整个国家都打空了，这是极大的罪过。汉武帝也下了《罪己诏》，承认自己的过错。在一个天子的野心中，他要与古代圣王们比一下，甚至还想超过他们。在黄帝时代，黄帝一生都在征战，住在兵营里，整个天下都得到治理。在大禹的时代，他开山理水，天下被分为九州，而到周公的时代，九州只剩下六州，雍梁二州不在其中，被西戎占领。但司马迁等知识分子以为，雍梁二州本就不在华夏的范畴，《山海经》等古籍中的昆仑等地皆为神话，不足为信。只有汉武帝信。所以他派张骞去西域查看的一个重要内容就是寻找昆仑、河源和西王母，张骞回来说昆仑和河源在今天的于田南山，被匈奴占领着，西王母国已去条支国。他还在大月氏等国看到蜀锦等东西在西域传播，所以他确信在古梁州有一条道路通往西域，所以，汉武帝派张骞去那里开通与西域的道路，结果未遂。当时可能没有几个人能体会汉武帝的这种雄心大略，当然，汉武帝比古之圣王如伏羲、黄帝、唐尧、虞舜、大禹、文王来讲，缺的是通天地的大智慧和道德，他虽然做了很多事情，但人人都觉得他只是在运行权力，而非古之圣王那样运行大道和智慧。

雷台铜奔马

道德在衰落是自秦始皇之后就再也无法转还的历史。人世间只有权力在毫无节制地运动。人越来越大，社会越来越独立于天地之外，天地之大道则被搁置了。所以，此中原委，细说起来则涉及到很多问题。

单说敦煌的官员暴利长为了邀功请赏，硬是把一匹野马抓回来说这就是天马，汉武帝就把它认定为天马。如今，历史地去讨论这件事，多少有点荒唐的意味。

或许汉武帝认为汗血宝马是"国之重器"，它对于一个帝国的建立和稳固是至关重要的，但身为文人的司马迁对此颇有微词。在这一点上，雄才大略的帝王与怀着仁人之心的知识分子之间，便拉开了对话的空间。这可能正是我们讨论汉武帝和司马迁的重要空间。一个是家天下背景下的权力、私欲、战争、政治，另一个则是天下为公理想中的圣人、道德、仁爱、天下。

今天重新解读凉州，我们会发现，在凉州，以汉武帝为代表的尚武文化通过霍去病、李广等有着很好的传承，同时，司马迁的一系列学术未竟的领域也像迷雾一样仍然笼罩在这里。不仅如此，五凉时代的文化治理又将中原文明移接到河西走廊，在河西走廊留下诸多文明的果实。所有历史的进程和道德之间的冲突也仍然在这里的天空上盘旋着，等待有人去拨开迷雾。

而天马，则是揭开这段历史的一把钥匙。

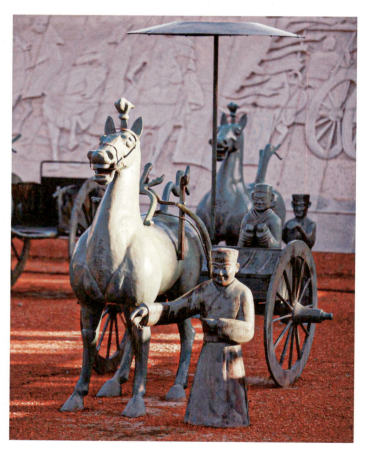

雷台铜奔马（刘忠摄）

生死之道

　　游牧文化的不稳定性导致了游牧民族独特的生死观，游牧人把生死看得很轻。中原文化则截然不同，比如说道家文化，它是重生死的，或者说重生轻死，追求长寿追求天命，或者叫终老。儒家文化也重死亡，把葬礼处理得很隆重。儒家最初还要求人们在父母死后守孝三年，一是还父母之恩，二是立孝道。所以古代文人经常在做官的时候向皇帝请假，说自己父母死了，要去守孝三年，皇帝一般都会批准。等他们守孝三年后，皇帝又给他们安排其他的职务和事情。这都是农耕文明安土乐道的结果。但游牧民族经常迁徙，连年征战，所以大家可能看惯了生死。

　　这样一种文化在河西走廊里传承了下来，我的故乡武威人对生死看得很淡。我记得小时候经常会听到人们谈起某某人的死亡，说的时候也会感慨，但很快就忘了，大家觉得生与死是很正常的，所以不会把死亡说得那么恐怖，不会夸大死亡的力量。我的母亲常常对我们说，生死就是一张纸而已，一捅就破了。她还常说，人都是假的，你看着今天还好好的，明天说不准就没了。

　　武威的老人，在他们六十岁左右的时候或者更早的时候，都要给自己置办寿衣、买棺材，放在家里等待死亡。也有一说，这样可以增寿。有些人家，棺材就放在老人睡的炕上，一边睡着老人，一边睡着棺材，仿佛一半在阳世，一半已在阴世。这在现代人的眼中看起来不太吉祥，甚至很荒唐，但在他们看来很正常。我记得祖母还没去世的时候，棺木就在那里放着，后来岳父六十岁左右的时候，也给自己买好了棺材，岳母同时也给自己置办了棺材，他们叫寿材。他们认为死是一件随时发生的事情，所以等待就好了，不必恐惧。

这样一种轻生死的传统，造成了这里的人们对国家大事都能淡然处之。

从小我们就喜欢上到屋顶上看远方，大概是我们这里没有山的缘故吧。从上大学走出故乡后，我回来做的第一件事是上屋顶再向远方观看，第二件事是到戈壁上目睹一次荒原有无变化。一直到五十岁时，我从未去思考过我们村的房子为什么盖成那样的四合院，其实整个中国的房子都是这样。包括城池，甚至整个国家的边界——

长城，都是方形，四边是主位，四个角是虚位。北边是一家之主，我父母原来就住在那里。东边的房子本来是给我住的，我考上大学后便闲着。二弟三弟都考走了，没人守老院子了。后来东边的房子在2008年暑假被火烧了，顺势重新盖了，他们便住在新盖的东房里。南边是他的油房，我和二弟曾在那里挥汗如雨。西边是堂屋和粮仓。堂屋也就是祠堂，里面有先人们的神位。四个虚位也有安排。东北角是院门，对应的西南角就成了后门。西北角是厨房，对应的东南角就是厕所。我在这里生活了十八年，后来尽管在外面工作，但仍然抽空回来住一段时间。多年来，竟然从来没问过房子为什么是某一天一个道士来定的中心，然后比画哪里建什么，父亲就按那样建了。这一两年研究河图洛书和五行八卦，研究中国传统文化的现代转化和来源，才知道这都是圣人的行为，准确说就是周公定的规矩，而我们民间则是日用而不觉。

凉州雨水少，所以房顶比河东的要平得多。秋天的时候，上面可以晒果实。晒玉米的场景尤其壮观。记得有一年秋天，我回家到屋顶上一看，家家房顶上都在晒玉米，便看到一片接一片的玉米籽。可惜没有拍下照片。夏天的时候，可以晾一些草。记忆中夏天特别热的时候，我们全家人会在屋顶上睡觉。凉州乡下是没有蚊子的，屋顶上睡觉一觉能睡到天亮，特别凉快。睡觉前，母亲会给我们指着天上的星星讲星空，哪儿是三星，哪儿是北斗七星，哪儿是牛郎织女星。如果是没有月亮的晚上，我们就会看着西边的戈壁滩。在那里，众星席地而坐，流星多得不计其数，调皮地一下划到左边，一下又到右边。而众星都眨着眼睛，仿佛在开会。那时，戈壁滩也叫太平滩，里面到处都是坟墓，所以那里的一些流星很可能是磷火所致。大人们吓唬我们说，鬼在那里开会呢。现在回去，那种景象基本上不存在了。后来我又去过一些地方，也与那里的人们聊天，才知道夜里听母亲说天上的事是我们河西人的传统。这也许是游牧时代就留下来的传统，毕竟那时候得靠星星指路。

　　母亲在为我们填炕。她的对面便是我们家的西边，有三间房子，中间是堂屋，里面有先人们的灵位。祖母活着的时候，就早早地让父亲给她做好了棺木。我们叫寿材。大概是祖母六十多岁时做的吧，据说这样可以增寿。祖母想起来时会去看看，擦一擦上面的灰尘，然后平静地等待死亡的来临。结果又过了十多年，寿材都似乎不太行了，祖母竟然死了。前些年岳父、岳母要求子女们为自己做了寿材，我们都出了份子钱，做好的那一天我们还去祝贺了。人们说，这样他们就又可以多活很多年。我看见那一天岳父岳母没有半点悲伤，而是很高兴。

　　我在酒泉嘉峪关的魏晋墓看那些精致的壁画时，想到河西的古人可能很早就为自己做着死亡的准备了。孔子说，未知死，焉知生。他们未必知道自己的死，但他们早早地预备死去，而把剩下的生的这段岁月过得很精彩。人们在这时候会想到很多事情，最重要的是传统，比如孝道，比如早早地在人间要立功立德立言，这样死去才真正对得起自己。

　　大概也是因了这样的传统，在我的印象里，人们说某某某死了，就像说哪一田的庄稼地里的事儿一样。早晨说过，下午就再也听不见了。就像一场轻风，刮过就没了。

汉武帝的天马梦

　　从中国历史上来看，有雄心大志的皇帝大都喜欢马，这些皇帝中最喜欢马的就是汉武帝。汉武帝是少年天子，意气风发，有一个雄霸天下的英雄之梦。他十六岁登上皇位便与匈奴交战，后来他重用同样是少年英雄的霍去病去攻打匈奴。霍去病仿佛是专门为他而生的，为他打完匈奴就死了，死之后还是把他的冢面向了祁连山。

　　少年总是想驰骋在疆场，所谓好男儿志在四方，汉武帝和霍去病就是这样一类人。我小时候也有这样的情怀，不是说单单是自己如此想，整个的生活环境都这样要求你志在四方。老人们天天说，我们天天听，就以为天底下所有的男儿生下来都应当如此。这可能是在那时候就有的传统了。汉武帝和匈奴交战，马匹至关重要，但是汉朝优质的马匹是非常稀缺的，据说汉高祖刘邦想找几匹纯色的马来拉车都找不到。到了汉武帝的时代，即使是诸侯们的马车都已然十分豪华了，拉车的马都是纯色的高头大马，而身处中原腹地的汉武帝仍然没有几匹出色的大马，所以他很是生气。一是生诸侯们的气，觉得他们没把天子放在心上；二是生匈奴的气，觉得匈奴就是靠几匹马羞辱了汉帝国。到他的时候，还在羞辱。所以他要有马，且要有天底下最好的马，而天底下最好的马就是天马。

骏马（刘忠摄）

　　张骞出使西域的时候，汉武帝刚好十八岁，张骞此行的目的有五个，第一，描绘世界图景；第二，寻找昆仑的位置，探听到西王母国已经迁徙到了条支国；第三，明确匈奴到底在哪里；第四，找到月氏国，与他们商议联合攻打匈奴的计谋；第五，为汉武帝找天马。

　　天马在大宛国，这个消息非常重要。这更加坚定了汉武帝寻找天马的决心，后来，他开始制定国策，首先，鼓励大家养马，一家人只要养一匹马可以免除三个人的兵赋，一匹马相当于三个成年男性，所以民间开始大量养马；其次，开始设置马市(后来到东汉时在凉州设置了四市)；最后，他继续寻找宝马。某日在敦煌服刑的暴利长献了一匹马，这个暴利长原来是河南南阳新野的一个小官，犯了法后被充军到了敦煌牧马。有一天他在湖边，看见一群野马在喝水，在这群马中间他看到有一匹马非常地神骏，于是他想办法捕获了这匹野马，然后把这匹马进献给汉武帝。汉武帝发现这匹马确实与众不同，体态高大，肤色纯正，跑起来像一团烈火，这就是后来人们说的汗血宝马。

　　汉武帝看到暴利长进献的马匹很符合他想象中的天马形象，他认为这是太乙神赐给他的宝马，是吉兆，于是他给这匹马赐名叫"太乙天马"，以神的名号命名马匹，可以想象汉武帝得到这匹马时的喜悦。汉武帝还为这匹马作了一首歌，叫《太一之歌》。那时候皇帝作歌，是非常隆重和显耀的。歌词如下："太一贡兮天马下。沾赤汗兮沫流赭。骋容与兮跇万里。今安匹兮龙为友。"大意是这匹宝马是太乙神恩赐的，它流出来的汗就像赤色的血一样，这匹宝马驰骋万里，和龙为友。龙是中华民族的图腾，把龙和马放在一起进行比较，由此可知这匹马在汉武帝心中地位极高。

后来，汉武帝拜李广利为贰师将军率大军出征，这次出征，沿途的小国家一个都没打下来，因为他带的兵都是老弱病残，他想回来，汉武帝大怒说，如果回来，就杀了你。据史书记载，汉武帝将囚犯都充了军，让他们增援李广利，戴罪立功。这些人都是亡命之徒，反正横竖都是死，不如立功求生。他们去了之后攻下了很多国家，唯有大宛国一直久攻不克，后来用计把城里的水源隔断了，迫使贵族们把国王献出来，一同献出的还有汗血宝马。但遗憾的是大宛国始终没有打开城门让李广利进去。

李广利把宝马献给汉武帝，汉武帝又作了一首歌叫《天马歌》："天马来兮从西极，经万里兮归有德。承灵威兮降外国，涉流沙兮四夷服。"天马其实就是优良的种马，把天马迎回来就可以再繁衍出更好的马。

汉武帝将这匹宝马命名为西极马。我曾到昭苏去看过太乙天马和西极马的后代，这两匹马的眼睛特别明亮，身形高大，整体气质都显得很高贵。后来我写过一篇文章，叫《寻找天马》，其中这样写道："看到这两匹天马，我看着它们好像失散多年的兄弟一样。"那时候看到马特别地亲近。

因为汉武帝酷爱马匹且身居高位，于是民间就有了一种新的职业叫相马术，也就是伯乐。相马成了一种产业。后来有一个相马专家叫马援，他任的又是陇右太守，陇右就在甘肃，他给名马制订了一个标准，还把它做成一个铜马供大家参考。

太一貢兮天馬下沾赤汗兮沫雍赭騁容與兮跇萬里今安
匹兮龍為友太況天馬下沾赤汗兮沫流赭志俶傥精權
奇紫浮云晻上馳驅與迣萬里今安匹龍為友
天馬徠從西極涉流沙九夷服天馬徠出泉水帬脊兩化若鬼兮馬
徠歷無草徑千里循東衝天馬徠報徐時將搖舉誰與期天
馬徠開遠門竦予身逝崑崙篇兮馬徠龍之媒游閶闔觀玉臺

録李白劉彻天馬歌二首
時在辛丑冬月白竹堂翟相永書

天马歌（翟相永书）

雷台汉墓被挖掘时有哪些文物

　　2019年是铜奔马出土50周年，这一年有一系列关于纪念铜奔马出土50周年的活动。时任甘肃省博物馆副馆长研究员的王琦写了一篇文章，名叫《从发现到命名马踏飞燕，何以震惊世人》。这篇文章里面讲了一些非常有意思的故事，文章中提到了雷台汉墓被发现的过程。发现墓的时候有前中后三个墓室，前室向东，有甬道和墓道，现在我们进去看时也基本上能看到。我第一次进去的时候是在一个夏天，外面特别热，进入甬道时就冷了下来，越往里走越凉。这个甬道很长，要走好一阵，是一个斜坡，甬道的两侧有很多内容。记得去天梯山石窟时，也有这样的经历，甬道两侧则是罗汉。还记得一个夏天去酒泉看魏晋壁画墓，外面异常炎热，进入墓地却很凉。那个墓很深，大约在十几米以下，走到最底层时估计在16℃以下，出来的时候就打喷嚏了。所以我得出一个结论，早期河西走廊的墓地既有汉地儒家的礼制规矩，同时也借鉴了西域佛教的一些特点，当然，也与河西走廊的地理环境有关。再看看楼兰人的墓葬，又是另一种方式。大概都是因地制宜的缘故。

　　文章还介绍了出土的文物，有支垫棺床的4件石龟，随葬文物有金、银、铜、铁、玉、骨、漆、石、陶器等231件，其中青铜武士文俑17件（青铜武士类似现在的仪仗队），奴婢做成的俑28件，铜马39匹（铜奔马是其中的一匹），铜车14辆，还有铜牛一件。

　　过去我不大懂这些，尤其汉墓的礼制。后来向民间学习了一些葬礼的理论，才明白了一些。首先，墓葬的山向是一个问题。其出口在东方，说明其山向是西边的祁连山，那里的山蜿蜒不绝地向着西方的昆仑山奔去。具体没有堪舆，所以说不太清楚。墓里有石龟，说明级别一定很高，大概是诸侯。青铜武士仪仗队进一步说明里面被葬者是诸侯一类的人。根据几年来人们对几个龟印的考证，说明可能是张轨一脉的人。

武威雷台汉墓（刘忠摄）

我第一次去雷台汉墓时，讲解员指着上面的一个洞，说这就是盗洞，雷台汉墓被发现之前已经被盗掘过了。所以古代有一些文人提倡薄葬，其中有一个名叫皇甫谧的人，他是张轨的老师，他提倡薄葬。与薄葬相对的便是厚葬，中国古人认为人死后带着这些陪葬品，就能在另外一个世界延续富贵。然而，随葬品丰厚必然会引来盗墓的人，墓在古人来讲是人的阴宅，会波及后世子孙的幸福。如果不断地被人盗挖，不仅会影响墓主人，还会影响他在阳间的子孙后代。如果张轨听从皇甫谧的教导，他肯定是赞同薄葬的，这么多随葬品说明与他关系不大。那么，可能是谁的呢？还需要进一步考证。

如果说是张轨一脉的墓葬，那就不是汉墓了，应当是晋墓。而那一匹汉代开始飞翔的天马，到晋时竟然变成了图腾，直到现在被发现而来到这世上，又开始飞翔了。

它到底想要说些什么呢？

雷台中的甬道

一个浪漫主义的命名

　　铜奔马出土的时候混在众多的马里头，它有一个被发现和命名的过程。铜奔马出土两年之后被移送到了甘肃省博物馆，1971年9月19日，甘肃省博物馆来了两位非常重要的客人，一位文学界和史学界赫赫有名的郭沫若先生，写了《凤凰涅槃》《甲骨文300年祭》，他是非常知名的学者、诗人，他的出现改写了铜奔马的历史。另一位是柬埔寨的宾努首相。郭沫若陪同首相在甘肃博物馆参观，他走到铜奔马面前转来转去，觉得这匹马不一般。这样的场景让人想起"千里马常有，而伯乐不常有"的名言，这匹马在等待一个伯乐的出现。

　　这个伯乐就是郭沫若，他看到这匹马时就觉得它非同凡品，你看它奔腾着，嘶吼着，体型健硕，尾巴昂扬向上（用我们的俗语就是翘着尾巴），马首扭头向后，似乎在回望蹄下的飞燕，在惊讶，或是嬉笑。郭沫若作为诗人和史学家，能将铜奔马的形象一下就与历史和崇拜天马的浪漫情怀联系在一起。这大概是一件很奇妙的事。这样一匹马，似乎一直在等待这个人的到来。大概这样一匹肆意、任性、无我的马，也只有遇到一个浪漫主义的诗人兼历史学家才能够被命名，并重新在历史中飞翔。

　　他们的会面，在另一重世界里，定然有别样的故事。

　　但它还得慢慢起飞，并不能一下就令世人惊叹。中国20世纪70年代和80年代的旅游不是大众旅游，而是文化旅游，或者说学者旅游。所以，20世纪80年代的时候，甘肃的文化旅游是非常发达的，很多知识分子到西北来，看西安的兵马俑，看武威的文庙、铜奔马，看张掖大佛寺、嘉峪关城楼、敦煌莫高窟，这条旅游线路是文化旅游的黄金线路，它所承载的历史和文学价值是非常丰厚的。据说甘肃旅游业在20世纪80年代排在第四位，现在人们也说甘肃的文化资源排在全国第五位或第六位。著名的已故诗人海子在20世纪80年代的时候坐着火车到敦煌考察，一路上写了好几首诗，《兰州一带的麦子熟了》《姐姐》都是那时写的，还有一首写额济纳旗姑娘的诗。还有很多作家，比如莫言、贾平凹、余华、欧阳江河等今天的作家诗人，都曾来过河西走廊，各自有各自的故事。他们每个人讲在兰州的遭遇时，都令我们忍俊不禁。那时的兰州小偷太多了。那时他们到兰州来似乎也无人接引。现在他们去河西走廊，若是不坐飞机，坐汽车，接引的人则比比皆是。至少我是其中的一位。

关于铜奔马的命名

一、第一个给铜奔马命名的人是谁

郭沫若看到铜奔马后说了什么话呢？王琦研究员在他的文章《从发现到命名马踏飞燕，何以震惊世人》里披露了一个细节，当时郭沫若说这匹马看上去天马行空，独来独往，与众不同。这样的铜奔马放眼世界，都是一流的艺术产品。郭沫若到过很多国家，也看过很多马的雕像，国外最古老的马匹雕像也只有几百年的历史，而中国的先民在 2000 年前就造出了这样生动绝妙的铜像。无论从艺术构思的巧妙，工艺技术水平的高超，还是从结构力学的角度来说，都达到了前所未有的水平，是中华民族的骄傲。

当时给郭沫若介绍铜奔马的正是在甘肃省博物馆工作的王毅。据说当时没有正式的馆长，王毅主持行政工作。他对郭沫若说，郭老，这匹奔马踩着鸟的形象，好像诗歌中的浪漫想象一样。铸造这匹马的人，肯定充满了想象力。王毅说马踏着飞鸟，就意味着马是在云端上飞驰。所以，以"天马行空"这个词来描述铸造工匠的想象力以及雕塑本身的意境都恰如其分。

端详这只鸟的形象，就会发现鸟的两个翅膀都比较小，羽翅细尖，飞的时候，向外平行打开，王毅认为这只鸟是燕子，那么马踏飞燕这个名字便可传其神了。这是王毅的建议，郭沫若也十分认同，所以，马踏飞燕的命名是由王毅和郭沫若二人共同完成的。

二、关于铜奔马的其他几种命名

武威城标之马踏飞燕

武威人称马踏飞燕为铜奔马，这样的命名方式质朴而粗放，具有西北特色。铜奔马还有一些其他的命名方式，较为著名的有"马超龙雀"和"飞燕骝"。

"马超龙雀"是 1983 年由学者龙牛菲提出的，他引用张衡的《东京赋》中"龙雀蟠蜿，天马半汉"一句为命名的主要依据。1983 年 12 月 4 日，人民日报上刊登了一篇文章，文章名是《马超龙雀被定为我国旅游标志》，自此铜奔马就有了"马超龙雀"的名字。

后来，山西省考古研究所的张崇明写了一篇文章，在光明日报上发表，他不同意马超龙雀的说法，他认为铜奔马应该称为"飞燕骝"。因为"飞燕"在中国古文的语境中，就有马匹的含义。他列举了很多例子，如南朝沈约的诗句"紫燕光陆离",梁简文帝"紫燕跃武,赤兔越空"。从互文的角度看,"紫燕"和"赤兔"都指代马匹,意在形容马匹的速度飞快,奔跑时动态轻盈。文中又举了一个例子,《西京杂记》记载,汉文帝非常喜欢马,他有良马九匹,其中一匹便称为"飞燕骝"。

三国演义吕布的马就是赤兔马。谢灵运也有诗句,把飞燕比作良马,因而飞燕和马组合到一起在当时是非常恰当的一种组合。飞燕指代宝驹是中国古诗文中特有的意境。

三、武威学者命名铜奔马

武威文庙的工作人员于竹山与铜奔马接触的时间比较久,他常常向参观的人们介绍铜奔马的来历,他对铜奔马的命名也有自己的见解。他认同"天马"和"飞燕"的说法,但是他觉得"马踏飞燕"中的"踏"听起来很沉重。于竹山想来想去,觉得马是嘶鸣着在云端奔跑,燕子往后看,于是提出了"天马戏飞燕"这一名称。天马和飞燕在空中游戏驰逐,一下子有了动感。

武威的学者也提出了一些其他的想法,比如说"铜舞马",因为它的材质是铜,整体动态像是在舞蹈一样,所以叫"铜舞马"。也有学者提出"马袭乌鸦"的名称。之所以叫乌鸦,可能是因为在河西走廊上乌鸦很多。还有一种说法叫"鹰(鹞)掠马",河西走廊上也有很多鹰,在敦煌等地有很多训练鹰的地方。这种命名方式把重点放在马蹄下鸟的形象上,似乎鹰想要把马掠走,却被马踏在了脚下。还有一个说法是"马踏飞隼",隼在武威那边也很常见。除了这些,还有一种比较浪漫的命名,即"凌云奔马",包含了凌云壮志的意象。当然也有不太成功的命名,如"蹄蹭飞鹰奔马",这个名字长且拗口,不形象，更没有意象于其中。

　　但是不管怎么讲，人们对铜奔马的命名，都是来源于命名者自己对中国文化、河西文化的一种想象和热爱。这样一些想象就构成了一个个浪漫且富有生命力的名称，较之铜奔马刚出土时的默默无闻，如今它已然驰名中外，这背后少不了学者和大众从方方面面对它的研究和解读。古老的历史文物借由文化在当今的语境中熠熠生辉，对铜奔马的命名和讨论，也是文化自觉在西部回归的一种强烈表现。

铜奔马

天马行空

　　铜奔马的命名从侧面反映出了不同的时代背景、时代主题以及命名者的文化思维。我曾想，假如让我命名它，会是什么情形呢？现有的名称大都是从具体的形象出发，做出考证类型的名目或者动态类型的命名，而我则倾向于立足文化传播与美学角度，以"天马行空"来描述。因为天马行空是中国文化里非常浪漫的一个词语。庄子学说中以天马行空表现浪漫自由的气息，而儒家则以天马行空凸显积极昂扬的奋斗意志。

　　从历史上看中国文化，周穆王驾着"八骏"去见西王母，汉武帝想拥有"天马"，唐太宗昭陵有"六骏"，中国人对马的想象和图腾可谓繁多。中国文化中对于马匹也有一种特殊的情结，马匹不像其他牲畜，经过长久的驯化没有了野性，马的身上永远有一种向往自由飞驰的野性。中国的先民在与马的相处中，也希望能够保留马自由自在的特质。所以"天马行空"是中国文化里面非常重要的一个符号。

　　如果从美学上来讲，天马行空更具有统摄性。马蹄下无论踏着的是燕子、鹰还是龙雀，都意在指明这匹马正驰骋于空中，所以"行空"是一个看似抽象但又很准确的表述。"天马"则延续了自西王母时代起，中华文明中向往自由的精神。

　　如今，中国要复兴传统文化，更应当将传统神话的精髓传播出来，借由铜奔马这样一个驰名中外的文物，将中华文明中"天马行空"的精神传扬出去。天马行空作为中华文明重要的象征符号不仅具有力量感，也表现出了中华文明中热爱自由，永不屈服的民族精神。

　　"天马行空"是在中国文化自信回归和中华民族实现伟大复兴的时代背景中脱颖而出的一个命名方式。在这样的大背景下，以铜奔马为载体，重新向世界讲述中国的文明和中国的精神，是历史赋予它的新的使命。

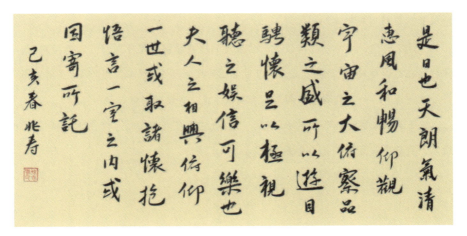

　　2009年，我之前的偏头痛有些严重。有一天打电话太多，耳朵受不了，痛得厉害，同时头也异常痛。从那一天起，我就基本上不能接听电话了。到一家非常好的医院去看，一个五十岁左右的女医生说，好不了了，但也不知是什么病，最多三个月，就失聪了。我后来又到一家全省最好的医院看，也是此论。我当时很悲伤。他们都开了很多西药给我。我吃过后就犯困。有一次开着车竟然睡着了。从那一天起，我便不吃西药了。兰州大学赵学勇老师一听，说，我介绍一位老中医你试试。后来才知道他给我介绍的老中医是甘肃三大名中医，名叫周信有，是他的岳父。老人快九十岁了。我去得早，他是骑着自行车来的，背上背着一把剑。天哪！我当时就崇拜得五体投地。他给我治了三个月，差不多头不痛了，耳朵的疼痛也减轻了不少。他对我说，中医能治根，但是也要你自己配合。我说怎么配合。他说，你可以试试写毛笔字，你不是作家吗？没事就写，练心，心静则体安。另外，你得找一个动的事情，比如练练太极，打打剑什么的，让身体舒畅起来。一静一动，什么病就都没了。我答应得很好，但做起来发现实在太难。

2013年，我在学校举办了"重返经典电视大讲堂"，提倡学习读经典、诵经典、抄经典。便想起周老先生的话，开始用毛笔字来抄写《道德经》《庄子》《论语》《周易》《心经》等，抄着抄着便不愿停下来。只要有时间，便提起笔，抄写一段。周老先生告诉我，千万别想要自己成为书法家，就是静心，抱定这一个目的。我也的确从这里面得到很多。

于是又想起，在小学三年级时，父亲就希望我能把毛笔字写好。到五年级时，他就问我能否写对子。还真不敢写。但后来还是大胆写了。现在想想，那得多难看啊。再后来便没写。一直到现在，都是二弟在写。我一直没时间练。

抄庄子的文章时，便体会到了何为"天马行空""与道同行"和"御风而行"了。所以，我最喜欢写的字是"道法自然"。

雷台汉墓之谜

在解读完天马的命名后，雷台汉墓的主人是谁？现在主要有两种说法。

第一种说法认为墓主人是天水的张江。其一是因为墓葬中有五铢钱，加之墓室中铜做的女用、男奴，以及墓室当中的砖块可以确定是东汉末年的墓葬。东汉末年的墓葬很可能跟五凉时代有关系。从清代武威的大学者张澍留下来的历史资料将墓主人的线索指向了张江，他是一位将军，还任职过张掖长，后任武威郡坐骑千人官。但是，这个说法也存在矛盾之处，因为铜马上清楚地刻着，张骏前夫人。在汉书里有解释，列侯之妻称夫人，说明这是个诸侯的坟墓。那么诸侯张骏是谁？张骏是张轨的孙辈，是前凉的第四位君主。

这样的矛盾引出了雷台汉墓主人的第二种说法。甘肃省博物馆的王科社先生在《文博》杂志上发表了一篇题为《武威雷台一号墓出土银印识读及墓主身份探索》的文章。他认为根据四枚龟钮银印来探索这个墓主到底是谁。可以从一些图片当中看到这几枚印的样子，有印面，有镜像。这四枚印把很多问题都解决了，它们分别是车骑将军印、骠骑将军印、安西将军印和镇西将军印。这几枚印一般人都不能拥有，那么谁有可能拥有这几枚印呢？答案直接指向了张轨。

当时的晋王室给了张轨这么多印，就说明张轨是一名将军，以骁勇善战著称，所以他死后皇帝给他谥号是武穆。岳飞的谥号就是武穆，"武

雷台汉墓全景（刘忠摄）

穆"这一称谓只有类似诸葛亮一样百战百胜，能指挥千军万马的人才能享有。"武穆"的身份与"天马"的雕塑同时出现在雷台汉墓似乎即将要揭开雷台汉墓主人的神秘面纱，然而这一假设与墓中其他的文物产生冲突。

墓主人究竟是谁？大家都在等待谜底揭晓的那一天。

六朝古都

　　很多人都说，武威是六朝古都。是说从前凉后凉再到大凉，武威总共有六个朝代在此建国建都。其实是五个朝代，西凉国的国都不在武威。不过，吐蕃统治期间，藏族的六谷部在凉州定都，历时 150 年，是唐朝灭亡到夏朝时期独立的政权。这段历史很少有人讲起，大家都讲五凉，而这一时期不大讲。如果把这个算进来，也可以说是六朝古都。

　　那么，为何人们把武威看得这么重要呢？主要是放眼河西，武威有着天然的优势。一是它平原广阔，容易发展；二是它离中原王朝相对较近，是联系中原王朝与西域的中心；三是它在汉以前就成为草原游牧民族的中心。所以，以前的武威人出去后很自信，很少有人有自卑感。西安人也有这样的情形，他们不说普通话，只说陕西话，上海人、北京人都是这样，他们都有一种地理优越感。

　　我的友人曾经带着他爱人回到武威，家乡的亲族询问他爱人的老家是哪里，友人回答说是陇南，亲族便说陇南穷得不得了，山沟里一家人只穿一条裤子。实际上，陇南是非常富裕的，而且过去这种情况也只是个别地方有。武威人的这种心理和游牧文明、六朝古都带来的文化自信，是有密切关系的。不过，武威人早先的自大、狂妄，在今天变成了一种非常狭隘的思想。当农耕文明逐渐退出历史舞台，工业文明和商业文明逐渐主导历史时，武威的优势就慢慢不在了。我上大学时，学习了说普通话，回去后要改为老家话，来回转换有时很困难，家乡人就会骂你忘

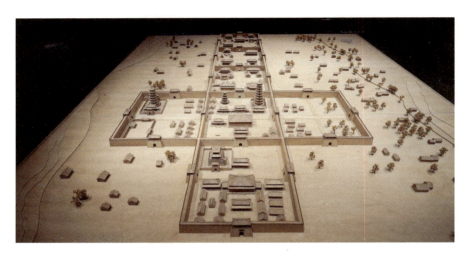

古凉州城地形图（五凉文化博物馆提供）

了根。这种情况一直持续到了 20 世纪八九十年代。那时，老家的人都不愿意出去打工。21 世纪以来，大多数年轻人都到各地去打工，回家后乡音都改了，年轻人再也没有那种非要说武威家乡话才觉得好的感觉了，相反，都觉得有些土了。为什么呢？交流不方便。

现在国家推广普通话，年轻人也都讲普通话，乡音越来越少了。我们这些外面的游子，偶尔听到乡音是很亲切的。有位在外地工作的官员，因为实在改不了乡音，有时便笑着说，我就不改了，如果改了，武威的非物质文化遗产就少了一种。我还想起有一次请贾平凹老师来西北师范大学讲课，他一开口就是陕西话，怕大家听不懂，就自嘲道，普通话是普通人说的，我是陕西人，就说陕西话了。当时大家都笑。有时候想想，在这样一种快速变化的时代，传播又如此发达，也许三代人之后，我们这些武威话就真的成了历史的遗产，但这个遗产肯定是后继无人，只能封存于历史之中了。

从这个角度来看"昆仑""崆峒"等地名，不知道也是正常的。"昆仑""崆峒"大致是在文字没有产生时就有的，那时是口头语言传播时代，传播时一定会变形，变着变着就不清楚是什么了。所以，要进行语言的考古实在太难。

凉州人的饮食

一、凉州人吃的都"硬"

凉州经历了从游牧文化到农耕文化的转向，文化体现在生活中的主要形式莫过于食物。我童年时武威的人说媒，"好姑娘"的标准有两点，其一是能做针线活，其二是能做一碗拉条子。拉条子的技艺可以精湛到一根面就能盛一碗。武威得天独厚的地理条件孕育出了非常筋道的小麦，所以武威的面食可谓是声名远扬。

武威的面非常筋道，肉也是这样。武威做肉食也讲究筋道，鸡肉、羊肉都是如此。外地人来吃可能以为肉没有做熟，因为其他地方的肉食，包括甘肃靖远的烧鸡、羊肉都非常软烂，入口即化。所以有时候想想，凉州人可能挺厉害的，武威方言说是挺"歪"的。

武威的馍馍也是这样，我童年时代武威的风俗是一年只做几次馍馍。以过年那一次尤为隆重，馍馍的种类也很丰富，有炉盔、烤馍馍等。那时候也会烤很多类似于月饼的东西，但是很大，制作这种馍馍的工具是一个大鏊子，四个男人才能抬得起来，这样的馍馍就意味着新年要来临了，小孩子们都很开心。鏊子从早上就烧起来，全村人都出动，一家一家挨着烧，所有的妇女都上阵。男人抬鏊子，然后在旁边休息抽烟，讲笑话。这种大馍馍一直要吃到第二年犁种的时候，大概从元月份以后一直吃到第二年的四月份。馍馍虽然变得很硬，但是不会变质。有时候咬不动可以放在米汤里面，即刻化掉。武威人把米汤叫山药米拌汤。

凉州大月饼（刘忠摄）

月饼要吃到过年之前，接下来就是新一轮用鏊子做的大馍馍了。

犁完种以后，这种体量很大的馍馍就不再制作了，家家户户要蒸馍馍。武威的做法是要发酵一下，使得面团的体积更大，口感有些偏酸。八月十五之前武威人还要蒸月饼，月饼的形式非常考究，有百鸟朝凤的样式，含有吉祥的寓意。月饼上的鸟很精巧，有时候不大的一个月饼上面要做很多的小鸟，数量多得能达到一百只左右。小时候记得人们为了给小鸟点睛花了很多心思，我看见婶婶们在小鸟的眼窝处高兴地点上两颗油菜籽，小鸟就突然间看见了世界，炯炯有神。

二、凉州人的早饭

西北以面食为主，但是具体到每个地方，又有不同的吃法。比如民勤盛产西瓜，所以民勤人就有西瓜泡馍馍的吃法。

我第一次去民勤大概是在 1991 年的夏天，我去看一个朋友，他是一个诗人，去以后我住在同学家里，他们就给我西瓜泡馍，当时吃得特别香，因为天特别热，吃得特别地开心。可能吃了好多西瓜，结果水土不服，导致肠胃感冒拉肚子，但那种感觉是无法忘记的。这是一种吃法，还有其他吃法，现在我们很少这样吃了。古人过年的时候互相交换吃的，古时候应该比较常见，因为过年都要转亲戚。我们那时候小，不能理解这家亲戚把馍换给那家亲戚，然后亲戚再换回来，最后有可能又把我们家的馍馍换回来。还真的发生过好几次。

当然，这一般是不可能的。交换别人家的馍，你就能吃到不同亲人做的馍馍，不同的风味。除了烤的馍馍，还有油馍馍、炸馍馍，我记得我们每年过年的时候要做很多吃的。油炸馍我们叫炸油馃子，油饼子也炸，主要炸油馃子。炸油馃子就是我父亲特别喜欢的一项工作。很早以前就去找最好的胡麻油，我们一般不用菜籽油，因为胡麻油炸出来香，我们在一个大锅里，把胡麻油倒出来一落子，父亲就蹲在一个椅子上，看着馍馍放进去如何由白色变成金黄色。他有时候也尝一下。如果做得特别好吃的话，他会叫我们去尝，当时就觉得怎么那么香，每年的春节之前，这个事情好像是我们家最大的事之一吧。因为要为过年做准备，就做很多的馍馍，一方面要给亲戚们送，互相交换，另一方面我们兄弟几个，还有妹妹上学要拿。

现在我们从武威探亲回来还要拿一些油馃子，这是我和家里人亲情的纽带，带回来的油馃子只有我一个人吃，我爱人和女儿都不吃，每天早上吃一到两个油馃子，我大概要吃一个多月，后来我母亲就会打电话，如果吃完了就再来拿。一个人的胃是童年时代在故乡养大的。上学的时候，我们同学拿的不同风味的馍馍，但还是觉得自己家做得最好。

每个人都觉得自己家的馍馍是最好的，每个人肯定也认为自己母亲做的馍馍是最香的，所以每年的八月十五，每年过年以后，母亲总是记得给我拿月饼，拿油馍馍，我能吃好几个月。由此可以看出，武威人的早饭肯定是面食。

馍馍和花卷。这是日常食品。记忆中，家乡的妇女们用尽心思，做了很多好吃的。那时我以为它们是天底下最好看的东西。后来才知道，无论河西的妇女用了怎样的心思，都不如河东的女人做得精巧。但是，也因为这样，河西的女人心思少，事情不往心里去，一夜过了就过了，第二天不再提起，跟爷们一样。

油馃子

米汤油馓子

　　这是凉州人经常吃的早餐。我们小时候的米汤没有这么精细，而是小米和洋芋煮到一起，煮到将化不化之时，再把油馓子或油馃子泡上，吃饱后觉得喜乐不已。后来我们回到武威，就发现城里人吃得精细，把这个米汤又进行了深加工，放了很多调料，三十米以外就能闻到它的香味。吃过后那种香味似乎彻底地留在你的骨头里了，风吹不走，岁月消化不掉。只要回到武威，它就命令你必须找到一家那样的小吃，否则，即使回到兰州，你的心似乎还有一半在武威。

三、凉州人的中饭

凉州人的早饭，一般是吃馍馍。而午饭呢，其实也难离面粉。

午饭于我而言，一顿筋道的拉条子已是让人满足。记得曾经回家，我是根本不会提前告知父母的，所以好多次到家都过了饭点，但因随我来的时常会有几位好友，因此母亲又会重新拾掇一番，做些当地的特色面食招呼我的朋友。现在考虑到父母的身体以及他们的不易与辛苦，凡有朋友同我去威武，首先是要带着他们在北关十字附近的餐厅吃"三套车"的，继而请他们再喝几杯茯茶。谈笑间，饭饱茶足，众人无不愉悦，好像万事已了一般。而今回家，我不再同以往那样，会早早地告知母亲我们要回家的消息。有一个原因是女儿十分眷恋奶奶。但凡女儿回家，她是一定要和奶奶一起吃饭的。就又只得叫母亲早点做饭。所幸，母亲也恰恰盼着我们吃她亲手做的饭。其实啊，我们也都想吃她做的饭，内心却再也舍不得让她劳累。

随着社会的发展，凉州的饮食也开始变得多样。其实以前的晚餐跟午餐是有着区别的。印象中午餐一般就是吃行面等，而晚餐一定是要吃带汤的，叫中面或是斜花面，抑或洋芋面、酸汤面，但酸汤面相较于兰州等地吃得较少。

以面为食的凉州人，"香头子面"因内容丰富、风味独特早已成为当地一道最为特色的美食，其多样的做法，让凉州人有着无面不欢，无面不乐的性格。在凉州，面食贯穿着每一天的生活。谈及于此，我经常说除了生养的父母，还有养胃的父母——粮食。除此之外，还有一个是精神上的。但又不得不说从凉州出来的人，渐渐地淡忘了自己其中一位父母——粮食。

农耕文化——道法自然

虽然从凉州走了出来，但在饮食上依旧情有独钟于吃面。从某种意义上来说，我们一生都无法和面分开。作为农耕文化的子孙，好多年前我喜欢西方文化，但现在又重新回到了传统文化，回到了农耕文明中，回到了这样一个道法自然的文化中间。

我时常想到我的父亲，早上五六点钟起床干活，干到八点左右开始吃饭，继而又接着手中的活干到十一点左右，回来小憩片刻，午饭后，如果有时间他会再躺一会儿，时间也不长。随后他又起来忙碌于山野田地间，直到傍晚乘着夕阳归来，算是过了一天。晚上九点左右他便早早地开始睡觉，不管别人做啥他都能睡着。多年来，父亲一直保持着这样的习惯。久居城市的人呢，会有这样一个共同的感受，便是居身乡野倍觉时间很慢，想起木心先生的诗句："从前的日色变得慢／车，马，邮件都慢……"这份慢中，有着岁月赓续间一种生活的态度。我原来不太理解，但静心去思，渐渐地发现他们的生活才是真正的道法自然。现在的我们颠倒着黑夜与白天。

中国道家讲究的是道法自然，农耕文化放在这一层面去思考，是一种方法，更是一种人在天地间最合乎四时的生活方式。五柳先生言："晨兴理荒秽，带月荷锄归。"是有着苦，但也有着农耕时代的那份纯粹与自然。早上五点多起床，晚上九点左右睡觉，按照旧时时间区别，早上五点属卯时，为破晓之时，也便是常说的"黎明即起，洒扫庭除"的时间。

晚上九点属于亥时。亥时和子时属于水，水主肾。人要养肾水，因此在这时候人最好去休息。所以道家练功就是晚上九点、早上五点，期间在午时也会练功。就道家练功修身大致的时间安排，也是近年来从很多大师、中医等人处发现的。尽管道家修身练功的方法有很多种，但是时间的安排上，父亲在劳作与休息的安排是与其极为相似的。对父亲这样一位不信奉道家的人而言，他每天所做的尽管是在按部就班，但又不得不说，他这种"日出而作，日入而息"的方式是最原原本本农耕文明时代古人的生活方式。

于我们而言，灯火辉煌处推杯换盏间狂欢娱乐，是早已习惯了的，尽管偶尔会烦闷这忙碌和琐碎，但这又是这个时代所无法规避的。以前，我们根据时间规划我们所需要做的，现在却是根据我们所需要做的在规划时间。因此要按时吃饭、按时休息，已成为亲人们对生活在城市子女们最为真切的嘱托。就休息而言，晚上一两点钟睡觉也已是常态，久而久之，我们的身心早已处于劳累状态。从我们的身体去说，身体的脏器也有自己的法度，但我们无不在强迫脏器接受这样的我们。所以现在的人们时常会有各种异样的疾病。尽管不可否认我们长寿了，但实际上是医疗的发展、饮食营养均衡等因素带来的。生活方式终究是不健康的，整个人处于亚健康状态。

农耕时代的生活方式，看起来单调，不得不说那种依循道法合乎自然的生活方式最为规律。忙碌间，我们早已忘记了看一下自己的身影；匆忙间，我们早已难得数一数走过的步数。念及此，我不得不说父亲是我的一面镜子。

　　早在 2001 年左右，女儿出生后不久就到武威乡下，起初我爱人还在那里生活过半年，后来女儿就与她爷爷奶奶一起生活了近两年。那段时期，我和我爱人总是不停地回到故乡，故乡在我眼里又重新展现出一种新的面貌来。那时候，我就有一种想法，用文字和图片把故乡保存下来，或者说重新构建起来。所以那时候每次回家，我就有意识地去拍村庄的各种风物。2005 年左右，我花一万元巨资买了一台日本佳能相机，拍了很多村庄的景物。但是，我始终没有拍到父亲的身影。

　　父亲是行不言之教的，比如前面说的他的孝顺，完全就是孝由顺来完成。从他身上，我才理解了孝顺二字的方法。母亲告诉我们，父亲的出生是有故事的。我爷爷年轻时候长得很帅，又能歌善舞，农闲时就挑一副货郎担走街串巷，无所不能。我们小时候，常听年龄大一些的回来探亲的姑姑或姐姐说，我爷爷那时候教她们如何踢毽子，如何跳绳。谁也踢不过我爷爷。爷爷起先娶过两个老婆，一个比一个漂亮，但就是生不下男娃娃，后来又娶了我奶奶。我奶奶来家里的时候，据说还有一个奶奶也在家。但我奶奶也生不下男娃娃。后来我爷爷和奶奶就去了趟南山里的莲花山。到莲花山要走两天的路程，第一天先走到凉州城，住到车马店里，第二天一早又坐着驴车或马车走一天，才能到莲花山。在莲花山上要住一夜，再走两天才能回到家里。如果在莲花山上看花儿会和庙会，就得来回六天。爷爷奶奶来的时候，请回了一尊罗汉。第二年，我父亲就出生了。说也奇怪，我父亲一生都像个罗汉，煞气很重。那时候村里人轮流到太平滩上去浇水，很多人都不敢睡觉，我父亲则不管，躺在坟堆里睡个正香。他的作息规律也是天然的，虽说凉州人有作息传统，但他在我们眼里做得最好。大概在其他人的眼里，他们的父亲也一样吧。都是道法自然。

后来我带父亲去一些寺庙里旅游，父亲常常会站在那些罗汉面前仔细观察，也许他在辨认，是哪一尊罗汉下凡成了他。他的脾气也很大，与母亲之间形成了张力。如果母亲脾气也大，我想我们这个家早散了。当然，这样说对母亲是不公的。年轻时的母亲也是有脾气的，她与父亲打架，后来就想往新疆跑，不想与父亲过了，结果念及我和二弟，还是留了下来。留下来后就慢慢地包容父亲。现在看，他们是最好的夫妻。尽管现在两个人也会吵几句，但我研究了河图中的阴阳规律，就知道他们是最般配的了，是天作之合。为什么说是天作之合呢？父亲属鼠，母亲属牛，子丑相合，属相上是合的。其实从长远看，也只有我母亲这样的性格才能克服我父亲的刚强，这就叫以柔胜刚。

这些年研究传统文化，我常常向民间的各种人学习农耕文明的大道——它们也许在书本上，但已经凝固了——乡村里还运行着大道。太阳、月亮、五行和地球的规律并没有变，说明天道没变，天道不变，为什么我们的文化不行了呢？其中必然有它的道理。另一种学习，则是向我熟悉的农民学习，这就是我的父亲、母亲，以及我的岳父、岳母。过去有一段时间，我以为他们是落后的，甚至带着些愚昧，现在才发现，其实我们这些所谓的现代化的知识分子才有太多的愚昧。要想重新发现和复兴中国传统文化，首先要向他们学习。毕竟这些经验是最为可靠的。

凉州最早的农耕文化

凉州为什么会成为大家经常所说的"金张掖银武威"？其实翻阅历史，不难发现，对古代整个西北而言，凉州相对来说是一片富庶之地，特别是在唐代时候，尽管后来有所没落，但依旧可以用富庶二字形容。在我生活的几十年期间，也是有过挨饿的岁月的，但与周边相比，武威要好很多。记得小时候有很多从兰州皋兰、永登到武威要饭的人，每天都有。那时身边的老人们常说"你看武威就是好，没有出去要饭的"。但又不得不说这是武威人心理的作祟，因为当地的农耕足以让这片土地上的人们自给自足，久而久之也就形成了一种相对来说较为封闭的心理，凉州总的来说是在平原上，因为他们没有见过山，也就不知道山里有矿。开矿也是可以发家的，但是他们不清楚。如果只是种地，山里肯定不如川里。所以在农耕文化时代凉州人形成了这样一种封闭的、自给自足的心理，当然也形成了一种非常自我甚至自大的心理。这也就是说，农耕时期的地域性造成了当地人们心理上的一种偏差。

这种文化是什么时候开始的，我们可以追溯到什么时候，目前特别难说。但从历史上来看，汉武帝以后有了一系列的政策，致使这里开始进入农耕时代。在这之前有没有？事实上我们过去是没有的。但这几十年的考古发现，"齐家文化"在武威、张掖是最早的了，而这是与农耕有关系的文化。

　　武威出土的汉代彩绘木牛篷车，说明这是从中原引入河西的。牛的力量大，如果不是图速度，要力量，那么牛是最好的车夫。我小时候还见过牛车。当然，我家老院子里还有大马车辘轳，就放在院子的车边。夜里上厕所，很多次我都看见不是车辘轳，而是站着两个人。家里人都说我胆子小。

　　尘埃深处的历史总会在不经意的一缕风下，带来久远的回音。当考古人员的探锤轻叩开大地，藏于泥土深处的秘密，终于被揭开，在以武威的皇娘娘台为中心的考察期间，很多青铜器，金、银、玉石和陶器被发掘。这些器物的出现将时间回溯到了四千多年前，四千年前左右就是夏代，这便证明了皇娘娘台这个地方，就是当时雍州大禹时代的中心之一。也就无疑属于"齐家文化"时期。

这是前不久母亲找出来的各种农具，每一件都是我们用过的，但依然陌生了。

这是民勤的农民治沙的情景。他们祖祖辈辈多少代人都在那里生活，治沙，种地。我曾很多次去找民勤的朋友们游玩，也顺路考察过他们是如何治理沙漠的。他们就在我们家北方二十公里以外，并不远。开车走半个小时就到了。从那里再往北走，就到了阿拉善。在那里，古风犹在。一个人站在旷野里，似乎能听见匈奴人在那里放牧、歌唱、喝酒的声音，能听见他们的呼吸。

为什么河西走廊没有发掘出更早时期的墓葬

　　为什么在河西走廊没有发掘出更早的墓葬，或者在皇娘娘台之外，没有发现更早的墓葬、铁器及文物？如果说没有，我们是否可以说在张掖以西是没有文明存在的？

　　现在看起来不是这样的，如果这样简单说的话，首先就否定了我们是从昆仑山上来的神话传说，这也就否定了我们古代与世界交往的通道。在丝绸之路和玉石之路之前可能还有一条路，那个时候的华夏人跟中亚人和西亚人不断交流的一个通道也就被否定了。

　　我们否定了神话、交通、语言的传播。这些否定好像证明我们的文明一直都是一个封闭的、以中原为中心的文明。实际上这是一种封闭的观念，我们无疑是否定了历史的存在。神话传说《山海经》中有很多记载，在中原文明没有形成之前，这个地方是中华文明的中心之一。时间的长河里，凉州在不同的历史时期，承载起不一样的角色，当驼铃声在这里摇响，当马匹的嘶鸣在这里划破天际，丝绸、茶叶等一宗宗货物在这里出价喊价并周转，随之与中亚和西亚的联系变得日益紧密，因此这里被叫作世界走廊，也叫文明走廊。

　　中原文明产生之后，这里成为了与中亚、西亚各国进行交流的前站。匈奴被打败后，河西就变成了最前沿的地方。在今后不断地发掘和考证之下。河西走廊最真实的面纱终究会被揭开，而这也终会将历史上的河西走廊进一步还原。

西宁王碑正面图

　　我家不远处，是元代永昌路的治所地，名叫永昌府。据说，那时打仗把原来的凉州城打得一片破败，再加上蒙古族人喜欢游牧生活，便在凉州城北十五公里处建了城池，名永昌府。后来，西宁王和高昌王都在此居住，后埋葬于此。目前，西宁王碑还在原地，高昌王碑据说在文庙的展馆里。

　　我曾数次去考察，也查看了一些历史资料，发现永昌县的资料与此有混淆，可能是梳理者没弄清楚的缘故。其实，历史上行政区划因为政治或各方面的需要，经常在变动，要想说清楚一个地方千年不变本身就不客观。

重新解读河西走廊文化的两个障碍

一

我们现在经常说中华文明上下五千年，但很多人都不承认中华文明有五千年，认为只有三千年，西方人更是如此。最近夏商周断代史的研究表明，中华文明确实有五千年，这一论证是否能够被世界认可，时间总会给人们一个答案。

谈河西走廊的史前文明或者说河西走廊先秦时期的文化，有两个障碍。一个是我们对文明标准定义的障碍。这一障碍主要是从西方引进的考古学理论致使的。在西方考古学看来，一个地方如果没有考古出来相应的东西，没有可以证明自己存在的考古遗迹，这里的文明就是荒漠，就不会被承认有过文明的存在。第二个障碍是中原文明中心说。

要真正地解读和发掘河西走廊文化，首先要破除以上两个障碍。先说现代文明的标准是怎么来的。这个标准源于1968年英国考古学者格林丹尼尔的《最初的文明》一书。书虽薄，但该书是最早提出文明怎么判断标准的，该书一出，瞬间在全世界流行了起来，且产生了非常重要的影响。在书中，他确定了三个原则。格林丹尼尔认为一个地方的文明要被称为文明，至少有三个标准。第一个就是要有城市，如果是原始的小村落，是不能被称为城市的。按照此说法，马家窑文明在当时是小村落还是城市就没法证明；当时的大地湾是村落还是城镇我们也无从得知。即使是城镇，它还有一个限制，必须容纳5000人以上才能够认可。当时的大地湾是否容纳了 5000 人以上，这个暂时也无法说清。所以这一条就把河西的农耕文明和游牧文明限制在外了。

第二个是要有文字，格林丹尼尔认为没有文字，人类所产生的文化思想就不可能留存和传播，因为它不能固化。口头语言会在传播过程中不断变形，有可能传到第三个人的时候就已经完全不是那个样子了，到第五个第六个人的时候，就已经走向反面。文字是用来固化这些东西的，它能够在传播的过程中间不丢失信息，他说的这个标准非常重要。但是很多游牧民族是没有文字的，包括蒙古族，那么伟大的民族，到后期才有文字。但这个文字也没有被广泛地使用，很多游牧民族的文化其实并没有因为文字的原因而被他们遗忘，如果说没有文字就没有文明，这恐怕很难说通。

除此之外，格林丹尼尔还谈到要有复杂的利益建筑，建筑不论带有哪种性质，宗教的、政治的或者是经济的，例如古代埃及的金字塔。他为什么要制订这三个标准？因为他是欧洲人，他所研究的全是欧洲的文明，所以他总结出的三个标准是合适的，没任何问题。但是如果把这三个标准推进到世界其他国度，用这个观点来衡量世界上所有文明的话，就形成了以它为标准，以它为中心的欧洲中心主义文明了。王安石曾有《咏菊》诗，"西风昨夜过园林，吹落黄花遍地金"。苏东坡看后，不以为然，依韵续诗两句："秋花不比春花落，说与诗人仔细吟。" 这种观念以及生活经历上的差别导致了两人对菊花落地有着不一样的观点。格林丹尼尔在欧洲的所见所闻一定程度上也是无法做到定义全世界文明的。

近五百年来，因为对大海的发现而发现了新大陆，欧洲列国终于找到了新的殖民地，为了构建新的文明观念，欧洲人慢慢建立了全球化的殖民主义观念，即欧洲中心主义观念。他们重新书写了世界历史，而世界历史虽然有对非洲的起源说，但文明总体而言是从两个源头开始的，一个是两河流域的文明，在那里诞生了犹太教和希伯来文明，犹太教后来又产生了新的宗教，即基督教；另一个是古爱琴海文明，也就是古希腊文明，古希腊文明被置换为罗马文明，罗马文明时期，古希腊文明与希伯来文明融合为一体，从此欧洲人就开始了新的大一统文明。文艺复兴使人们重新认识到了古罗马文明和古希腊文明，人性和科学、理性精神得以复苏，基督教精神被怀疑。随着新大陆的发现，科学、宗教、理性精神三位一体都随着战争不停地获得新的领地，也获得全球化的传播。被怀疑的宗教进行了改革，成为新教，适应了这种不断扩展的资本主义进程。最后，他们重新像亚历山大那样殖民了印度，进而来到了中国。中国是资本主义世界殖民化未完成的最后一块领地，当然，还有广布于中亚、西亚地区的穆斯林地区。

他们描述的这样一种世界史编成教材在全世界发行，我们的精英们从国外学习到的也是这些，然后，他们又将它们拿到中国来教自己的学生。几十年过去，一种牢固的世界主义即欧洲中心主义历史观在几代青年的心中扎下了根，相反，对中国历史却知之甚少。中国台湾、香港地区的学生基本上不学中国历史了。而近百年的考古发现也未纳入我们的历史课本。中国历史一方面被欧洲中心主义的世界观挤压着，另一方面又被司马迁以来的中原文明中心说囚禁着。这就是我们面临的问题。

这是我的家乡。至今它仍然可以成为人们进行农耕文明考古的材料。农民们都是在田间地头建设自己的家园，始终与田野融为一体。这就是所谓田园的来历。他们不需要住在城镇，那样不便于照顾田地。我父亲每天起来做的第一件事就是在这些大地上巡视一遍，呼吸着天地间的新鲜空气。他们暂时也不需要把厕所改造成城市的那样，因为厕所里的粪便可以作为农作物的肥料而重新被运送到大地上。它们又可以重新孕育新的生命。这就是农耕文明的生态轮回，这就是生生不息。城市的一套理念是建立在商业、大工业和人群非常集中的地区而形成的，比如中国的南方目前虽也有一些农田，但商业成为主要经济力量，所以我看到南方的村镇时就觉得是另一种景象。那里大概少了一些"耕"的意思。北方还大面积地存在着粮田，农耕的景象还存在着。

　　有人说，现在都到大工业时代了，农耕文明的东西都不需要了。我反问他，人是不是永远不死了？他说这跟农耕文明有何关系？我说，是一样的。大工业仍然得按照自然界的伦理进行生产，那么，什么才是自然界的伦理呢？是不是机器能给我们一个草木生长的时间表？他一听说，是啊，实验室可以告诉我们一切。我笑道，这都是道法自然的结果。先是由天地给我们人类一个宏观的指导，这就是我们农耕时代的春种秋收，当然，面临很多的自然灾害，有时候颗粒无收。而现在，我们用了实验室的方法，根据天地的启示（农耕文明时代），我们在实验棚里来养育瓜果。难道你能凭空发明一个方法令草木不接受阳光而收获，还能永远不死？不可能。阳光和星空依然是决定万物生长的一个力量，这就是"天"，天不变，道亦不变。还有，现在人们有了汽车、摩托车，能迅速来到田野边了，是可以住在城镇里的。但是，大自然给予我们的深沉的教育我们是感受不到了。

　　所以我想把我们家的老院子留着，希望它能够给未来的人们以启示。它的建筑方法完全是按照古人的道法自然的方法来建的。其实，如果解决了水和火的问题，我觉得那样一套四合院是今天的完美住所。我始终觉得，我们不要盲目地学习西方式的建筑方法，还是要保留中国式的建筑学原理，适度地改造。一句话，仍然要道法自然。城市的建筑也应当如此。我总觉得我们目前城市的建筑是有问题的，这是快速发展带来的问题。在中国古人看来，我们住的院子和房子就是我们的另一个身体，是保护我们的，所以古人也按天地的规则来修建。同时，院子既然是我们外在的身体，院子哪里不合适了，我们身体的哪一部分也可能会生病。这就是古人讲的阳宅的问题。这也是古人说的天人合一的道理。所以，我们要时时打扫我们的院子，时时让它通畅，让它健康。这难道不是一种伟大的文明观吗？今人是不懂，所以盲目而粗暴地将中国人的民居科学原理否定了。

现在是不是要重新用现代科学知识、人文学术去检验我们古老的民居学原理，并重新建构我们现代的民居科学原理了。

二

如果说我们最早的文化——伏羲的易经八卦是从《河图》《洛书》来的，那么我们发现它是一个整体，有天地，有四季，有阴阳的运行（五行）。易经八卦也是如此。所以，从伏羲、黄帝、大禹、文王至周公，这个规律始终没变，但天下的中心始终没定。直到周公时，始作成周城，于是天下的中心就被确定在了洛阳，中国就是天下所有国家的中心了。这种观念到了孔子时又被继承了下来，在董仲舒时成为制度，司马迁则将其构建成历史规律。这就是中原文明中心主义的确立。四方都称为东夷、南蛮、西戎（羌）、北狄（鬼方），都是野蛮的存在，是需要文明教化的地方。

那么，西戎的边界在哪里呢？就在泾渭之水边上。这几年，我去过几次渭源，考察大禹导渭的情况，正好那里有伯夷叔齐庙。便上去一拜。出来的时候便想，可能这里真的是伯夷叔齐庙。他们逃到这里，也算是到了周的边界了。吃着这里的果实便再也不是吃周之粟了。那一天我想，这也是周人的心理。司马迁未曾来过这里，他也只能以周（甚至商）的边界为界了。

伯夷叔齐庙的山门（听说当地的祭祀传统也有两千年了）

所以从《史记》开始，河西走廊便孤悬于西大荒之中。

整体性的文明便自然寻求大一统的国家政治，汉武帝当时采用董仲舒的建议"罢黜百家，独尊儒术"，儒家的思想占据了当时主要的地位。以儒家为中心，集百家之所长，把儒家重新发展成为了新儒家。在这个过程中，大一统的中央政府、中央政权便已然形成了，而且国体、政体也在此时建立，三纲五常等社会中男女之间的伦理也都建立了起来。继而到天人合一，天人感应等，把国家天子和上天等这些都统一起来，这就叫道统。

汉武帝在管理等方面，采取的也是大一统方法。这是当时社会发展的一种需要，在这个时候同样需要建立一种大一统的学说，从历史的建构来说，也需要大一统的学说，所以这时候就出现了"史家之绝唱"的《史记》。

当然，孔子的《春秋》和他编辑的《尚书》其实已经开始有这样一种格局了。因此这一种格局并不是在司马迁时候创造的，而是完成的。纵观历史，在夏的时候就有一种大的整体性格局，即九州天下，但此时的中心不在河南，似乎在秦陇一带。黄帝时一直走的子午岭也许是一个中轴线。但到夏后期，失去雍梁二州后，仍然要建立新的九州格局，中心便要往河南移。商周的格局大体与其一致，但真正形成稳定的格局要等到文王修改八卦的天文地理方位，要等到周公重新以后天八卦和九畴的思想来确立，要等到众人对周之国土测量完以后。这个工作做了几年。成周城的建立是一个在天地间重新寻找中国方位的过程。此后，人们就在黄河中游开始测量天象。在印度，天上的二十七星宿来到中国时，因地理方位发生了变化，就成了二十八星宿。从成周城向东西南北进行测量，远近都差不多，于是便确定了五服，确定了穿衣服的等级和朝贡的规律。五百里是一服。我们河西走廊即使有，也到了两千五百里远的地方，是荒服以外的了，可能就被称为野服了吧。这可能是从大禹那里学来的。我们看《山海经》，就有这样的一种思路，几百里一个山脉，所以，昆仑山就在《大荒西经》中出现。这样说，《山海经》的确是以中原为中心向四面八方进行巡礼的。

既然确定中原地区是天下的中心，那么一系列的学术梳理也便以此展开。这就是中原文明中心说逐渐统治人心的开始。那时，多数的国都建立在中原，因此我们所有的思想也基本都在中原产生。我们要把所有的学术资源最好说成是中原产生的，否则就会有问题。所以，《河图》《洛书》就产生在河南，伏羲也是河南人。陕洛一带便成为文明的中心，知识分子也从那里出，他们反过来又把一切都解释为陕洛中心的产物。历史就这样慢慢地完成了。

但考古学切开了这个封闭的历史圆球。近百年来，人们发现在中原文明中心说产生以前，甲方都有文明出现，于是，满天星斗说就产生了。最为重要的是，西学引入之时，中原文明中心说立刻遭遇强大的对手。世界文明史与中国文明史产生了难以想象的对抗。我们不得不重新调整方法和思路，不得不重新构建新的学术。

我们一定要相信历史是不断完成的，在完成一种它所需要的历史。任何一个时代，当它完成历史的时候，它一定要构建一种中心学说。欧洲也是如此，完成了欧洲中心说。中国也是，从夏商周开始，一直到汉代完成了中心说，所以从汉代开始建立政体，一直延续了两千年。政体没动过，只是皇帝谁来做的问题。三纲五常再没动，这就叫政体，也叫国家治理体系。

我们现在重新说现代化国家治理体系，这实际上是非常宏观、伟大的一个主题，且难以建立。男女之间、夫妻之间、上下级关系、中央和地方的关系等，实际上要完成这种学术化治理的现代化体系。当治理体系被完成以后，就会延续几百年甚至上千年，而过去延续了两千年，我们现在回过头来想，一定是这样一个格局。也就是说，中原文明中心说在那个时候建立后，我们后世基本上再不质疑其他的学说了，不能再说有文明在中原之外，如果有的话，中原文明中心说就受到了挑战，因为其他地方都是蛮夷，怎么可能有文明，我们就没法说了。

现在我们不断地要跟世界争，我们的文明不断地要建立文明自信、文化自信，并不是说还要建立一种中原文明中心说，而是中原已经不是中心了，国家的中心早都移到了其他地方。

今天，北京是首都，是经济、政治、文化中心；上海是经济中心；香港也是经济中心，我们有多个中心。所以中原不再是中心，我们现在重新来与这个世界对话的时候，我们就得打破中原文明中心说，因为它是古代历史，我们一定要从古代去重新寻找，当时中原文明中心说建立之前，我们还有哪些文明的起源？这就叫重新探索华夏文明的起源之地。

　　嘉峪关城。虽然它是一个军事重地，但它的建设原理仍然是周以来规定的。我们今天要真正理解这些建筑的原理，需要对周公的思想进行解释。他为什么要建立一个成周城？为什么要以那样的方式建立一个城？它们的原理是什么？

秋后的河西走廊。也许南方地区的人们会觉得北方的人们看到这样的衰草会感到悲伤，恰恰相反，我们会有一种巨大的欢乐，而在那巨大的欢乐里面，才会掺一些对生命易逝的忧伤。所以，人们听到的草原上的歌曲都是辽阔而忧伤的，但不悲伤。我的文学世界里便充满了这样的意象。年轻时不太在意，等到写了二三十年后回头看，就发现"荒原""衰草""秋天""巨大""无限"等词一直围绕着我。我便知道这正是我生命所体验过的另一些生命。

凉州外贸引领天下

一

凉州的外贸，从一个笑话开始讲起。我从 2004 年到旅游学院工作，大概就是从那一年开始，每年要参与甘肃省的导游资格证考试，每次大概七天左右，每一次去他们都嘲笑，因为好几次出的题里总有这么一类题，比如说中国三大城市是哪里？有人填武威，当然他说的是古代。又出一道题，中国最早的开放城市是哪里？有人填武威，他说的仍然是古代。中国最早的海关在哪个城？有人还填武威。他们就说这肯定是你们武威人写的。后来他们在面试的时候，发现确实都是武威人，因此他们就嘲笑我说你们武威人特别自信。后来我一想，中国古代三大城市，如果我们不说南方，在汉唐时代，向西边说的话，洛阳、西安，再往西就只能是武威了。如果往南方说的话，泉州那时候还没有那么发达。但是南京很发达，说成是南京还能够靠点边，肯定有人这样说过。第二个最早的开放城市，在汉唐时代说是武威肯定没问题，很多人说是敦煌也没问题，大多数时候说最大的城市之一也是武威，特别到了唐代的时候，最开放的城市肯定是武威，因为那个时候敦煌确实也是河西四郡之一，但是人不是很多，没有凉州这么繁华。

所以，说这三个问题的时候，说是武威还是有一点眉目的，我就跟他们讲这样说其实也还是有一点根据的。因此他们也觉得有理，毕竟说的是古代，而不是今天。

凉州古钟楼（刘忠摄）

　　我们后来讲的开放口岸主要是在东南沿海。如果按照今天这样一个思路来讲，今天主要是面向沿海，那时候是陆地，陆地一定要往西走，当然也有东北。但那时候俄罗斯并没有兴起，所以不知道那边有什么重要的大国，外贸是不是很重要。所以往西北的话肯定是丝绸之路上的重镇凉州。

　　当我们探讨这个问题的时候，海关、开放口岸等实际上都是跟经济相关的，也就是说，在向外开放的过程中，要有一个关口来管理经济方面的活动。不然怎么说丝绸之路成为了一个经济交流的通道，在这样一个通道上肯定有关口，所以玉门关有可能是最早的关口之一。

　　现在有人说海关的历史，说的是海，那么再往前走，到陆地文明，肯定说的是关卡。关卡的话是玉门关，不是嘉峪关，嘉峪关是另外一个关卡。有嘉峪关的时候已经到明代了。在此之前，玉门关可能包括阳关，这些都是跟经济活动有关系的。如果说汉唐时代有开放口岸，有海关，那么在丝绸之路上，凉州就是一个很重要的关卡，所以，我们说丝绸之路是一个世界的经济走廊，是一个世界文化交流的走廊，是一个民族融合的走廊，这才能说得过去，否则的话就很难讲了。

历史的遗迹到处都是

二

香港是一个经济大都市，在中国的经济活动中负责对外贸易，就是外汇，中国的外汇收入各个方面都是通过香港来完成和实现的。所以我们很长一段时间里都在讨论香港。民间讨论的时候，觉得香港是中国领土不可分割的一部分，这是从政治方面出发考虑到领土的完整性。外汇收入主要通过香港来获得，所以大家就说香港也是不能失去的。今天的香港对于我们非常重要，那个时候的凉州也就同现在的香港同样重要。

在河西走廊，凉州、敦煌等地是那个时候经济交汇的一个中心。但是也有一个问题，我想起曾经上学时，复旦大学有一位著名的学者葛建雄先生，我们曾经一起去河西学院做关于丝绸之路的讲座，作为著名历史学家，他讲丝绸之路是什么时候开始的。与此同时，他还写过一篇文章，其观点就是怀疑丝绸之路是否真的存在，中国当时是否有向外跟世界交流的这样一个通道。他说因为没有外汇、没有交换、没有外贸，史书里好像没有关于外汇的记载，我当时也很困惑，因为我谈的是另外一个话题——以丝绸之路为方法重新解读中国和世界的历史。后来我在重新研究河西走廊的历史时，看了《尚书·禹贡》，其实《禹贡》篇开启了一个天下的版图，或者说是一个天下观。头顶一，脚踩九，左三右七，等等。有很多种说法，就是"河图洛书"给我们提示的一个方位，当时是天空中的星象学，可是古人认为大地应该跟天是一样的，天人合一的思想，认为人也是这样，是一个九宫格，大地也有九州。那么在这个情况之下，雍州就是我们这一带。讲大禹社会的《禹贡》，就是说大禹治水后，将九州地理记录下来，并根据每个州地理物产环境的不同，确定了各自州的贡品。那时的中心在河南中原腹地，几百里是一个范畴。我们属于西大荒的范畴，是荒地。所以《禹贡》里展示了一个天下的版图，以中原为中心向四周辐射。这就是我一直讲的中原文明中心说的起点，天下就是这样子的。后来我们中国人一直是天下观，不是国家观。就是说天底下的这个中心叫中国，最早是周公这样来界定的，后来因为有其他小的国家，便把周围小的国家当作它的附属体。中国人一直是天下观，不像西方雅典和马其顿等很多小的国家，他们很早就有了国家观念。

　　国家观我们是没有的，我们是天下观。所以我们很早就有帝国的观念。中央帝国，这个地方的中心叫中国，然后向四边分散辐射过去，这样一种观念，一直延续到了清代。尽管明代的时候已经有了万国地图，尽管当时我们已经看到了西方的国家，但我们仍然延续着这样一个天下观。一直到了1840年，鸦片战争的爆发继而到八国联军侵略，这个时候我们的天下观才开始改变。从天下观转向国家观，在这种转向中间，中国和西方也有不一样的地方，周公曾经确定中间的地方是中国，其他地方都是中国所管辖的范畴，都要给中国进贡，这就叫贡。《禹贡》从大禹开始，九州都在进贡，我们一直延续下来的，各个地方都要进贡。中央国家并不和他做生意，因为他没有国家的观念，彼此间是上与下的关系，你只能给我进贡，不能和我做生意。

三

国家与国家之间，是小的国家给中央进贡，我们现在仍然可以找到这样一种痕迹，比如在《山海经》里，我们看到西王母的国家向黄帝、舜帝和尧帝献上了玉石（祭祀的东西）。这也就从侧面说明当时西王母管辖的国家是一个小国。

底下的交易是一定存在的，但是仅有进贡和赐予，我们从最早的来重新判断，河西走廊这个地方的人民，他们之间交换的东西是什么？从现在来看的话，首先肯定是牲畜，马、牛、羊、骆驼等，六畜里头还有鸡、猪和狗，当然还有骡子、驴等，最主要的应该是马。我们在后来看到的汉简中发现他们之间是互相的一个交易，这种互换的交易存在于民间，这也就进一步回答了葛建雄先生当时提出的问题——丝绸之路上确实存在这样一种外贸。

我们从《山海经》来看，每一个地方的山脉都有一个山神，有一个形象，例如西羌这个地方的山，《山海经》里说西羌人这边的山神是什么呢？羊的头，人的身子，总之是羊的形象。现在藏族人跳舞的时候，也还有点羊的形象在里面，他们的祖先是羌人，临夏人的祖先也是，当时河西走廊基本也都是羌人。因此，在一定程度上我们做出这样的判断，当时交易最早和最多的就是马和羊。我们在《圣经》中看到牧羊人是神，上帝就是牧羊人。我经常在想，黄帝轩辕和黄帝族以及在西方《圣经》里面的诺亚，

天祝白牦牛（刘忠摄）

雪牧（刘忠摄）

他们都活了800岁，且都十分长寿。现在来看上帝是牧羊人，我们这边的羌人也是牧羊人，而西王母是古羌人，一直到了汉代的时候迁徙到了条支国。他们之间到底有什么关系？我们现在无从解读这个问题，但是我们可以联想，我们最早时候交易的肯定是牲畜。因此在汉简里我们看到，汉代时这种交易一直在广泛地进行着。

四

前文谈到第一种交易是牲畜，那么第二种交易就是粮食了。从现在来看，我们所谓的食和最早羌人的粮食还有点不一样，早期羌人的粮食是谷物，可能因为那个时候没有进行过稼穑，他们不会这样耕种，所以那时的粮食更多的都是野生的，食用这种集天地精华生长的粮食，他们也就相对长寿一些，当时的轩辕族食用的可能就是这种谷物，它们最早可能生长在昆仑山附近。也就是说，我们那个时候就有了这样一种粮食——粟，后来慢慢有了小麦一类的粮食，同时耕种的技术可能就有了。我们在《山海经》里面看见周朝的先祖后稷，他曾经是见过西王母的，根据当时的情形分析，有可能是尧或者舜派他去见西王母的。

在那遥远的时代里，有披星戴月的奔波，也有用身体丈量泥土的虔诚，周人经过长途的奔波跋涉，到了今天的陕西和甘肃庆阳，他们在这里耕种。这样说的时候也不排除可能是羌人首先有了这样的技术，周人们学到了。因此我们的耕种技术来自于米索不达米亚平原这种说法是不能站住脚的，这一种说法主要是由文明西来说造成的。我们在更改这样一种说法的时候，我们需要新的考古发现，用一些史料去支撑。所以我们暂且不去管它的对错，但至少可以肯定早期是有一些粮食交易的，而考古发现粮食的交易在哪里呢？就是武威一带齐家文化皇娘娘台附近，还有山丹一直往西到哈密，这就是河西走廊羌人居住的地方。

在马厂文化时期，我们发现他们也都有交换粮食的痕迹。从这个角度来讲，我们似乎好像可以证明大禹当时所经营的九州范围内的雍州，就已经拥有粮食的耕种，同时也可以说明雍州就是九州的范畴。而且当时马家窑文化、齐家文化、马厂文化，它们是互相衔接的，是一个整体，只是有存在时间上的前后。我经常在想当时的一些情状，例如他们获得了粮食以后，他们去干什么呢？就开始做吃的？现在河西武威的烤馍馍，可能就是那个时候流传下来的，至少是游牧人留下来的，现在凉州的烤馍馍，新疆那边也有，一直到了宁夏这边，它不就是这个范畴吗？所以烤馍馍是不是那个时候开始的，这至少是一个例证。我们早上喝牛奶或者羊奶，与此同时，泡着馍馍喝，这才留下了齐家文化、马厂文化的痕迹。当然这只是猜想了，也不能说完全就是这样。但是在粮食的交换上又是必须要提的。

五

除了牲畜、粮食的交易，还会交易什么呢？在此期间我们谈到《禹贡》时说到过玉石，中原王朝需要这些祭祀的东西，因为一个国家、一个王朝的诞生，甚至说很多贵族家族，都需要祭祀的东西，而这些祭祀品就在西王母所在的昆仑山下，因为那里的东西被认为是最能够接近天地精华的东西。昆仑山里质地通透温润的美石因其自身的独特性，被奉若为最有天地精华的东西，美石便是我们所说的玉。我们现在有些人能戴住玉，有些人戴不住，玉和人也是要讲缘分的，不要轻易戴这个东西。这是懂玉的人给我们讲的。从侧面也就说明了玉和人一样，也有灵性。

从《山海经》里面我们可以看到，西王母所辖制的昆仑山上盛产玉石，在皇娘娘台这个地方出土了玉石，就证明当时的河西走廊一带，有玉石的运送和交换，也就是贸易。当然更多的时候玉石可能在王室贵族之间流传。这也就是说，少数民族给中央王朝进贡玉石，然后中央王朝再赐给少数民族丝绸等其他东西。

玉石的交易也有可能是在民间进行的，民间因其稀有性等因素，会把玉石的价格慢慢抬高，久而久之，周穆王也就会不惜发动战争重新去打开古老的玉石之路，把玉石资源夺过来。《穆天子传》里面，周穆王会见西王母，把它说成了一个浪漫主义的故事，西王母和周穆王相见以后，好像两个情人相见一样，西王母希望他能够经常再来，西王母会跳舞，会唱歌，给周穆王献上美酒，最后给了玉。西王母辖制的地方几乎是一个仙境，周穆王回来后，对西王母也是朝思暮想。这说明一个什么问题？实际上我们的历史过于浪漫化了。当时应该是一场战争，尽管史料中我们看到西王母国跟周朝是没有多少战争的，因为一个是以祭祀为主，或者是有着巫师聚集的一个国家，它掌握着天地的密码。所以去以后不能消灭这个巫师，但这就是我们现代人了解的，当时有一条玉石之路的一个故事，有这个故事就可以重新去探索那个时代。

玉石就是当时最重要的贸易产品，只不过在民间可能会变成黑市交易等。最后一个才是丝绸。现在我们总说丝绸之路，实际上丝绸是到最后了。丝绸对于国家和小的中原王朝来讲，当属直接赐予。因为民间有大量的丝绸。当时农桑里头，就有桑，桑其实是丝绸的材料。所以今天来讲，丝绸实际上已经是到了最后的贸易品，而我们认为丝绸是最早最为重要的，实际上不是。

驿使图画砖（复制）

丝绸在当时作为一种奢侈品，就像我们今天买西方国家的手表、包之类，它就类似这些。我们有这么多的猜想，有牲畜、粮食、玉石、丝绸。当然很可能有其他的，比如说军事用的攻坚武器，等等，但当时最主要的可能就是这四种贸易。

六

假如司马迁没有遭受宫刑，他可能会一直沿着张骞走过的路，往西去。假设他往西走，到昆仑山底下，也许他的《史记》就不囿于书本记载的范围。假设他又向中亚走到贵霜帝国，再往西到西亚，并将所见所闻记诸笔下，他给我们留下的财富也许是不可估量的。历史学家走过的路程未必和外交家走的路程是一样的，机遇不同，发现未必相同。

古希腊的希罗多德和古罗马的塔西托的作品涉及到了印度，然而喜马拉雅山似乎挡住了他们了解古中国的道路。如果他们游历了或者是听闻了中国，又会有什么样的作品流传于世？最终似乎是神秘的中国丝绸，把东西方连接到了一起。

如果先秦时期对河西走廊有所记载，它便不再是历史上的空白，恰是重要的区域，同时它会作为陆地文明的走廊被铭记，总之不至于被后人忘记。今天南方人戏说河西走廊是不是没有电，人们是不是还骑着骆驼或是马出行。看似荒谬但也引人反思。假如历史能够沟通，东西方通过河西走廊连接起来，历史会变成另外一个历史，罗马人可能比历史所载的时间要早到达中国，中国亦早日到达罗马帝国，犹未可知。

历史上的外贸，除了政治因素的大国赐予小国、小国朝贡大国，我们民间的贸易相对也自觉成熟。丝绸之路为我们提供了古老的例证。

黑城遗址（一）

黑城遗址（二）

七

河西走廊是交流的通道，是互通的，我们在这边得到了什么？现在我们知道有"天马"的交换，多半是我们用武力去夺得的，但是"天马"之外，民间的马肯定也在交换，且较为频繁。

其次是玉石，再次是各种香料。据说中亚还有其他一些地方的民族，似乎因为经常吃羊肉，身上多少会沾染羊肉余味，香料便应运而生。

故事中的香香公主是会使用香料的公主。历史上的杨贵妃之所以时常汤浴华清池，似乎是因为她身上经常散发着某种气味，必须要去清洗，并用香料遮盖。玉石除了祭祀之外，象征着人的高贵与地位。皇帝一定是白玉白璧。在古代玉是有等级的，这便是礼制。

若非贵族佩戴好玉，未必有安保随从能够保护自己，可能会有恶人杀人夺玉，故而给玉主带来灾难。况且玉石有天然的磁场和灵气，人和玉不一定相配。恰如外贸的交易是一对一的，你来我往。

天山牧场

三大文明

游牧民族逐水草而居，步步为营是他们的特质。他们又是如何保持和平稳定的？

或许是交换、契约、和亲等政策。过去很多是互相联姻，但是过一段时间又开始交恶。继而又开始和，似乎循环往复。长此以往，游牧居民们或许会想，什么时候才能过一种安居乐业的生活？这就推动游牧文明变成农耕文明。

从文化习性而言，似乎农耕文明属于高级文明。商业文明便深受其影响，譬如"儒商"一说，都源于农业文明之上的儒家文化。农耕文明，似乎是人类向往的一种文化状态，当然并非全部，就像西方现在也是商业社会。似乎他们也都安居乐业，所以我们向往。其间，商业似乎是通往安居乐业的方法，但一些人认为西方商业模式是安居乐业的结果，这值得我们深思。

联合国教科文组织在 2000 年以后提出了一个文化多样性宣言。因为人类意识到我们可能到了文明冲突的时代，欧洲文明、美洲文明、亚洲文明等，彼此怎样能更好地接纳彼此？文化多样性的理念应运而生。

我经常在想，食物也影响着思想，影响着生活方式。过去游牧民族的食物以肉为主。肉食的能量大、热量多，食用后人也经常好动。另外，牧民要喝酒祛寒，如此，人变得刚烈爱动，于是尚武打仗。但是慢慢吃了五谷粮食以后，会中和人的习性，性格会变得温柔、敦厚，这也恰是中原文明的特性。君子温柔、敦厚，属于儒家文明，也属于粮食所养成的一种文明。河西一带从游牧文明转变成儒家文明，在吃的方面便这样转变，最后就变成了包容的、和合的。

如今的中国依旧有这样的文化传统，游牧文明、农耕文明如此美好地共存一处。基督教文明、阿拉伯文明、印度文明、华夏文明共存于凉州，共融于一体。并非凉州是我的家乡，我就如此解读。这是历史，是汉唐时的历史告诉我们的。所以凉州也是解读中国和世界的一把钥匙、一个方法。

我们一直说理解中国，其实一直不理解，原因在于我们一直用一把尺子去量世界，而这把尺子又是近代以来西方世界确立的尺子。为什么我们信这把尺子？因为它在我们眼里是富裕、平等、科学、民主，而这是我们最为需要的。这是近代以来留洋回来的知识分子为我们传播的信条。我们都一一学习过来了，但最终发现它们在我们的土壤里生根发芽，还需要理解我们的土壤是什么。人们在这一点上总会争执不休。

举个简单的例子。一年有四季，穿衣服的标准显然不是一个，而是四个，且不同地区又有不同的标准。广州和西藏的冬天穿的肯定不一样，与兰州也不一样。当然，广州有自己四季的标准，西藏和兰州也各有四季的标准。这应当是科学吧？我们会发现它不一样。淮南之橘若是种植到淮河之北就会变成枳。竟然不一样了。也许在人们的眼里，药材一定是一个标准，这是药学啊。但是，中医不这样认为。

在中医看来，不同季节要用不同的药，一服药绝对不能春夏秋冬什么时候都喝。夏天用的药，立秋后往往会换几味药，因为季节变了，草药的药性也就变了。之所以变是因为草木是随着季节而生长和成熟的。

就是喝茶也不一样。早上起来多喝升阳的红茶为好，午时开始就不能喝了，下午则往往要喝一点平阳的绿茶，且要看每个人身体条件而定。

所以，在中国人看来，每一个人、每一棵草都是不一样的，虽然有一个大体的标准，但细节处是不一样的。简单一句话，大自然是不一样的。这便是真正的科学精神。

争论的焦点可能是现在整个世界已经是工业文明时代了，而我说的这一套农业文明的东西不能用了，其实问题的实质也在这里。工业文明的东西肯定是好，我们也要用，但得改造，改造成正处于农业文明时代中的我们能用的方式，不能简单照搬。仍然是拿马克思主义在中国的实践为例。

核心在于，我们始终是一个农耕文明为传统的国家和文化，而西方是一个商业文明为传统的区域文化，西方的那一套简单粗暴地照搬，我们的文明就不能存在，事实上也是这样，我们百年来在政治和经济领域的经验就是把西方工业文明的东西与我们的农业文明相结合的结果，而在文化和教育领域则简单地西化了，导致我们的很多文化消失殆尽了。如果说这是我们需要的，且我们的确得到了幸福与自由，也就罢了，事实上，我们感到了种种不适应。

人们无所适从。原因也很简单，就是不愿意用中国的农耕文化去改造西方的文化而被我们所用，而是想简单照搬。

中国的文化之所以包容一切，就在于它本身是多样性的，本身是理性的，它永远有一根神经在怀疑一切，在宗教发达的时候，它怀疑宗教，与宗教保持了适度的距离，这就是中国的儒家知识分子，包括道家的老庄，而在科学被奉为至上时，它也怀疑科学，并与科学至上主义保持了一定的距离。它始终站在事物的中间来观察一切，包容一切。这就是中国文化真正的魅力所在。

相信这也只是一段时间的迷茫，中国的知识分子很快会拾起早已丢弃的传统，重新去融合一切人类的文明，从而创造出适合全人类的新的文明。

凉州的礼教之始

1959年7月武威磨嘴子乡6号墓出土了一批竹简，这是中国最珍贵的汉简之一。武威出土的汉简中有很多记载《礼记》的内容。《礼记》是中国被称为"礼仪之邦"的一种见证。无论是西方的考古学家还是中国的史学家、文化大家，他们都认可一种理念——礼仪是文明的重要元素。祭祀、外交，还有日常生活中的礼仪，这些都是衡量社会文明程度的重要尺度。

礼仪文化什么时候来到了河西走廊？墓室中发现了王莽时期的货币，墓主人或死于王莽时期。可能是窦融来之前或者之后。我们现在可以看到在窦融前后，或许开始了这样一种礼仪，至于在他之前有没有，我们暂且不说。但是在墓主人的时代就开始了。

那就说明这个时候在进行《五经》教育。五经博士在汉武帝时候设置，后来传至河西，中原文明的学术文化要在河西地区起作用了。原来这些地方充斥萨满教等巫术，好斗逞雄是特有习性，现在把它改变了。不能动辄打杀，大家先讲礼仪，从而改变人的习性，改变人的生活方式。

从窦融时期开始这样一种文教传统，一直延续到后来。窦融离开的时候是公元36年，彼时甘肃和四川基本都安定下来。窦融回去的时候把河西走廊养大的羊、牛、鸡、狗带了共约上万头，上千辆的车浩浩荡荡地去了洛阳。到达洛阳后，世人震惊。那时候的河西很大，今天的兰州、白银都属于其境。我在想，当他去的时候，他可能想着是要在那个地方

武威出土汉简（刘忠摄）

经营一片山河。如此辽阔壮美的河西走廊，现在也只能是他乡。在他的心中也带来了一片山河，我经常在想他带来的都不是漫山遍野的牛羊，而是浩浩荡荡的一片山河。所以当他来到洛阳的时候，皇帝非常激动。

归洛阳时窦融 52 岁，也就是我现在的年龄。回到了洛阳，从此开始了他暗淡的下半生，但是他在凉州的事业还在继续……

窦融与凉州

一、窦融为什么来到凉州

河西走廊有三种大的文明的传统，一是游牧文明，二是以儒家为代表的中原文明，三是以佛教为代表的西域文明。游牧文明是从什么时候改变，中原文明是从什么时候来到这里的，佛教文明又是什么时候进入这里的？梳理清楚以后，凉州的历史脉络也大致清楚了。

窦融发挥了重要的作用。河西四郡是在公元前106年建立的，到了窦融来的时候100多年已经过去了，战乱不断的局面一直到了窦融的时候被有效整治。为什么到了窦融的时候就会得到遏制呢？史书里面讲窦

远古的诉说（刘忠摄）

融是一个世家子弟，他的家族一直可以追溯到窦太后、汉武帝祖母的阶层。汉光武帝的时候，窦融算是他的一个远亲。但当时他在世的时候恰好是王莽篡位。王莽是一个文人，逐步篡得皇位。

胡适说王莽是最早的社会主义者，这种说法值得探讨。在历史上、儒家传统上，并非只有推翻了旧社会、旧制度的人，才有资格做皇帝，还要德行或是其他资源配位。曾经有个故事讲，项羽打下一片天下，但还不是王。当时城里有一个人智慧也很高，大家要推举他为王。此人母亲告诉他："儿子你没有祖上的德，你这一辈子才积了点功，功不能成为德，要变成德还差得远，如果你现在要当王，你就是走上了断头台。"这就是后来我们所说的"祖上积德"，所以后来他就选项羽为王。项羽是贵族，推荐他作为王，大家也都同意。现在，我不能说因为项羽是贵族，他就能成为王，我们照样也可以成为王。古代等级观念森严，但是王莽的事迹没有像五四以来的革命给大家呈现出非常广阔的精神场域，现代历史的革命就是要改变这种不平等的局面。

社会主义革命是重新均天地，实现平等。在东西部发展差异日渐明显的当下，用社会主义这样一种思想来平衡发展，实际上还是要均贫富。均贫富是中国自古以来的一种思想，所以社会主义也不是凭空产生。它有自己的根源所在，中国一直都有。

窦融出身于贵族。他的曾祖父在东胡做过官，他的从祖父（从祖父大概就是曾祖父的兄弟）来过河西，一些亲人在河西也做过官。所以窦融对河西有自己深入的了解。后来他便说："天下安危未可知，河西殷富，带河为国。张掖属国精兵万骑，一旦缓急，杜绝河津，足以自守，此遗种处也。"他考虑到了在河西发展的优势。身份、家世背景、身处的环境等很多因素促使他来到了河西。一切都有缘由。

二、窦融如何治理凉州

窦融采取中庸之道、包容政策，把少数民族和汉族团结融合到一起，使得河西有了多种发展的可能性。那么他用了什么方法来发展这个地方的农业？

首要是管理。好比汉武帝鼓励大家养马，养一匹马会让三个男人免去赋税。窦融也是这样，他去以后做了两个管理系统，一是郡一级设农都尉，相当于农业农村部。有一个农业部长专门去管下级农耕。就像是兰州关于黄河管理的相关部门，在当下治理黄河的局面中，这个部门可能会越来越重要。窦融的政策立即把农耕事务管理起来，大家从事农业生产就有章可循、有法可依，有序运行。

二是依靠军队，军队在没有战争的时候依旧要发展农业。窦融引进了西域和中原的一些农作物，依靠原产地的种植技术和工具，二十多个农作物种在河西育苗生长。青铜器的发明为什么如此重要，青铜器为什么是文明的一个标志？因为它在农业、军事上起着至关重要的作用。窦融过去的时候就带去了很多铁器。

　　铁犁提高了耕种的效率，同时，各种谷物的收存技术、烹饪技术等也被引进。窦融在治理河西时持中庸之道。当时有各种少数民族，大家各安其命。你种你的田、他种他的地，你养你的羊、他买他的马。窦融用一种宽容的、和合的、中庸的方式进行治理。这种治理是有效的。最后窦融离开河西的时候是赶着数万头牛羊马，满山遍野、浩浩荡荡地去了洛阳。他本来是个武将，最后变成这么一个地方管理者，他的事迹是值得研究的。

　　这是新的一种犁。记忆中从 20 世纪 90 年代到 21 世纪初都在用这种犁。后来就改为机器犁地和播种了，这些工具也都慢慢退出了历史舞台。

凉州的农耕文明

一

农耕文化，如果进一步来讲的话，就是日常生活。种麦子是在春天。"一年之计在于春"，五行里木属于东方，属于春天，为什么在东方，因为太阳升起于东方。到了夏天，夏天万物生长，五行里属于火。太阳最好的时候，就是万物生长最旺盛的时候。如同人的青春时期，青春时期就一定是最美好、最火热、身体最强壮的时候。到了秋天，秋天在五行上属于金，是收获的季节。所以到冬天就是草，过去古人都是冬天打麦子，再把它藏起来。春种，夏长，秋收，冬藏。这就是我们古代的一种循环，一年四季就是这样。现在科学的方式证明地球绕太阳公转一周即一年是365天，而地球自转一周是一天24小时。过去是以自己足下的土地为中心，现在往往我们双脚已经踩不到自己脚下的土地了。

我们对星空的认识往往来自于欧洲科学家的望远镜，离我们很远。虽然很多道理是一样的，但总有什么事情是不对的。过去我不知道，现在慢慢明白了。人们都说，科学不分国界，到处都一样，的确一加一等于二，在哪里都一样，因为这种数学不会附着于具体的土壤和环境。但如果说北半球的太阳和南半球的太阳的运行是一样的，我想谁也不相信，因为太阳照射到的具体地面会证明它是不一样的。地理既然不一样，文化就一定也不一样，但是，很多人会坚持文化是一样的，因为数学是一样的。我常常觉得哭笑不得。中国有很多学者跟我年轻时一样，都崇尚世界主义，所以我们觉得所有的知识都学习过就应当是世界主义的了，但最后我发现中国传统的知识反而奇怪地缺失了。而当我学习了中国传统文化之后，又发生了奇怪的变化，即逐渐体验和认领了中国传统文化是我们自己的文化，是我们生长的故乡，一切的其他文化都自然向它聚拢，而不是过去，一切我们自己的获得包括中国传统文化都向欧洲中心主义靠拢。但我相信，很多人并不自知。很多进行古典文化研究的人也不见得认同中国传统文化，因为他们没研究到中国传统文化的根本，没有发现天道，即科学性的一面，牢固的一面，所以他们自然把中国古典文学和文化的研究也面向了欧洲中心主义。

明白了这一点，我们就明白我们脚踩的是土地，不是岛屿，我们身处的环境是农耕文化区，不是商业文化区，同样，我们在头顶的天空上看到的那颗具体的星星可能不是公牛座或双鱼座，而是北斗七星。同样都是观测星空，同样都是在自己的故乡看大地和星空，但我们往往不自觉地把自己虚拟置换到了欧洲，其实自己的真身还在中国。我们被虚拟化了，而我们并不自知。至于什么是民主等主张则另当别论，这里讲的是世界观。如果看透了这一点，我们才可能会把真身转一下，回到故乡。

这是英国的巨石阵的格局，也是对四季和气候的测量，且有八个方位，与中国的八卦相似。

　　这是古埃及神庙里的历法，也有四季、阴阳、八个方位。中间的图案则是星空，是星象。

　　至今，很少有人去正确地解释里面的每一个现象。其实，如果把人类早期所有历法的知识进行考证，这些问题不难解开。加上今天发达的天文学知识，它更容易被破解。

　　无论是古埃及的历法，还是英国的巨石阵，都被当成神秘的现象，原因是它们自身的传统中断了。而中国恰恰未断，这可能是解释他们文化的参考。

二

古时候用的是夏历，后来用阴历，再后来用阳历。几者之间是有差异的。《山海经》里面记载了十个太阳和十二个月亮，后来十个太阳指的是十天干，十二个月亮指的是十二地支。我记得小时候父亲领着我去看一个病人，回来以后我奶奶会问那个人情况如何。父亲会说看过了某某节气会怎么样。现在的年轻人可能不太会这样说。老人会说，因为这就是农耕文化流传下来的。它实际上说明我们人和动植物是一样的，天地的法则是我们必须遵循的。

我曾经一直不太理解冬至前后为什么会有很多人去世。后来我才明白，因为冬至是一个大节气，冬季最长的一天结束了，太阳移动就开始变化了，冬至前后逝世的人就特别多。后来发现清明前后去世的人也很多。雷达老师去世的那一年，微信上有很多讲述学界泰斗去世的文章。人也是万物之中的一种，不要妄想自己一定会超越万物。即便你越过这个节气，下个节气又如何越过？因为你是世间生命的一部分，最终都要走向死亡。这便是夏历中存在的生命观。

道法自然体现在《黄帝内经》中。人不同于动物，人是有智慧的，能根据自然去重新调整、"修炼"。"修炼"就是我们拿过来或者补上一些东西，把某个节气度过去。用其他的东西来弥补缺憾，实际上今天的药物就是旨在帮助我们度过某一个节气。

我们现在讲文化的时候容易忘记生产和经济，这是不对的。那是最深层的方式，它会在潜移默化中影响我们。西方是属金的地方，属金就是人要靠义气、杀伐之气，所以这地方就讲义气。北方属于水，古代有叫鬼方、幽冥之地，它特别冷，处于昏暗不明的地界。另外从亥时到子时，它是一个更替的时间段。中国人对这些问题的看法，都和天地一样，是整体性的认识，绝不孤立。古代的亥时要入睡，子时一定要进入睡眠状态，同时子时又是天地交换、阴阳变化的一个界限。

天人合一的思想慢慢地进入到河西，这是很深沉的文化。

太阳

这是今天人们对宇宙的认识。人们发现，它虽然不是我们的太极图，但也有类似之处，且确实是一个圆。太阳在整个宇宙中只是一颗普通的星星而已，只是相对地球来说，是最亮的有生命的星星，所以它就不同了。但是，就整个宇宙来讲，似乎是有中心的，可是，谁是中心？是质量最大的行星？还是什么？我们通过一些手段可以看到，在宇宙的中心，确实有一些最亮的星团，它们每一颗都可能比太阳系要大，要亮。那里的热量大概是最大的，相比之下，太阳系倒好一些，而太阳系中的地球也可能恰好处于最适宜的温度，于是，生命产生了。

　　当然，我们一定要切记，我们所讲的生命仍然是以我们人类为中心的。其实，每一颗星星本身都是生命，整个宇宙是一个大生命。只是那些生命的形态与人类不同罢了。

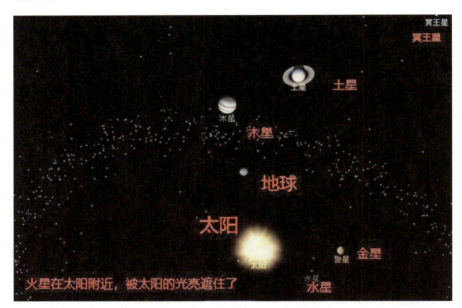

　　这是一张五星运行图。太阳和水星、金星离得很近，所以金星和水星似乎在太阳与地球的中间。而木星和土星离得远，在地球的外面运转。古埃及人因为火星能带来涨潮，可以灌溉田野，所以对火星较为崇拜。对天狼星也一样。罗马人是游牧出身，火星和天狼星到来的时候，气候会发生变化，可能是它们重新找水源的时候，所以开始战争。后来，也许是这些记忆慢慢失去，但他们对火星的崇拜犹在，且定其为战神。但在另一边的中国，它是猜疑不定的一颗行星，它也因此带来气候的不稳定，导致人心不定。当天狼星出现的时候，草原上的气温升高，游牧人面临着生存的困难，所以也一样要发动战争去寻找新的生存之地。

　　金星的影响是与太阳、地球处于一定位置时，准确地说它在地球的西边时，秋天就来临了，大概是它自身所携带的物质特性影响地球的缘故，当然，此时太阳从对地球直射变成了斜射，气温本身就降低了下来。

水星与太阳最近，从处于黄河流域的人来看，当太阳偏南照射之时，水星又开始以其自身的特性来影响地球，地球上的生命便发生不可思议的变化。冬天便来临了。

　　木星显然离地球较近，但它自身比较稳定，且因质量大，公转的速度较慢，在地球上看要十二年才能转一周，所以就有了太岁等一类的说法。

　　土星则更慢，在地球上看需要二十八年，这就是二十八星宿的来历。每一年都有对应的星宿。

　　西方人的十二星空就不一样，虽然对应的都是十二，但它是指太阳进入十二星座的规律。所以，西方人主要认太阳历。中国人则是阴阳合历，还要看五星位置，这样就有了五行思想。西方人则没有五行思想。

　　研究中西方古代人的天文历法，非常有意思。我们会发现在上古时代，当人类的能力还极小时，都相信生命是天地交合的产物，所有生命的命运也是天地变化的结果，所以人们对天文和地理非常重视，天文学极其发达——那时没有望远镜，看不到更远处的行星，但这已经足够，毕竟地球是太阳系中的一颗行星，也就是银河系中的一颗行星，肉眼看不到的行星。除非它是暗物质，否则它就影响不了地球的命运。但是，能看得见的那些行星，则以其与地球的距离，以其自身的特性，来影响地球和地球上的生命。这就是古人的思想。

这种思想在四千年左右，除中国外都先后中断。古埃及、古巴比伦、古印度，甚至古玛雅的文明都被外来的文明冲击而消失，但它们仍然以各种不同的形式向我们吐露着昔日的智慧。只有中国把这些文明传承了下来，且可能在昆仑山一带，即西王母至伏羲时代，形成了最早的学术共同体，后来由中国人传承了下来。主要原因仍然在于这些智慧与农业有关。

三

我们与万物一般生生不息，根据自然的变化在变化，这就是道法自然。当我们把房子建在田间地头，把马拴在马厩里、房子旁边，代替了流动的帐篷，这时就安居了。游牧人原本骑射尚武，现在不一样了，都安居下来，互相谦让，交换食物，希望邻居对自己好一些。生活的方式改变了。

就像我们居住在城市，跟乡村不一样，乡村里更有人情味。在陌生的城市，各自忙碌难以见面，再熟悉的人都会变得陌生。人们之间的依存关系也变得非常模糊，契约关系维系着人际关系。或许越大的城市越没有人情。

农耕的方式令你和田地为伴、和邻居为伴。村子就是你的天下，就是你的国家，就是你的家园，你得保护它，你得让它美好起来，你得让它天人合一、日久天长。这种和合、包容的境界便是中庸。人们之间有了摩擦或是利益冲突，必须互相让一步。互相让步就有了一个中间地带，很多事没有绝对，却有转机。这是中国人的方式，它是由生产方式影响而生成的一种处理方式。

西方商业的方式往往一就是一，二就是二。协商的方式是我们农耕的方式，"斤斤计较"的方式是商业的。好在中国的商业方式多少可以协商。

城市会让人慢慢地改变，很多场合必须 AA 制。"亲兄弟明算账"到底是我们中国人自己的传统老话，还是被外来的商业文化侵入以后适应商业模式而生的？尽管是亲兄弟，但是彼此有话说在明处，并非代表每一笔账算得极清楚。兄弟之间应该按照这样一种方式，才能够长期相处。否则你天天占我的便宜，总有一天我不让你占了，你或许会回过头来说："为什么属于我的便宜不让我占了？"实际上商业的方式中国也有，只不过中国人讲究互相协商、互相忍让。

西方城邦的发展源于物物交换的商业，故而它的数学发达，城市也愈来愈发达。数学追求精确，人们的理念也追求精确。农耕文化发达，中庸之道相安无事便好。这就是两种不同的文化，不能说哪个不好，只能说我们不适应哪种，能够适应哪种。凉州的农耕文明也是如此。

  我生活的村庄，大地向四方延展，而人就居住在田头。人与田野是一体的。中国要进行乡村振兴，在我看来，首先要研究农耕文化，然后再研究工业和商业文化，融合出一种属于我们自己的乡村文化。几十年来，因为发展的原因，我们对自己的农耕文化不太重视，在进行新农村建设时，把村庄建设成城市的模样，失去了原来建筑学的伦理，这是有问题的。中国乡村的建筑模式是道法自然，是有其自身的伦理在。

  现在是工业化、城市化和商业化发展的时代，农耕时代的很多观念可能不适应了，但是，方法可以拿来用，基本的伦理和思想是不是也要变呢？这是我们要考虑清楚的。

张轨的礼容

窦融开创了物质文明时代，张轨开创的是精神文明时代。

《晋书·张轨传》记载张轨是一个世家子弟，跟窦融一样。他是西汉常山景王张耳的第十七代孙，属于王公贵族的后代。实际上他从小就和皇亲国戚们有所往来。史书里用"颇有礼容"来形容他。什么叫礼容？就是说这个人儒雅端庄、肃穆。站有站相，坐有坐相。张轨在礼容方面特别讲究，靠这一点就深得皇帝赏识。可见古代对礼仪的追求是多么重要。

为什么礼容就非常重要呢？儒雅端庄肃穆的外在表现，是天生就有的？还是一点一滴平时修养得来？贵族非常重视家教。作为贵族，可能从小就接受了这种教育。

张轨是一个以礼见长的人。礼仪是儒家重要的形式追求，也是道德追求的表现方式。礼是形式，道德是内容。张轨的礼容源于何处？周代周公把待人之礼流传后世。这是源头古老的产物。

孔子注重礼仪。他看见的是周公之礼。据说是他写的《春秋》，内容实际也离不开礼。君君臣臣、父父子子。王侯有王侯的礼仪，百姓有百姓的礼仪。大家都讲礼仪的时候天下就安定；都不讲礼，天下就不能安定。我记得父亲在我们小的时候非常威严，到现在我们也几乎不会和他有言语冲突。以前家里的大事他一个人说了算。但是到我成家后，我逐渐发表言论，他就经常说："你来说吧，家里的事你来做主。"我是老大，现在家里的大事几乎都要征求我的意见，我做主。并不是老父亲一直到老死还要做一家之主，只是双方都把礼做到位了。

古人讲到公职人员退休以后，最好不要去干涉家政、国政，这就是礼。要交给接手的年轻人，他们属于青壮年时期。退休的人退到方外，这就是规矩。这种关系也是说人得有自知之明，要有节制。这也叫智慧，没有智慧很可怕，没有智慧的人就会固执。坚守正道是好的，可即便是正道，也都在不停地变。因为时事条件在不断变化，如果不改变方式方法去做，就是墨守成规、一成不变、冥顽不灵。就未必是正道了。从周公到孔子他们创造的这种礼制，被孔子继承下来了。孔子让他的弟子们沿袭这种礼仪并传承下去。

第二个是乐，到汉代的时候《乐经》就没有了。我们现在把"乐"变成了阅读的"阅"，补充大家的人文精神素养。实际上它跟"礼"不谋而合了。

汉代木鸠 （出土于武威市磨嘴子汉墓）

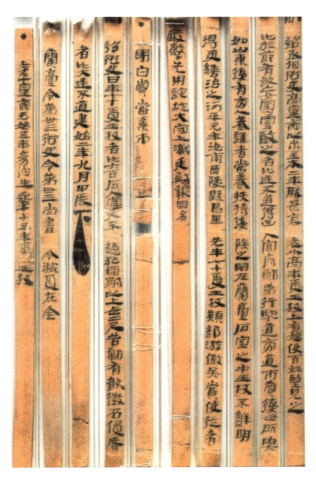

《王杖简》。《后汉书·礼志》中载："玉杖，长（九）尺，端以鸠鸟为饰。鸠者不噎之鸟也，欲老人不噎。"据说是周代的礼仪，"养衰老，授几杖，行糜粥饮食"。这大概就是孔子《礼运》篇中所讲的"老有所养，幼有所教"的具体落实。西汉以来，河西社会不仅仅是设了郡，一整套的农耕文明也被移植了过来。礼便是其一。

儒家思想与张轨

提到孔子，司马迁说五百年出一个圣人，从周公到孔子几乎五百年。按照司马迁的意思，到他自己的时候就刚好一千年。也许司马迁是有成为圣人的志向的，所以他写了《史记》这样一部皇皇巨著，和他的老师董仲舒共同构建了那个时代的核心价值观。

这个核心价值观，其中一点就是礼。礼就是三纲五常，"君为臣纲，父为子纲"。就是说，大家一定要把君王抬到高处，要听他的指挥。天上只能有一个太阳，不能有两个太阳。到了夜晚，天空中只能有一个月亮，不能有十个月亮，这就跟男女之间一样，夫妻之间就是夫为妻纲，这都是天地人三才思想。天地人是三才思想，三纲就是从天地人三才思想来的，在《易经》里面说天尊地卑，尊卑关系就有了。

天、地、人三者中间，是天地生下的人，所以皇帝要听天的说法、儿子要听父亲的说法，这是天道。你可以换很多个老师，但你的父亲只有一个，父亲不能改变，母亲也不能改变，这是血缘关系。春秋战国时"人尽可夫"的故事，就是说丈夫可以有好几个，但是父亲只有一个，所以一定要以父亲为主，这就是一个改变夫为妻纲的伦理故事。到五常的时候，仁义礼智信就是五行思想。当然现在的五行，仁义礼智信，它好像不是相生相克的关系，更像是相互依存的，不能简单来说明，有待进一步去完善，或者是重新去解读。三纲五常和天人感应这些学说，就是儒家所创立的属于那个时代的国家治理观念。我们现在就要结合古今中外的智慧创造一个现代国家治理体系，这是我们现在需要追求的。

司马迁说得很清楚，汉代天下的思想聚于一道，以儒家为主，百家为辅，大家聚合到一起创立一种价值观。现在所说"罢黜百家，独尊儒术"，好像儒家存在了，其他的都作废了，实际上其他的各家都融入儒家了，不再是独立的各家了。到五四运动的时候，大家认为"罢黜百家，独尊儒术"是个错误的事情——把百家思想斩断了。其实是因为站在反对这种传统价值观念、以希腊文明为标准的角度去解读它。

董仲舒促使核心价值观形成。这个思想由司马迁来解释，司马迁解释完以后，就开始落实到各地。到了张轨的时候，他就慢慢地落实到了他所经营的河西走廊，儒家化的河西走廊就开始被经营了。

2007年，我在回家的时候，恰好碰上了武威文庙祭孔大典，便驻足观礼。这是祭孔活动之"礼"。2012年，当我成为西北师范大学新成立的传媒学院主持工作的副院长，要制订学院的发展愿景、院训和办学理念时，我便坚持要把儒家的礼乐传统先继承下来，这就是把孔子的六艺和六经思想改造成为我们的"传媒六艺"：礼乐摄制书说。礼乐不仅是儒家六艺中的礼乐，还包括对中国传统文化的继承，摄是把射改为摄影、摄像的摄，制是御的改造，书是书法、写作等的继承，说则是播音、主持、演讲口才的培养。

至今已经快十年了。中国传统文化在不断升温，我们的六艺思想也慢慢得到学界的认可，且成为特色之一。但实际上还是有缺陷，因为六经思想得不到继承，六艺只是外在的，所以我又和同仁们制订了"三百计划"，即读一百部中国经典书籍，看一百部中外经典电影，写一百篇文章。我还带学生诵读经典、抄写经典，曾经也是一道风景。但彼时人们还不太重视通识教育，总觉得传媒教育就是技术培养。我想，这一定是南辕北辙。如果他们是技校生，则可以这样去培养，但如果要把他们培养成为合格的大学生，我认为差得还很多。

张轨的老师皇甫谧

张轨是西汉常山景王张耳的第十七代孙，家学渊源深厚。他成为一个儒雅、端庄、肃穆、颇受人好评的、颇有礼容的世家子弟。他是礼仪的象征，儒家文化的表率。

如果说张轨的精神密码一方面是他的贵族身份以及儒家文化；另一方面就是他的老师皇甫谧。

皇甫谧也是大文人的后代，小的时候贪玩。他母亲去世早，由婶婶带大。婶婶也不怎么教育他。到了二十二岁左右，有一天他婶婶对他说："你再这样玩下去，以后谁来养你？再这样玩下去你怎么成人？你祖上的这些东西谁来传承？"中国人是讲究家族观念的，此时皇甫谧恍然大悟，开始学习。这个人天性赤诚。他就是一颗赤金，只要稍加练习，稍加锻造，稍加修养，就是黄金，就会发光。皇甫谧后来就不得了。他探索世界的秘密、人生的秘密，他写了很多书，比如《历代帝王世纪》。司马迁有《五帝本纪》，皇甫谧写了《历代帝王世纪》，比司马迁还要高一筹，或者说至少跟司马迁一般。他写了《高士传》，还有《逸士传》《烈女传》《元晏先生传》。写高士、烈女，似乎他要重新完成一个集大成的、圣人的事业，或许他是有圣人之心的。他觉得孔子不做官，老子也辞官，那我也就不做了，索性就做这个事，这给知识分子开创了另一个传统。

皇甫谧把这种精神传递给了他的弟子张轨。但是皇甫谧还有另外一个学问，这个学问就是他后来发明的《针灸甲乙经》。作为针灸的鼻祖，这是《黄帝内经》给他的。道儒两家的东西都有所继承，更多的好像偏向于道家，但也不完全是。很多儒家精神是以道家的方式来经营的。皇甫谧也有这样一个学养，也有这样一种精神。所以皇帝在他四十六岁、五十一岁、五十三岁、五十四岁、六十一岁的时候，五次下诏书命令他去做大官，结果皇甫谧坚决不做，隐居起来了，他这种隐居的精神、单纯致力于学问的精神，实际上已经传递给张轨了。

当然皇甫谧最有影响的文章叫《笃终论》，讲的是怎么样了结生死。他提倡薄葬，意思是说那么多皇帝都把自己的宫殿打造得极好，埋下金银财宝，结果后来就被人盗了，正是因为有金银所以容易被盗。当时已经有了风水学，风水会影响后人，所以不如匆匆葬了算了，不要影响后人。在我看来，如果真的要接受圣人之教，就应该接受薄葬，一切从简，这都是圣人传下来的东西，张轨就传下来了。

这样的思想，成为张轨一生遵循的准则。这种精神的气质，圣人的追求，都被他带到了凉州。这就是张轨后来成为凉州的重要人物的原因之一。

皇甫谧像

中国的药学是最令人不解、着迷的，但其实也是最容易理解的。这就是道法自然。为什么叫天人合一？它不是中国文学中讲的境界说、美学说，而是天与人真正地合一。在中国人看来，天地生人和万物，人就有天地的形制，就像父母生我们，我们就一定与父母在形制上是一样的。这样说，很多人是无法理解的，大家会说，宇宙又不是神，它里面有那么多东西，为什么偏偏要你与他们一样呢？

其实，这不仅仅是中国人的思想。《圣经》中说，上帝按自己的形象创造了人。上帝是谁，如果真有，当然是整个世界，而人就与整个世界是一样的。思维是一样的。中国的神话中女娲娘娘抟泥造人，也是按自己的样子创造的人。如果还不能理解，那就把世界拟人化后再来理解，不就是神吗？而神与人是一个样子，反过来说，人与世界也是一个样子。

黄帝问伯高，人有多少肢节？伯高说，天有360天，人也有360节。并没说是骨头，但后来的医者依此认为是骨头，即人有360块骨头。现在西医经过解剖证明，人只有206块骨头，有时是204块，于是，西医就认为中医不科学，中医学者也就其中的"节"是否是骨头一说进行了辩论。同时，中医的穴位也是360个穴位。中医穴位的事也是争论不休。这里面便是虚与实的争论。中国文化讲，一阴一阳谓之道。如果说骨头为实，那么虚骨是什么呢？在哪里呢？

中国古人过去没有解剖学，一切都是以天地的逻辑来理解人，这就是天人合一思想的另一个方面，理解错了，概念化了，也有负面的部分。比如过去中医认为人有360块骨头一说。当我们说360天走完一年后，还多出了五天或四天，或六天，便是过年的时间，这360天是分为昼和夜的，是完整的一年，那么，作为人，也当有完整的一个人的内容，这说的是人的全部。骨头对于中国人来讲，只是身体的一部分，血和气是另一部分，甚至于可以这样说，白天如果管的是骨头的事，是补钙的事情，那么晚上就是气血在五脏六腑中运行的事情，合起来才是完整的人的更替。

所以简单地争论人身上有多少块骨头是无用的，而简单地以这个以讹传讹的内容来否定中医也是荒谬的。

那么，谁是真正发现人的身体除了骨头之外，还有其他存在的呢？大概是皇甫谧了。他发现了穴位，即人的骨血运行的中间处。这是中医的一大发明，西医是没有的。从另一个角度说，如果把骨头比作大地上的高山和高原的话，那么，也得有河流，得有风雨雷电。206块骨头（小孩子要305块左右）就是高山，是平原，而黄甫谧要讲的就是这些高山和平原的褶皱带里的流水，以及经过这些地方的风雨雷电。一年360天经过我们的身体时，天气的寒热会在我们的身体里留下痕迹，而这些柔软的地方，这些非骨头的地方，甚至非肌肉和血管的地方，便是治病的一个法门。

再换句话说，360天是分白天和黑夜的，那么，它们经历了360天的寒来暑往，而每一天又都经历了24小时的轮回。一天就是一个轮回。今天我们知道身体里有亿万个微生物存在，每天都有无数的细胞和生物在死去和出生，所以对于身体里的这些存在来讲就是经历了一生或几生。那么，一天对于身体来讲，就是一节。这个节是节气的意思。如果按照古人那样呆板的认识，它都是类比，那么，我们就要精确地类比，试问，天的一年是360天，那么，天地的骨头是否也是360块呢？它们在哪里呢？这样倒推过来就是个荒谬的事情了。

或许我们还要问，那些肌肉、脏器在春夏秋冬四季分别经历了什么呢？这样一来，我们就要问人有多少块肌肉？现在医学也会告诉我们是639块。我们有多少根血管？这是现代医学也回答不了的。人有多少毛发，也不清楚。在这方面，现代医学也不敢骄傲。

所以说，我们古人的这一套经验是宏观科学的东西，是人类上古时代对天地万物的整体性思考，并非精细的科学。精细的科学是现代科学，以后肯定还有更为精细的科学。那时候，也许又会推翻现在西医的一些定论。当然，无论如何，我们发现了西医，认识到它的精确性，我们就要学习现代西医学，使中医的理论更为精确。这就是中西医结合，从大的角度来讲，是中西文化的结合。

但是，一说到细部，我们常常犯的一个毛病是很可能忘记了整体性的宏观科学。一年360天讲的是时间、气候。我们是否可以这样说，天有360天，人就有360候，把"节"换为"候"，也许大家就明白了。至于人真的有多少骨头、肌肉、血管、神经、毛发，恐怕既要听现代医学的一次次证明，还要想到，我们就是一个小宇宙，我们是亿万微生物的综合体，宇宙有多大，也许我们的身体就有多大。宇宙有多少命数，也许我们的身体就是多少命数。它们也许在基本的规律上仍然是一致的。

而这一点，可能才是中国古代医学的精髓。所以说，这个问题，目前我们还不敢下结论，还需要中西医结合后进一步的理论与实践的证明。而皇甫谧的这样一套理论，也许是我们回答中医问题的另一个思路。

张轨向皇甫谧学到了什么

　　一个老师有很多种本事，弟子能学到多少却是另一说。比如说孔子的《易经》可能最后商瞿学到了，其他的子夏之流都是皮毛，但是最有本事的商瞿隐居起来了。孔子一个人创立的六经，虽然说有七十二贤人都学得了六艺，但实际上是各有所长，确实都没法跟老师比，也许是因为孔子是五百年出的一个大才。董仲舒把这些合二为一，他也是很了不起的。

　　第一个就是道德，是儒家和道家共同的道德。儒家所讲的道德更多的是要求你去怎么做，我们一般都是这样理解的；但是道家会告诉你为什么要这样要求，或者说你要理解为什么人家这样要求你。所以张轨就知道节制，节制是一个人身上最宝贵的财富，也是最重要的道德，或者说是智慧。一个人知道什么时候进，什么时候退；知道什么时候出世，什么时候入世。董仲舒也是这样，他就没有在窦太后活着的时候站出来，因为他料定那样他会被杀。窦太后活着的时候，有一次汉武帝招贤纳士，董仲舒就没有提供他的方案；窦太后离世他立马提供自己的方案，他就出仕了。董仲舒后来跟随着的两个诸侯，都是汉武帝觉得特别难治理的两个，他跟随他们治理多年，最后安全退出来了。我们现在对董仲舒是持有批判态度，但我们仔细想一想，这个人是真不得了。

　　张轨也是这样，皇甫谧教会他的就是这些事物。而这些处事方法都在《易经》上。所以，首先教给他的是道德，其次教给他的是《易经》的方法。这些事物回过头来又重新让他知道，什么时候应该退，什么时候应该进，退要退到哪个地步，进要进到哪个地步。《易经》讲的是一种循环。六十四卦在不断地循环，不断地在跟你讲人世间的道理是什么。比如说乾卦，太阳刚，一定会有折断的一天，所以人要节制，不能太阳刚。地卦太柔，得补充点阳，否则就容易被人欺负。火水未济就是最难的卦、最没有好处的卦，但是里头藏着生门，藏着生机，只要你能找到，也能有解决的办法，这就要靠智慧。所有看似不好的面，实际它有好的一面；所有好的面，往往藏着最危险的东西。这些就是中国的辩证思想，也就是张轨学到的第二个知识。

第三，他可能也会卜筮之术。史书里讲，张轨到凉州来的时候他算了一卦，叫"泰之观卦"，我认为叫观之泰卦。为什么这样说？因为刚开始他是观察，还未出发，后来就来到河西安定下来了，这就叫观之泰卦，从观卦变成泰卦，风地观变成地天泰。如果是"泰之观卦"就不合适，刚开始是在观察，没有后续了，好像一直在观察。但事实上他是观察了一段时间就去河西了，所以先观察再过去就叫观之泰卦。这说明张轨可能是会卜卦的。

　　天水有一个卦台山，相传是伏羲在这里观天象、画八卦的地方。2021年夏至那天，我第二次到天水电视直播现场进行解说，下午的时候去了卦台山。这是我第二次登上这座山。每走一步，我都郑重无比。古人是如何画八卦的呢？其原理是什么呢？

　　向上走的时候，每五个台阶是一组，然后是一个大平台，一个转弯，然后又是五个台阶一组。我向跟着我来的学生说道，这是金木水火土五行，气候上叫一候。古人以为，每五天是一候，即从水开始，水生木，木生火，火生土，土生金，金又生水，每一天代表一行，五行就是五天。一年是七十二候，即三百六十天。多的五天（或四天或六天）是过年的日子，当然没算到里面，其实也是一候。这个说法现在人们不讲了，但你们注意观察兰州的天气，热三天后就有变化，第三天达到最热，第四天很多时候就是下雨的时候，第五天回归正常。当然没有这么规律，有时候是昼夜就有变化，甚至一天之内就有变化。但在古人看来，可能大体上还是有规律可寻的。那时候，人为的因素不多，人都裸露在田野里，所以需要准确地知道天气的变化。这就有了对天气进行总结的规律。

　　上得山上，在伏羲典里祭拜。过去是自己上香，现在讲生态和文明，上香的少了，但今天是大祭之日，肯定得上香。有人专门给我们主持了礼仪，且以公香的名义给我们上了香。我在门口拍的这张照片。这就是伏羲的先天八卦图。当然，对此图的说法也很多，一说是孔子时就已经失传了，孔子按照官方和民间流传下来的口诀对其进行了还原；另一说是到了北宋的邵雍时进行了还原，邵雍还还原了《河图》与《洛书》。不管怎么说，现在我们也暂时只能就此进行解说，否则我们就得依据天下所有的学术知识重新对其解读和修正，目前还没有人能够做到这一点。既然如此，目前我们也只能认定这就是伏羲先天八卦图。

　　关于《易经》，近百年来人们一听说就眼睛眨都不眨地将其定义为迷信，只因为它失去了经世之大道，只留下算命一条小计在民间，且多由盲人来继承。如果《易经》不存，儒家和道家的根本就没有了，上古先民们对宇宙万物生成和发展规律也就丢失了。这里有一个误区，我们总相信眼见为实的东西。所以《易经》在今天的知识分子那里已经无法打开了。那些汉字中国人几乎都认识，更别说知识分子了。但是，你要问他如何运行，如何实践，他就不知道了。

那么，到底《易经》讲的是什么呢？

《易经》上讲，"河出图，洛出书，圣人则之"。说明我们还得从河图洛书讲起。但要真正能讲清楚《河图》《洛书》，也不是几句话的事。后世关于它演绎的学说浩如烟海，人们在它身上已经生发出无穷的学问与智慧。讲得不对，既是对古人的不敬，同时也就把古人的学说讲错了，或者推翻了。讲得要让所有人同意，恐怕也难。这里就有一个学术支撑的问题，特别是如何将它进行科学的解释，而不是首先就带着神学色彩地讲。其实也就是我们现在所讲的创造性的现代转化的命题。

前面我们已经大体讲了《河图》是关于太阳历时代对阴阳、五行、四时和十月以及十天干的总结。十天干是太阳历十个月的结晶。因为我们后来要么用夏历、要么用阴历，后来我们又用阴历，没有人知道还有太阳历的时代，更不知道世界上其他各地都曾有过太阳历的情况，所以十天干是怎么来的无人能知。我观《河洛精蕴》等书，深为古人遗憾。假如江永先生以及邵雍甚至孔子生活在现在，则不会有太多的疑虑了。因为现在基本上是一个全球学术大数据的时代了。尽管还存在着语言方面的隔膜，但已经有太多的人翻译了上古时代人们的学术。考古学也有大的进展。所有这些都为我们今天科学解释《河图》《洛书》提供了支撑。

民间也有很多人在对此进行各方面的阐释，但多为大而无当，且学术性不强，玄学怪说极多，反而对《易经》形成了伤害。到底怎么去理解，我以为先得去读孔子对《易经》各方面的解释，然后再看邵雍的新解，其他人的解读都不可太重视，但也要广泛涉猎，然后要广泛学习今天的天文、地理、生物、物理、化学、考古学方面的内容，才可有所得。所以西学在这里是反过来证明中学的一种学术资源。如此就可解释《易经》了吗？还远远不够。还要有个人关于世界、人生命运、婚姻伦理的一系列体验，加上独特的人生遭际，也许会有所得。

问题在于它如何能预测人世间的事情，这是最为关键的部分。世界上所有的民族都曾探讨过命运，现在也依然在探讨。过去我们无法知道天气，现在可精准地预报了，但对人的命运依然无法把握。古希腊诸神虽然能力强大，但诸神之上站着命运之神，每个神的命运都有其命运，并非永远一成不变。宙斯就害怕普罗米修斯讲的"新的婚姻伦理"的到来，他将被推翻，而宙斯在此之前已经杀死了其父亲，推翻了第二代神王。上帝在犹太人的旧约时期非常重要，但到新约之后耶稣变得重要起来了。释迦牟尼佛明确对他母亲讲，佛法会消亡，当然，在经历久远劫之后，会以新的面貌出现在世间。以上都是通过神的预言来知道整个人类的命运，个体命运也是通过神知道的。但在中国，我们可以通过《易经》来知晓未来。所以孔子、老子在根本意义上都不是宗教人物，即使在他们之前的文王、周公、大禹、黄帝、伏羲也不是。他们是活生生的人，有生有死。

那么，《易经》到底是什么？

按孔子的解释，它是天道，是关于天地自然气候四季的运行规律，不是谁发明的，是观察天地万物总结出来的，但那些爻辞又是殷末周初的历史，说明了天地的规律一样适应在人世间。什么道理呢？人乃天地之一物，万物都遵循天地之变化之律，人也一样。人在现代即使获得了技术，有了更多的食物，也有了更多的药品，能摆脱自然的束缚，也能获得更长的寿命，但是，这些依然是在道法自然，是自然力的延伸而已。没有一个人永远不死。不要说永远了，有没有活过两百年或三百年的？至少我们这一百年来全球没有。有了如此好的条件竟然没有，说明什么？人还是自然之一物。

既然是一物，它就有自然物的特性。尽管我们对自然物的特性各有各的说法，比如中国古人好用五行来说明，而西方的现代人则用纯粹物理、化学、生物意义上的特征来说明，但其实是一样的。中国人讲五行的时候有一个背景，即你的存在绝非你自己，背后有天地的支撑。天地是什么，即大地和星空。星空中的星球无时无刻不对你产生着影响，用今天的话说是引力、磁场、辐射等，你无法摆脱。这非一时之结论，而是过去几万年甚至几百万年人类的总结。我们现代人总想用百年——甚至不足百年的发明来否定古人，重建宇宙，这显然是只知其一，不知其二。

举一个例子。现代科技发明了汽车，显然人人都知道这是机器，非天然之生命。

这样讲的时候，人们是不用爱护它的，至少是不会像过去那样爱护自己养自己骑的马那样去爱护，抛弃它也不会有任何的悲伤。但是，若以中国古人的说法就不一样。当我们创造了这样的机器时，它自身也会获得一种天地间无所不在的道的力量，汽车也会慢慢地成为一种生命，只是它不会像天然的动物那样灵敏，那样会感知和产生情感。然而，它就像我们的房子一样，是我们外在的一个家，一个保护。古代人对阳宅是非常重视的，把它按《河图》《洛书》的形制建起来，以宇宙和合运行的形制来保护我们，所以阳宅也是活着的器物。洗车也一样。于是我们要保护它，爱护它。反过来，它也会保护我们爱护我们。洗车因此而拥有了真正的生命和尊重，不是我们役使的东西，而是我们生命和身体的一部分。

　　这可能就是中西方文化的不同。而《易经》就是在揭示这样的整体性真理。

张轨的处世智慧

　　诸葛亮百战百胜，因为他知道什么时候有东风。他提早安排了一支小船来接他。他知道什么时候局势会如何。这是因为《周易》。《周易》古人一直在用。所以史书里说张轨卜了这一卦，可以推测《周易》可能在他的家族里传了下来，或者是从皇甫谧这里学到了卜筮之术。史书上并没有说诸葛亮像常山赵子龙、关羽那样有多高的武功，他就是用兵打仗如神，他知道派谁去、谁能打胜。所以诸葛亮离世后，皇帝不是以一个文官的身份给他谥号，而是以武穆两个字来谥号。张轨被称为武王、武公，他也可能懂兵法，跟诸葛亮一样属于百战百胜的人。

　　他另一个品质是什么呢？是礼容，他知道怎么样去孝敬父母，知道怎么样去尊重皇室，所以他非常重视《孝经》。《孝经》是儒家尊崇的一部经，百善孝为先，张轨一生之中尊崇《孝经》，一生不称王称霸，这也是礼容的一个方面。也是这个原因，他一直教育他的子嗣不要称王，结果他的后代不相信，硬是称王，好在称王以后仍然接受晋朝的管束，仍然称臣，所以张氏集团在武威这里经营了七十六年。这是靠着绝不背离晋朝才安定了下来，后来的皇帝都是背离，背离以后很快就分崩离析了。实际上这就是周公创立了礼制而使周朝有了八百年基业的原因，其他的朝代都不如周朝。后代很多人都不明白这个道理，但张轨明白，所以张轨对儒家的这些礼仪都非常尊重，他也是这样生活的。

　　张轨的家族流传下来的是礼义，是《孝经》。这成为张轨主要的精神品质。他用这些思想来治理凉州，凉州也开始兴旺发达。一个地方的兴旺往往是一个领头羊带起来的，这个人有为这个地方奉献的圣人之心，那么这个地方一定会兴旺发达；反之他就是自私自利，只能让他这个家族兴旺三代而已。这中间存在着超常的智慧，只是我们当代的很多人都不明白，所以我们老是否定传统，不知道我们兴旺发达的根本动力或是原因在哪里。

皇甫谧还给张轨带来了隐居精神。皇甫谧隐居不做官，现在张轨去做官，为什么要到河西去？一是他有家族的原因；二是他自身是世家子弟，将来要袭爵；三是学了皇甫谧的隐居精神；四是窦融给他提供了借鉴——皇帝怎么样召见他，他都不去。他就是真正地隐居在河西，遗种在河西。也就是说，窦融没有做到的事情被张轨做到了。

　　武威目前还保存着两种非物质文化遗产，一种是凉州宝卷，一种是贤孝。其实在我听来，都有些相似，我们小时候听的大体都是贤孝。凉州宝卷与张掖宝卷的内容有相似之处，但其实也有不同。张掖宝卷中的《鹦鸽宝卷》《小老鼠告状》《白马宝卷》《牡丹宝卷》都是寓言故事，听上去令人入迷。但整体上来讲，河西宝卷和贤孝的主题是讲孝道和儒家的伦理道德教化。

　　赵旭峰是我的老朋友，比我年长几岁。他在天梯山石窟工作了很多年。他本来是一位山村教师，因爱好文学而写小说、整理凉州宝卷为人所知，后来就被调到天梯山石窟博物馆工作。他在那里又开始临摹壁画，现在还是一位画家。2007年，他应当是刚去天梯山石窟工作不久，我和雷达老师等去看石窟时去了他家。他请来了几个人，一同唱起了贤孝。

凉州城步行街上的雕塑（刘忠摄）

多年前，我曾经看见凉州一些集市门口有唱贤孝的盲人。他们在力图教人们维持道德的秩序。后来就到了保护非物质文化遗产的时代，这些盲人的手艺终于得到保护，但是，如何保护和传承是一个大问题。

我一直觉得，上天不遗漏任何人，都给这些人一口吃饭的本事。按理说，贤孝等这些教化一类的事，应当由国家去推动，拿钱养人，但事实上，在古代并无人这样做。恰恰是一群盲人、讨饭的人在做这样的事。此事突然间会令人产生巨大的疑问。他们唱的都是劝善行孝的故事。这些事本是圣人做的，可如今由他们来继承了。还有一个令人疑惑的事，即那些继承《易经》的人，也是一群看似闲散的人。他们常常在街上摆个摊子，给人排忧解难。

其实，《易经》乃圣人之物，其有两端，一端是要教化世人，按天地的法则行事，一切都是顺利的，和谐的，是德；另一端则是术，人们只看见其能看见天机，能预测未来什么的，便以此而谋业，想发财。我常常听一位叔叔说某某某靠此发了财，但又感叹子孙不肖，且子孙有厄运。历史上也常常听到有行谶纬之术或在皇家做不义之事的，这是没有前一端德性的。十年里，我访问了很多风水先生，也听他们常常说，某某某的坟是谁谁谁看的，因为给了多少钱，所以如何如何，大多数都在夸赞自己做的好而使东家发财升官了，也感慨自己将来把自己的坟如何如何，家里的人将如何如何发达之类的。我便知道，大多数风水先生的身上，还是少了一份从容、淡定，少了道德的光辉，所以都有些乖张，以为术是一切。我常常给一些算命的和阴阳先生讲，《易经》之道非一般人能掌握，真正能够运用的是大德们，即圣人，他们是以此来为这世上立德的，是来教化人的。可是，这世上绝大多数人研究它都是为了帮人如何获得名利，而不是道德，这是走偏了，所以绝大多数懂《周易》的人有术无德，结果可能会害了自己。

不知我对《易经》道与术的理解是否准确，但我相信这世上真正通《易经》的人少之又少。但是，为了使它不至于彻底消失，它常常被一切有智慧但命运不济者所掌握。用佛家的话说，那些人的机缘和使命就是为圣人的智慧续命。用道家的话说，他们天生是有学习这种智慧的根器的，所以他们虽命运落魄，但依然手不释卷。

何也？当然，也有一些人天生纯粹，但又因身世不济，或天生残损，于是，他们也获得这样一种力量，以此来教化世人。这是何等的奇妙！就像图片中的这位，天生是盲人，父母将他们交给一位师傅，在地窖里背诵圣人的教义，学成之后才能出窖，然后一生都如此行事，其实是行教。虽然世人并不尊重他们，但他们也并不以为意，了此一生。

所以，我们能够说出的一切，都不过是在阳光下能够被照亮的知识、形象、故事、命运，但我们说不出的那一切，才显得极为奇妙。这便是《周易》的妙处。

李暠的家世

　　《左传》里面讲圣人有三不朽：立功、立德、立言，立言在最后。孔子立了言、立了德，功就少。功是由谁来创建的呢？一般来讲就是由圣王创建，像周公有功有德有言，这三不朽他占全了，后世几乎没有谁能占全。所以我们说张轨有功有德但是没有言，但他用圣人的言论弥补了这一点。西凉王李暠是有功有言，德缺了一点，不像张轨礼容好、德行高。张轨一生之中就是一个"礼"字在起作用，这叫有"礼"走遍天下，有礼能让万世子孙有福享。

　　窦融和张轨都是世家子弟，他们的祖辈曾经都在河西做过官，他们在那儿就有祖业，有祖德在支撑他们。李暠也有祖业在支撑。从这个角度来讲一个人要在一个地方立足，要让当地的老百姓拥护，祖德荫庇非常重要。李暠自称是李广的子孙，李广主政陇西郡，陇西这边的李姓都跟他有关系。但李广作为陇西旧的主政者到底对陇西有多大的功劳，历史记载已不尽详细，广为人知的是李广善战。后来李广战败自杀，但李家的军望在陇西。这个军望一方面说的是李广，另外一方面说的就是李暠，所以李世民后来把他的祖先上溯到了李暠。

　　李暠的家学渊源从李广开始一直经营了六百年，一直能够传承下来是他的祖脉在起作用。敦煌有李广杏的传说，实际上从史书里看李广从来没在敦煌待过，一直在汉朝北边跟匈奴打仗。后来李广做了陇西这边的主政长官，他的孙子李陵在敦煌待过，打了败仗投降匈奴。李陵是汉代史书里面一个争议不休的人物，李陵的坟墓在敦煌地区。

李暠是作为李广的子孙到那边去的，他们家族始终因李陵而饱受争议。李陵在敦煌到底怎么样我们很难知道，那个时候的匈奴就在武威、敦煌这一带，后来在敦煌一带的匈奴人逐渐汉化，孰是孰非不清楚。只是史书里那样写，对于敦煌人来讲也许对李陵会有另外一种看法。

李铭汉故居（刘忠摄）

凉州张家人多，李家人也多。唐时有李益，清时有李铭汉等人，中间还有一些文人，竟然也在我心中形成了一个定势，张家人重政治，李家人重文教。大概有这样的印象，还与我母亲姓李有关。舅舅家有两个村子的人都姓李，不知道他们从哪里来的，根在哪里。不过，现在要说的是李铭汉家。

凉州人重文教，其实还是从张轨开始的，一千七百多年始终未断，历代都有凉州文人流行于世。我上大学的时候，有一位老师名李鼎文，在中文系颇有声望。记得大二时他开了一门选修课《孙子后法》。那时我酷爱文学创作，喜欢的都是西方文学和现当代文学，对古典文学没多大兴趣，故而未选。有同宿舍的回来说，李先生一口武威话，大家都听不懂，后来的课便少有人去听了，最后到底有多少人坚持听了下来也不大清楚。但有三件事是后来工作时听说的，颇为动人。

第一件是他评教授的事。我一开始是在学校宣传部工作，人事处的人接触得较多，听说我是武威人后，便有人给我说起李先生的事。他说，他给李先生打电话通知李先生评教授的事，李先生一听，在电话那头慌张地说，唉，不能评，我还不够资格，我父亲那么大的学问都不是教授，我怎么能评教授。那时学校里的教授不多，退休前能评上教授是一件很荣幸的事。人事处的人说无论他们怎么说，李教授都不评。后来他们就到李先生家里去动员，李先生还不评。他们没办法，便只好说，李先生，你看，如果你不评，就把别的人都挡住了，他们也评不成。李先生这才说，那怎么办？最后终于同意评教授。所以后来我们谈起中文系的教授们时，都要谈起李先生的这一个故事。他对我的教育是，做文人，以德为先。

第二件是我回武威的时候，常听武威的文人们谈李先生，说李家在武威是几世文名，到李先生这一世，他们兄弟几人都是大教授，在武威很有声望。武威的官员们都爱武威，爱武威的一个方式便是尊重武威的文化和文人，所以李先生一回武威，武威地区的专员便一定会登门看望他。那时我想，将来能做一个这样的人也算是值了。

第三件事是在他去新西兰前，把自己的几千册书分三次捐给了武威和西北师范大学图书馆。这件事对我触动也很大。我曾几次想去拜访先生，但终未遂。这真是遗憾。

等到同学翟向永说李铭汉故居恢复的时候，便想去看看李家的风范。当年司马迁去拜谒孔府，目睹了五百年后孔府礼容还在，礼器也在，不禁感叹"高山仰止，景行行止"。我看李先生家，虽不能说像拜谒孔子一样，但也有一证李家之名的心理。当我看到一块匾时便立刻被感动了。有人给我介绍，说有一年凉州年成不好，农民们收成减少，无法上交赋税，李铭汉便拿出自己家的钱给农民们交了一年税。所以当地人送给他一块匾，上书"赋去烦重"。我回来给家里人说，做文人能做到这样实的人，实在不多。但心下也想，文人哪有钱呢？

后来，因一件事写文章查找资料，发现有误。其实是在光绪八年时，李铭汉在调查武威县历年沙压、水冲地数目的基础上，报请朝廷给武威县农民豁免应纳粮七百六十四石，减轻了农民的负担。心想，这样的事，我们想必也能做到。

然而，这里就有一个问题，为什么我最初听到的是那样一个故事呢？也许那个故事才真正动人。

李暠与西凉国

李暠的才能是他熟读经书和兵法，这就是他后来打仗为什么能够称王的原因。张轨熟读兵法且百战百胜，这些人都有共同的特点，家识学养和自己的才能都很了不起，所以他到敦煌以后很快被称为王。现在回溯历史的时候，李暠是一个值得大书特书的人物，虽然他的西凉国没存在多少年，但他做了很多了不起的事情，特别是文教。当时的西凉国跟武威没有多大的关系，凉州是另外一个地方政权，跟北凉和南凉并列。西凉国都城刚开始在敦煌，后来到了酒泉。李暠把河西走廊的西边经营得很好，如果没有李暠，河西走廊的西边还是荒漠。

李暠在河西走廊的西边做了哪些事情？为什么有了一个文化河西、文化西凉？

原因一是他重视生产。他去了以后跟张轨、窦融是一样的，仍然是河西经验的继承者，劝课农桑。当时敦煌都是游牧民族，都不愿意耕田，地广人稀。他就开始劝大家放马的同时耕作。他把农耕文明的很多东西继承下来，河西从生产方式上开始改变。

原因二是大兴文教培养儒士。李暠和张轨一样，启用很多文人做官，让这些人实行教化；建立学校，设置五经博士传授经学。文人做事情有一个特点，他更重视文教，因为文教可以千秋万代传承下去。他做的是千秋事业，所以西凉的文化非常兴盛，一时国运非常发达。这就是西凉国和李暠。

中国古代知识分子的传统和精神面向

　　当一个人道德修养等各方面优越，他会被称为君子、有道之士。文人自谦的时候说鄙人是一介文人或一介书生。知识分子是近代百年来从西方引进的一个概念。

　　实际上中国传统的文人和西方知识分子在很多方面是一致的，比如为大众、为这个世界立言、立德。我们后来基本上不说立德，也不说立功，而把它简化为立言，这是和知识分子有关的。然而如此之后，尤其当德失去以后，我们的言就越来越偏了。过去是立德、立言、立功三不朽。孔子没有功，但是他有言和德，并传承下来，他的德就是言的核心。我们现在将立德忽略了，只留一个言，后来的知识分子在德行上就易缺失，失去核心的精神追求。所以后来的言论就像文学方面的，挖掘人性，好像谈论人性就变成了核心。但实际上人性是一个中性词，因为人性是有善有恶的。从某种角度来看后来的文学式微，或者说失度、失道。

　　"知识分子"这个词诞生之后，实际上已经走向"立言"的精神面向，失去了我们核心的精神价值和道德依皈。但是中国传统知识分子并非如此。张载的横渠四句，为天地立心，为生民立命，所有的一切都是为生民，实际上也是要为自己立命。用通俗的话讲，就是为人民服务。虽然听起来不搭界，但它就是为生民，本质相通。当然此生民可能是万物众生，它的含义更广，不光指人。还有为往圣继绝学，把往圣的这种绝学全部继承下来，绝学里不光是方法，还有世界观、道德追求等一系列问题。

武威文庙的孔子行教像

　　最后就是为万世开太平，传统知识分子所立下的法则、标高、精神面向，一定是后世的大道，是持中庸之道的、能够万事倚靠而不灭的法则。这就是古代知识分子的传统和精神面向。

凉州的知识分子

凉州文化在某种程度上，传承了当时的魏晋时代、五胡乱华时代以及其他中华民族优秀文化，和中原地区所拥有的文化氛围并不完全一致，知识分子的选择和命途，遂也有不一样的地方。从这个角度说，首先得看中国知识分子有哪几种精神面向。一个是"学而优则仕"，这是普遍的一种法则，是功利的、世俗的，我们暂且把它叫"名教"，就是追求功名。追求功名有什么错吗？道家又走向了另外一个极端，就是完全否定功名。完全否定功名又进入一种虚无的状态。当儒家被理解为单纯追求功名、仕途的"名教"的时候，儒家就走上了一种非常世俗的道路。这也可能就是儒学被朝廷所重用、被世俗所接受的关键原因。

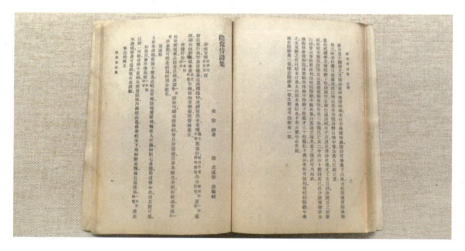

凉州文人诗集作品

但这样的儒教好像在精神的高度上低了一个维度，很多人就开始把道家看得很高。久而久之儒家就成了管世俗的，道家则管的是形而上的、精神的、更高的、哲学的。儒家没有哲学，道家有哲学，人们往往会这样去理解。但是道家又缺乏形而下的支撑，所以好像隔空了。实际上我们的理解都是有误的。

道家到了道教这一步，有它自身的法门。而儒家追求的是社会、政治和个人家庭、伦理、功名等世俗方面。我们现在往往不知道以什么样的标准来评判它，有时候我们可能会拿西方文化的标准，但西方文化最高标准的《圣经》是从上帝说起，经国家到家庭，再到个人，这都有非常世俗的一面。

《古兰经》也是如此，《古兰经》里规定丈夫怎么样对待妻子。《圣经》里也规定夫妻、父子及其他社会关系的相处原则，都是非常世俗的理念。当我们谈及这些的时候，往往觉得自己好像是拿了一种标准来判断的时候，实际上是空的，是虚设了一个标准。西方的形而上哲学发达起来以后，我们也是把它空置之后说的。但事实上，亚里士多德不是这样讲的。亚里士多德讲什么是勇敢，在懦弱和鲁莽之间找一个中间点，这就叫勇敢。亚里士多德也在找一个道德的支点，当把它确定下来，这就叫知识，同时也叫道德。

道家在批判儒家的时候也是这样，你太追求功利，太追求这些东西，最后你的身体总是会腐烂，一些事物都会失去。你追求这些有什么价值和意义呢？后来佛教也开始谈这些东西，所以就空。无是道家的，空是佛教的。儒家则追求有。我现在觉得三者都是非常好的，人一生追求的一定是这三者之间不断平衡的产物。也就是说空和无是阴，有是阳，最终阴阳结合了。

每个人都会树立一个理想——我要成为一个什么样的人？可是在追求的过程中会突然觉得这有什么价值和意义？人总有一死，你可能会否定它，实际上人就是在否定追求的过程中不断地找中心点，或是平衡点。然而生活中我们往往不是在找平衡点，找什么呢？两者的极端。我们的方法论里有一个错误的观点，即总是从一个极端走向另外一个极端，这是百年来中国学术界最大的弊端。

中国思想界的两个重要维度：儒家和道家

    从春秋时期到现在，我们一直在追求一种平衡。可能在春秋之前，我们的祖先们也是如此。春秋时期亚洲、欧洲两大区域相继出现了一些圣人，黄河流域出现了老子、孔子；恒河和印度河流域出现了释迦牟尼，后来几百年后出现了龙树；两河流域出现了波斯圣人查拉图斯特拉；希腊地区出现了苏格拉底、柏拉图、亚里士多德。这段时期也被称为"轴心时代"。哲学家们也思考过到底什么是世界的基本元素？他们思考的很多事物和我们一样，例如我们的金木水火土等。这也就是说在那个时候，人类都是创世的思想，都在给万物命名、给世界命名，给星空、大地命名。实际上那个时代在定义的时候就是有，在没有定义的时候就是无。

    如果我们一直在那样一个虚无的空间中运行，我们能行吗？肯定是不行的。人们为什么要追求有呢？因为我们要行动，要互相交流，要稳定。我们需要稳定的生活与交流。人类需要安定，那颗漂泊在黑暗中的心需要被点亮，使它安定。所以就有了"有"，有了哲学，有了知识。知识分子的诞生就从那一刻开始，但是彼时中国人不把他叫知识分子，而叫圣人。后来逐渐有了其他的称呼。所以从知识的创新，对有与无的探讨，对伦理的规定和思索等，就构成了人类思想的一个维度，或者格局。

    儒家不断地在确立"有"，用"礼"的方式给予人与外界一种框架，给人的思想、行动各个方面确立一个准则。人们就按照这个方式去运行。这就是社会的伦理纲常。如果没有这个框架结构，就不能称为文明，所

武威文庙中的匾额

以"礼"就变成了文明非常重要的一个标志。

道家讲天地是如何运行、变化的。表面上看，它和儒家好像不搭界，实际上它是在填补儒家的空白。人们对儒家的理解相对狭窄，孔子把六艺、六经之首确定为《周易》的时候，立场是很鲜明的。

道家和儒家是中国思想界最重要的两个维度，一个说有，一个说无，有无结合。很多人会说自己喜欢儒家而不喜欢道家，他也是只知其一不知其二。假设你选择了白天，可你必须还得熬过黑夜，你得休息，让自己的身体各方面进入睡眠的状态，让它休整以保证白天的精力。于是我们忘记了虚、忘记了无、忘记了空，只知道有、只知道阳光。这是我们缺失的。另一些人会说自己喜欢道家，不喜欢儒家。可是好比人们写文章，就是要让人看到其中的有，于是这就成了一种矛盾。实际上有和无，可能写作者也在选择，也许他是用有来表达他的无，这两者是共存的。所以我们今天应该用一种整体观重新去看古人留下的宝贵思想。这就是中国知识分子在这几千年以来不断探索、不断争议、不断重塑的一个维度。

被误解的孔子

　　庄子《天下》里讲百家都是各有方向，但是往而不反，所以不知道其根，这时候就"道术将为天下裂"。大家都朝着不同的方向走了，好像再不回来了。我觉得庄子说得也不对，因为物极必反，总有一天百家又会回来，回到道的身旁。或许是庄子说了一半，另外一半他不讲，又或许他从未那么想。毕竟庄子就是单纯地讲无——虚无。

　　老子谈到物极必反，"反者道之动"。你走到天边，总能碰回来。就像《楚门的世界》里的楚门，一直往天边走，走到天边突然发现天边是一个虚置的画布，只得返回。后来他又出去了、冲破了，冲破以后还是回到了人间。当人走到天边，走向无的时刻，就想回到有，它是一个道理。所以世间的法则，实际上一直是一个整体观，绝对不是单纯的一条线能走到底。

　　老子发明，庄子进一步发挥，并对儒家思想进行批判。正是因为庄子批判儒家，所以他走到了极端，如果他不批判，可能会有一个整体性。因为批判，他就强烈地拒绝儒家的"有"，致使他走向了"无"。而老子不是这样。老子在有无之间，他始终是在讲道理。有到一定程度就一定要转向无，无到一定程度就会转向有。比如说人总有一天会死，那就等于无。从有到无，这是很简单的道理。所以老子的思想就是辩证的思想。

　　太阳初升便有落下的一刻，月亮有阴晴圆缺。老子的这样一种思想，庄子只是发挥了一部分。那么老子的思想体现在哪里呢？我今天重新来想，觉得就在《易经》里。如果说在《易经》里，那么他和孔子就有共同的归属。这是两个不同的方向，孔子讲的是《周易》。我们今天再去看《周易》的《系辞》，还有说卦等内容的时候，会发现孔子对整个世界的描述特别的清楚。而后世往往认为孔子不懂《易经》，只有老子懂。事实上，后世从六艺到五经，再到十三经等，《易经》是必须要讲的。我们今天谈儒家，为什么就不去谈《易经》呢？不谈《周易》，不谈《易经》对世界原初的探索，我们怎么才能找到这个民族最初的那一缕光辉呢？

　　2015年7月底，我到曲阜专门去拜谒孔子时，顺道去了周公庙。相比而言，周公庙空空荡荡，周公少有人识。这位曾经创立中原文明中心观念的人，如今在历史的角落里忍看中华文明的阵痛。在子贡守墓的小屋前，当导游告诉人们子贡曾在这里为孔子守孝六年，众人齐惊呼，有人就批评道，六年可以给国家做多大的贡献啊，我听后感到无比的悲哀。

中国知识分子的两种精神面向

老子和孔子看的《易经》是不一样的。因为在孔子对《周易》的解读里："天行健，君子以自强不息；地势坤，君子以厚德载物。"孔子是以一种非常壮阔的、雄健的姿态，"冒天下之大不韪""知其不可为而为之"的精神来推行他的世界观和方法论。老子是隐居，他要保全生命。这是两种精神面向，孔子可能是要立功、立言、立德，他向圣人周公看齐，一定要争取功，所以有强行的意念在推行他的学说。

老子避世，在避世的过程中告诉世人他的想法——道德五千言。"道可道，非常道；名可名，非常名。"这里有很多辩证的思想，就跟《金刚经》里说的佛非佛，佛法非佛法。它不会让你把这个事情固定下来，一旦固定，就容易走向极端。当一个人、一个事物或一个名词被固定下来的时候，它一定处于一种封闭的状态，就像中国的闭关锁国，在追求概念恒定性的时候，走向了没落，它一定会变，走向另外一个极端。

孔子不这样去想。孔子感叹"逝者如斯夫"等世事变迁，同时他一定要把仁和礼推行到世人中去。孔子推行的就是《周礼》，让大家遵从《周礼》。所以一个是强行，一个是柔弱。老子说"柔弱胜刚强"，女孩子用柔情，就能把最了不起的英雄征服，这叫"柔弱胜刚强"。他又说水，"上善若水"，人始终要处于下游状态，为什么要处于下游状态？因为"木秀于林，风必摧之"。人处于上游状态的时候，就会有风来摧残你，就很难保全。而处于弱势、处于下游的时候，不名于世，不被人知道，

2015 年抄写经典

不被人嫉妒，不被人看见；藏在深山之中，藏在无用之地，就保全了生命。

　　老子的法来自于哪里？我始终觉得，来自于《连山易》和《归藏易》。孔子的思想主要是从《周易》中得来，但他们最终归于一体。我们今天说中国知识分子白天是孔子，晚上是老子。白天知识分子们为天地立心，为生民立命，为往圣继绝学。到晚上知识分子们就修身养性，处于一种空无的状态，恢复肌体。第二天又是元气满满的一天。实际上这就叫道法自然。太阳运行的时候，万物要生长，太阳落山以后，即使有些生命还在开花结果，但是大部分的生命处于休眠状态，这就是中国人的道法自然。

　　所以没有孔子不行，没有老子也不行。我们说"罢黜百家，独尊儒术"，但知识分子最终在孔子之外，找到了老庄，这实际依旧在道法自然之内。这个世界是平衡的，我们的精神世界也应该是平衡的，这样才能够完整和谐。这就是中国知识分子的两个精神面向，两种处世的法则，最终二者可能殊途同归。

为董仲舒一辩

董仲舒试图把万物归于一身，把万法归于一身，把百家归于一家。这是他完成大一统学说想要做的事情。所以他采用道家的天道，还有阴阳家的鬼神学说，构成了天人感应、天人三策等思想。后来董仲舒把法家归拢过来，成就"春秋决狱"，它也可看作中国第一部完整意义上的宪法法典。从商鞅变法一直到当时，法制都是用法家理念来实现，用强力来治世，结果最终的反作用力也很强。

以往的政权起于暴力灭于暴力，法也是通过暴力实现。所以到了董仲舒的时候，他发现这种法制是有弊端的。单纯用儒家的手段行不行？孔子讲礼，一直让人去遵循礼法，最后发现没有法度的国家，完全靠礼也行不通，因为人人都会违背礼，会做其他的事情，没有约束。所以最后董仲舒认为还得是法家和儒家结合起来。以"春秋决狱"的方式治世，用圣人的思想去决断法律。为什么说中国文化是一个有情有义的文化？为什么说它合情、合理、合法？合法就是合法家，合情指的是合人情世情，合理指的是儒家和道家的内涵。所有的这些合情、合理、合法，就是中国人追求的。很多电视剧总是要在最后追求一个大圆满的结果，也就是追求合情合理，中国文化就是这样。

儒家和农家等结合起来，成为"耕读世家"，它就是把百家结合为一家，但实际上，百家依然是存在的，只是名目没了，传人没了。后世所谓的侠客，可看作墨家，追求义和平等。江湖就是墨家的江湖。这个说法可能会有

武威出土的汉代医学汉简（刘忠摄）

争议，但是我相信墨家的追求跟侠客是一致的。我们看到的《水浒传》不就是这样吗？完全是追求义的江湖，因为只有这样，江湖才是完整的，才是有道义的，江湖也才能被信任。所以后来即使作为国家意义上的意识形态不这样去做，江湖上也会遵循义和平等。

　　在西方世界中有一个样板，这就是古希腊时代的城邦制。各自以城邦为国家，形成了一个联合治理，各有各的法。大家共同联合去治理。在中国不是这样，早期中国是没有国家制的，是天下观。但是西方就有国家观，可以说它是"联邦"。国家与国家的存在方式是不一样的，我们追求的是大一统，在那个时候并没有诞生真正意义上的民主，中国人肯定是在追求一统。因为不追求大一统的时候，我们就会陷于生灵涂炭。即便是城邦联盟，也要大家达成一致，避免战争。

国家也是暴力的一种结果，以暴力抗争暴力。中国在追求大一统，仍然是以暴力制暴力，实际上它们的最终目的是一样的，只是方法不一样。每个朝代发展到最后都是专制腐朽的极端，古人探讨的往往是有道明君和无道昏君这个问题。这是中西文化的不同，至于未来怎么做？我们还需要继续去探讨、继续去融合。

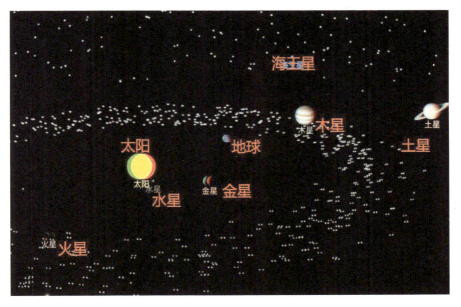

在太阳系中，我们就更能看得清楚一些了。整个太阳系的行星基本都围绕太阳在旋转，太阳是中心。这是地球上所有生命共同无意识认可的一件事情，向日葵便是最好的证明者。地球上的所有生命可以不去在意整个太阳对它的影响，但金木水火土最近的五星肯定在影响。虽然不会像太阳那样产生中心主义的影响，但也有各自的其他影响。明白了这一点，我们就应当能明白古人对五星的理解了。

但地球又在自转，月亮是其卫星。这又是一个玄妙的科学现象，它形成了潮汐。月亮与太阳形成了阴阳思想。地球与五星之间形成了五行思想，星空、大地和中间的人形成了三才思想。三纲五常就这样依托天道而确立了。

金木水火土是五星，没有天上的五星，就没有地上的四季，这是古人的思想。其实，今天看来，是太阳和五星共同作用的结果。古人以此讲，天有五星，地上便有了五行，而人也便有五德，这就是仁义礼智信。关于五德与五行的对应关系，后世一直未能理清楚，因为其中的相生相克关系不能理清楚。这是当时的一个问题。

所以说，儒家确立国家、社会、家庭以及个人的伦理生活，并非随意思维的结果，而是依据天道。这就叫道法自然。今人不懂，以礼教而反动之。相比之下，中国古人的这样一种伦理观，是整体性的，包含着今天人们口头意义上的科学观，而西方的所谓民主和契约精神，则有些人为了。

张轨的经世思想

　　当道统之后，皇帝必须要遵守这样的思想。但是汉武帝不愿意，汉武帝觉得追求这样的思想时，他被牵制，所以他不用董仲舒。君命天授，实际上董仲舒就是发明了一种学说，皇帝、贵族、士大夫、黎民百姓人人都要平等、人人都要遵守。这时候汉武帝不愿意，所以第一个破坏规则的人是汉武帝。这就说明了人性的恶在其中起作用，汉武帝充分暴露了他的人性之恶。在这一层面上也说明汉武帝此时仍然是无道的，但汉武帝后期颁布"罪己诏"，说明他开始反思，他觉得有道明君应该要去追求、遵守这样一种法度。这样才符合天下观、整体观。就像柏拉图所说的，国王是一个哲学王，设计国家的理念等各个方面，然后爱护子民如同爱护自己一样。各个臣民都按照各自的职责去做，国家就会安定、有序。从这个意义上，柏拉图所追求的这种哲学的王国、理想国，和董仲舒所追求的道统的国家是一样的。后世将二者视为不一样的思想，其中就有一种崇洋媚外的思想。历史上我们并没有真正去匡扶我们的道统。只是简单地采用形式，即除去道统只剩皇帝，充满了个人欲望、本性之恶。

　　董仲舒之后，中国的知识分子进入一个有序的传道过程，也就是经学时代。它完全是尊崇孔圣人的时代，所以又是"我注六经，六经注我"的时代。这个时候中国的学术开始发展，其间有了经学大师，他们也尊重孔子和孟子的传统。不做官而单纯传道，也是一种选择，后来魏晋时代至南北朝时代，很多知识分子都是这样做的。在凉州，也存在着这样

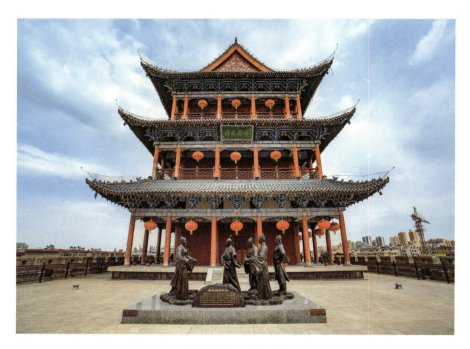

张轨招贤纳士铜像

一些知识分子。所以这样一种传统是孔孟开启的。还有另外一个传统，在汉武帝之后，所有的有道明君都遵守把六经作为治理国家经典丛书的传统。

　　如果说我们真的按照这样一种传统来讲的话，知识分子也有了他的归属，君王也有了心中的道德律，而百姓也有了他们的归属，遵礼守法。实际上这就是张轨的经世思想，完全遵从孔圣人以及皇甫谧传授给他的道家思想。他并没有创立自己的学说，而是完全按照前人的思想理念来治理凉州，这时的凉州就是非常好的凉州，是一个理想的模型。所以，我们今天再去重新研究凉州的时候，会发现张轨时代是多么美好的时代。

凉州隐士们的精神传统

道教和道家是不一样的，道家是知识分子，不去出家依然可以追求一种老庄的思想、风度。道教完全是把它当作宗教，要出家。出家之后就是修行，修行干什么？要炼丹修炼，单纯地追求一种宗教。所以把老庄的思想当作教去构建，它也形成了一个法脉，就是道教。

今天很多人不太去阅读道教的经典，可能只是阅读道家的经典，就是老子的《道德经》和庄子的散文。道教里有《南华经》和《道德经》，还有其他的经典，它会一而再再而三地告诉你，它有自己的法门，从什么时候开始，一直传到现在，它对整个世界是有解释的。老子后来被尊称为一个真人，有《开天经》等之类的来解释。所以到他这个法脉的时候，追求人与自然的完全统一。他创立了道家的修身方法打坐，这是他们的法门，修身养性，可以使身体处于一种平稳和谐的状态之中，所以它叫方外之法。不追求世俗的这些功名利禄，而单纯地追求人的长寿，最后成仙飞升。我对飞升不太理解，到现在也不能完全理解这个事情。但除了这一点外，我觉得道家的修身方法值得去研究。甘肃的崆峒山，就是另外一个法门，又给众人以启示。

到了皇甫谧的时候，他隐居不做官，皇帝好几次下诏让他做官，他都逃避，和庄子一样。到了张轨，一方面是儒家的思想，要建功立业，把凉州治理好；另一方面，也到凉州去避世、修行，他是儒道结合。

到了隋唐以后，国家开启了另外一个法门，即科举考试。科举制将人才利用起来，让学术都有可用的地方，它将这种单纯的经师传道的法门打断了。隋唐以后，少见隐士，所见都是到佛门里面去的或到道观里面去的，单纯的隐士极少。魏晋南北朝的时候多隐士，凉州的郭荷、郭瑀两位经师就是这样的隐士，在张掖东山寺隐居山林，兴办儒学，讲授六经，学子数千，对五凉时代影响甚大。

《前凉梁舒墓表》（武威市博物馆藏）

梁舒暨其妻宋华墓表于1975年出土于武威赵家磨村，距武威雷台陵墓正西十二里的航校家属院。梁舒为前凉晋昌太守、安定郡乌氏县梁舒，字为仁。

魏晋南北朝时期知识分子的风尚

　　在魏晋南北朝时期出现了一个风尚，清谈和隐居。知识分子到了三国时期，特别是曹操以后，处于一种难以去除张扬个性、难以实现抱负的时代。但是恰恰在这个时候，建安雄风又把这种知识分子的志向挥发出来。文学跟时代脱离了关系，文学不再供人们抒发心情，不再让人们书写志向，也不能看清时代的真面目。而建安雄风，以曹操为首的文学创作者就将人性中这种广阔的力量挥发出来。曹操在《三国演义》里杀了杨修，因为杨修太聪明了，能猜透曹操要干什么，所以曹操就把他杀了。卧榻之侧，岂容他人鼾睡。曹操一方面是才大，另外一方面戒备心很强。人性的恶，在他身上也暴露无遗，可以说他是一个追求名教的知识分子，不是真正有高修为的知识分子。

　　也可以从另外一个角度来讲曹操只是一个诗人，他不足以被称为经师。他杀了名士孔融，孔子的后代。王夫之说："孔融死而士气灰，嵇康死而清议绝。"曹操杀了孔融，司马氏杀了嵇康。嵇康是曹操孙女的丈夫，也就是曹操的孙女婿，曹氏败落，司马家族兴盛，嵇康必须出逃，他必须隐居。而孔融名气太大又议论朝政，最后被杀。假如说孔融有张轨的礼去约束他自己，可能就不是这样的结局，但是往往才大的时候就会导致这样的结果。所以张轨确实是才小，如果他的才大一些，他会留下很多的诗作，就会立言。有时候才大不一定是个好事情，才大会招致危险。所以，才小与才大都要看你怎么去用它。才是上天赋予你的一种能力，就看能不能用你的德、用你的礼等将它约束住。才高的人，德行不行，就一定是小人；德行高，才不行的人，看上去他是个愚笨之人，好像能力不足，但是他一定是一个能让你信任的人。才与德如果都能相提并论，叫德才兼备，这样的人很少。生活中比比皆是的情况是，才大德小的人大家老看不惯他。所以，当我们知道道法自然这个规律的时候，一定要去掩藏自己的才华，这就叫修行。

武威文庙内的牌匾

张轨到凉州为政之时，专门设立崇文祭酒一职，号称别驾，待遇极高。后又建设学宫，办太学，贵族子弟得以学习六经和六艺。这样一种传统一直持续了下来，一千七百年而未断，遂有武威文庙，号称陇右学宫之冠。其实，现在说的武威文庙的建筑是明代的，而学宫则建于张轨时，两者并不矛盾。除官办贵族私学外，郭荷、郭瑀、刘昞、宋纤等又开办私学，五凉文脉才大开。

凉州知识分子的风度

　　三国到魏晋南北朝的时候，出现很多避世的名士，如司马徽、庞德公、胡昭、管宁。到了魏晋的时候，竹林七贤成为一种风气。隐士们有时也喜欢穿着较少。刘伶甚至是裸体待在房子里边，旁人进去说你怎么这样。他说你看，我以天地为栋宇，你现在进入到我的裤子里面了。

　　凉州人把这种魏晋风度也传承下来。我听朋友说武威有一个人平时在家里裸体是因为学了魏晋风度，他甚至把自己的名字都改成魏晋人的名字。另外凉州人爱喝酒，喝完酒以后爱唱歌，就会有人仰天大笑出门去。武威有很多老汉，恰是我父辈他们这一代人，他们的梦想是什么呢？到晚年的时候，戴一个石头镜子，也就是墨镜，每天骑着自行车，到凉州城里的茶摊子上泡一杯茶，三炮台或者其他的茶都行，不过一般是茯茶。然后听着旁边的贤孝，我们也叫瞎贤，唱着曲子。中午的时候吃个武威的面皮子、行面，然后喝几口酒。下午的时候处于微醉状态，骑着自行车回去。路程近一些的老人，听完贤孝或者秦腔，喝了一点小酒，在四五点钟大家下班的时候，他就开始往回走。太阳西斜，一路上汽车也少。我见过这般情景，他背着手，戴着石头镜，个子高高的，然后在天地之间，一路唱着秦腔回家。当我看到那个情景的时候，我就觉得是魏晋风度。

　　我写过一篇文章，叫《魏晋风度的影子在凉州大街上闪烁》，描写凉州的"魏晋人士"。现在可能少一些了，前些年过年的时候，在大街上可见有一些人烂醉如泥。别人总是在那劝少喝点，他却说要唱秦腔。当然这跟少

唱贤孝的人（刘忠摄）

数民族、游牧民族也有些关系。我总觉得魏晋风度恰恰就是古时的名士来到了凉州，凉州对他们也很友好，然后他们就把这种风度传承了下来。我不知道现在其他地方是否还传承着这样的风度，但在凉州一定还有这种风度。

凉州的隐士

一

魏晋时期有特别著名的三个人，其中两个人是道家的，一个叫陶弘景，一个叫葛洪，第三个是陶渊明。陶弘景是在梁武帝的时候，被称为"山中宰相"。他就像过去的鬼谷子一样，好像知道一切，大家都来向他询问。而葛洪是专门炼丹，写了很多关于道教的书。最后一个是陶渊明，我们都很清楚，他在文学史上开创了一个非常大的流派——隐逸派。陶渊明是儒家还是道家？我们很难去说。说他是儒家，但他也追求这种隐逸的生活方式，隐居起来好像是个道家。"采菊东篱下，悠然见南山"，这完全是道家的模式。但他又做过官，不愿意为五斗米折腰所以就回家了，他常常还想着怎么样去匡扶正义，这说明在他的身上有两种东西，一种是儒家，一种是道家，所以不能简单说陶渊明是道家。

诸葛亮早期就是隐居，号称"卧龙"。刘备三顾茅庐去看他时，山中小孩都唱着他作的歌谣，刘备一请诸葛亮时他也是睡到日上三竿才起床，仿佛他大梦初觉醒，有高远的志向，无从发挥就一直等着一个人的出现。因此以往诸葛亮基本都睡到自然醒，然后起来做学问、算卦，再和牧童交流、和街坊邻居闲说几句，最后回来作首诗。这样的生活十分安逸，可是他并不满意。直到有一天刘备来后，他终于出山。他等待的就是这一天，曾经那些无聊的日子，那些闲暇的日子，那些非常自在的日子，并不是他所追求的。周文王去见姜子牙的时候，姜子牙在江中垂钓，尽管并没有鱼，

马蹄寺石窟（除了张掖东山寺外，马蹄寺石窟也是人们隐居讲学的好地方。董彦成摄）

但是他一直在钓，他就在等待。或许有和无结合起来可能就是世界的圆满，也是人生的圆满。从这个意义上来说中庸之道是最好的，不要尽所能地追求那些虚无的东西，一定要让人生放到踏实的地方。有点名望，但是不要过，过了好像也不好；有点虚无，但是也不要让它过，在这中间可能最好。这可能就是我们知识分子理想的人生。

二

在五凉的历史上，张轨、张俊、张重华，这些人都非常优秀，一直到张天锡也是这样，对知识分子充满了尊重。统治者是这样，他任用的全是知识分子，是学了五经的人。因此凉州就有了经师，所以经师就像一个方外之士一样，传授道德，传授学术，传授思想，画一个蓝图。所以当时的凉州具有非常好的经学传统。与此同时，出现两个著名的经师，即郭荷与郭瑀。

之前说凉州是整个河西的中心，实际上这一说法中应当把凉州改成武威。张轨来做凉州刺史，武威这个地方就变为一个中心，它作为经济文化政治的中心，很快就发展起来了。西凉国李暠使得它再一次发展。而张掖的文明之灯不是这些帝王点亮的，是经师点亮的，其中就有郭荷和郭瑀。郭荷是晋代的秦州略阳郡人，天水的秦安县就是略阳郡，也就是说郭荷是天水人。当时天水人陆续到河西来，说明那个时候天水各个方面的发展可能比河西要高一点。据说郭荷的六世祖叫郭整，是东汉的经学家，极有名气，这是郭荷的家学渊源。而郭荷的祖太爷跟皇甫谧一样，皇帝一直让他当官，他再三推辞，因为他觉得他是经学家，是隐士，是传道的，所以他不愿意做官。到了郭瑀时也是这样，皇帝许他"公府八辟，公车五征"的待遇，他仍旧不愿做官，依旧传承祖太爷的道学传统。

郭瑀到了临松薤谷，谷中松树非常多，阵阵北风吹来的时候，树叶摇动，感觉到大自然的心旷神怡。他找到这个地方，然后建起了学堂，开始招收弟子，传授五经。那时的儒家弟子，冒着生命危险到各地去传道，这种精神特别值得人向往。在孔子之后一代代人一心传道，不谋名利，这种精神被郭荷和郭瑀传承给后世。

三

郭瑀是郭荷的学生，是非常优秀的继承人。郭瑀是凉州敦煌郡人。虽然当时凉州是河西的政治经济文化中心，但敦煌这个地方的文脉也非常深，是个人才辈出的地方。郭瑀就是从这个地方来的，来以后跟着郭荷学习。史书上说他"精通经义，雅辩谈论，多才艺，善属文"，他比

武威出土的仪礼简（翟相永摄）

他的老师要多一个才能——能写。他的老师学的主要是史书，比如《春秋》和《尚书》。他们都要教六经，但是显然一看，郭荷在《礼记》方面的研究较少，因为他受不了那么多繁文缛节。而到了郭瑀的时候，他就比他的老师擅于《礼记》。而他同样被新的凉州长官又一次请去做官了，这个时候到了张天锡的时代，也就是到张氏家族的最后一代君王。

这里有一个故事，郭瑀既是老师最优秀的学生，也是给老师送终的人，可比于孔子的学生子贡。孔子最亲的学生有三个，一个是颜回，一个是子路，一个是子贡。子贡的才能特别大，一遇到危险往往都是子贡去化解。子贡的口才也非常了不起，经商也是一把好手，但是孔子老批评他。孔子最好的学生是颜回，而对于郭荷来讲最好的学生就是郭瑀，郭瑀基本上集孔子三个学生的优点于一身。所以到了郭荷死的时候，郭瑀就披麻戴孝给他的老师送终。因为这样一种大义，所以学生们特别信服他，知识分子也推崇他，郭瑀从此名声大振。张天锡要请他出山，依然是来做教育部部长。郭瑀不愿意，也跟他老师一样推辞，但最后还是被迫来了。

然而此时张天锡家里发生了一件事情，张天锡的母亲去世了，大家都忙着给他家办丧事，没人关照郭瑀。当时张天锡面临着内忧外患，到处都是打仗的事情，所以张天锡也关照不到郭瑀，郭瑀这时候就悄悄地跑回去了，重新讲述他的经书。所以对于郭瑀来讲，虽然不是特别精通《礼记》，但是他仍然遵守，在这一点上他比他的老师确实多了一些东西。也从张轨开始把祭酒这样一个教育部长、文化部长放得跟宰相、总理一样高，这就表明已经把教育摆到了头等大事的位子上，继而对经师也极为尊重。所以凉州的文脉在五凉时期的前凉，就打下了，这76年对凉州太重要了。这种传统被传播下来，所以凉州在今天可以说文脉昌盛，现在甘肃作家学者中凉州人非常多，实际上就是因为凉州有从前凉一直传承至今的深厚文脉。

五凉文化终成一脉

北凉的建立者是吕光的手下段业。这个人有文化，他在礼数各方面都有所欠缺，也没有大政治家的胸怀和智慧。他喜好的是什么呢？占卜之术，鬼神之术。实际上说透了他就是名利之徒，只听好话，没有智谋，他不善用人的理性思维去思索。相比之下张轨始终是有理性的声音在告诉他，一定要守礼。所以段业后来就反叛了吕光，之后他就在今天张掖一个叫骆驼城的地方，建立起北凉。

吕光手下有个叫沮渠蒙逊的匈奴人，后来杀了吕光并夺而代之，这是真正的北凉政权，是由匈奴人建立的。后来又把武威占下来，所以北凉政权又一次在武威这个地方建立。后来北凉又将西凉打败，现在所见的天梯山石窟，就是他在任的时候开凿的，据说跟他母亲有关，所以北凉时期是这样一个时代，留下的是佛教的东西。拓跋乌孤建立的南凉政权主要在青海一带，以游牧民族为主，整个祁连山南面浩浩荡荡全是牛羊，非常富有，南凉今天留下的东西不多，但也使青海有了一段时间的发展。

我们也从史书里看到，先前的北凉之主段业是个知识分子儒家儒士，到了沮渠蒙逊的时候，他虽然是匈奴人，但是也特别好谈经书，他读了大量的书，可见当时在张氏家族控制河西的时候，五经的教育非常普遍。史书里说南凉之主拓跋乌孤尽管属于游牧民族，却仍然用了很多学过五经的贤士。他的国家，也可谓是人才济济。看起来似乎没有多少知识分子的南凉，居然任用了这么多人，而且很多都是陕西人，所以整个五凉时期，正是因为大量任用陕西和秦州一带的知识分子来治理河西走廊，河西走廊才有了后来的盛世。

五凉时代有如此多未名垂青史的知识分子经营那一片土地，幸而我们还可以看到有很多留名的大儒，比如史书里讲的索绥、宋纤。据说宋纤有弟子三千，比郭荷郭瑀的弟子还多，但是名气没有郭荷郭瑀这么大。还有祁嘉等隐士他们都是隐居起来传播五经。这些名士讲授五经，门下弟子数千，大家进行国家文化的建设，实际上到了五凉的后期，儒家几乎从上到下已经把凉州的文化结构搭起来了。统治者那边崇文厚德，礼贤下士，好生对待郭荷郭瑀这些知识分子。

陈寅恪有一句话说"秦凉诸州西北一隅之地，其文化上续汉、魏、西晋之学风，西开（北）魏、（北）齐、隋、唐之制度，承前启后，继绝扶衰，五百年间延绵一脉"。重新来梳理凉州文化的时候，陈寅恪先生的评价，史学上的认识对我们起到了很大的启发作用，否则可能后来凉州人不会去重视这方面的文化建设。由于陈寅恪这么一说，后来便有很多人重新去挖掘凉州乃至河西的文化，觉得它还真的是可以和江南文化、关中文化、齐鲁文化并列，成为一个文化板块。现在我们很多人都是从行政区域来划分，说凉州有多大，辉煌的时候有多大，衰落的时候有多大，但是真正形成文化凉州的就是在五凉时代。所以五凉时代文化是在"化"。过去的地盘都是行政，都是一个概念，就像如果说兰州它是有本土文化的，你再把这种文化放在其他地方就不合适，所以凉州再放到其他地方也不合适，只能放在那里，因为它在历史中间有一个定位，有很多的故事，很多的命运都跟它相连。

所以我们重新来说的话，五凉文化经过这些明君的开拓，经过那么多文人的建设，还有诸多文化官员的经营，最后终成一脉，这就是五凉文化一直能够传承到现在的一个主要原因。

凉州的佛教文化

一

关于凉州的佛教文化，我们前面谈到的鸠摩罗什，就是凉州的佛教文化。我们以一个核心人物为代表来揭示凉州从汉代以来，一直到明清，他对中国的佛教传播做出了贡献。我们同时要梳理除了鸠摩罗什以外，在凉州如此广阔的河西走廊带上，到后来的兰州、天水、平凉、宝鸡、长安，再到后来，佛教又开始往其他地方传播，到山西的大同云冈石窟，再到后来四川——乐山大佛，有很多这样一些佛像，继而形成的佛教造像艺术。后来佛教整个形成了一种广大的空间，这都跟凉州和河西走廊是有关系的。

当然我们今天首先疏理的是凉州和河西走廊上小空间的佛教，和它在今天我们仍然能看到或者说能想到的一些人物，以及他的遗产。

我们一个说敦煌，一个说武威，除了敦煌莫高窟的壁画、石窟之外，还有榆林窟，到武威这边有鸠摩罗什寺、白塔寺和天梯山石窟，还有最为著名的张掖的大佛寺、马蹄寺。马蹄寺也是在鸠摩罗什活着的前后时间开凿的，我在想那时候他有可能提出了修建方案，到后来北凉建造的时候，鸠摩罗什应该已经圆寂了。再往西走，在河西走廊上仍有很多的石窟和寺院。

我们现在如果梳理寺院的话，从网上或者一些书籍里面查，很多寺院在 20 世纪六七十年代中被拆了。加上过去历代的地震、战争等因素也会毁灭很多寺院。但不管怎么讲，从现在遗存下来的，还有现在活着的老人的记忆里，以及书籍中的一些记载来看，河西走廊上曾经陈列着无数的寺院、庙堂，还有石窟。它形成了一个广阔且跟河西走廊一模一样的佛教的圣地。

二

为什么我们中国人一直要往西走？都要经过河西走廊，然后去到印度去求法。我们也会看到西方人像摄摩腾，竺法兰，再到鸠摩罗什，藏传佛教的萨班等，他们都要经过河西走廊再到内地来传播佛法。他们为什么如此执着地要去寻找和传播，这是一个问题。现在我们就讲为什么传播？

《西游记》里面一直说西天取经，为什么取经？它始终没告诉我们这个问题，但唐玄奘说得非常清楚，他说在佛教来讲，有四部洲，其中有一个洲叫赡部洲，赡部洲是以今天的印度为中心。以我们今天的昆仑山为中心来看四部洲，它的南面就是印度。还包括一些骑着大象的国家，叫象主之国。这个地方的人缺少礼仪，缺少很多东西。

印度阿旃陀石窟

龟兹石窟（援引自赵声良先生《敦煌石窟艺术简史》一书）

（榆林窟也称万佛峡。可以看出，这是一个佛教石窟东传的大体路径，都是依山而建，且遵循道法自然的原则。）

但是有一种文化叫生死之教——佛教。它能知道人从哪里来，又到哪里去，解决生死问题。它的西边叫宝主之国。西边就是西海，在西海里面有很多的岛屿，岛屿中间藏着很多的珍宝。所以西边的人特别适合做生意，现在来看，西方人就是以商业为主，而且是以矿物质为主，这就是西主之国、宝主之国。

北边叫马主之国。他们放马，牧马。骑着马打仗，到哪里去都是以马为生，他们非常凶狠，没有宗教，也没有文化。这就叫游牧文明，是马主之国。东方，叫人主之国。人主之国是什么呢？这个地方的人，并没有礼仪，他们自己创造了一种人间的礼仪。恰恰相反，他们有仁义礼智信等这些东西，但是缺少一样东西，不能解脱生死。那么唐玄奘就到象主之国，要去寻求生死之教，拿来以后要让中国人解脱生死。也就是说，我们人主之国有礼仪，有各个方面的这种法则，非常的文明。所以唐玄奘去，说我是东土大唐来的。非常的自信，但是缺少脱离生死的宗教，所以去求宗教，要知道我从哪里来，我最后又到哪里去，就是知道我此一生要干什么做什么，这两个问题解决了，好像一下就圆满了。他就是去寻找这个。所以说，到西天取经取的是生死之教。

当时除了唐玄奘去求生死之教之外，还有很多的僧人都去了。比如法显,那么他求的是什么呢？法显认为在魏晋时期人们的生活太乱了，太浮夸了，可能就是没有义、没有忠、没有仁，生活非常地腐败，统治阶级更是如此。所以当时法显他去求的是戒律，他到佛祖传法的尼泊尔去一看，很感叹，他说佛的故乡已经溃败了，恰恰在中国，佛教好像重新要兴盛起来，但是他要寻找到戒律。

佛、法、僧是三宝，玄奘求的是法，而法显求的是戒，法和戒求到以后才会有真正的僧人出现，僧人们才会有依托。有了戒律以

玄奘塑像

后你的生活、学习等各个方面都有了规律，有了边界，在吃、喝等方面都就知道怎么去做了。佛教里面律宗好像就是在这时候出现的，鸠摩罗什的传法也是这样，传的是法，但是在那个时候他的《十诵律》没有完成，完成得不好，所以他非常遗憾，而之后《十诵律》被其他的人补上了，所以鸠摩罗什最主要的是法。随着法进来的又是律，这样佛、法、僧三宝就可以保证，否则就坏了。这就是说在西行的路上，向东走的是阿富汗、印度、尼泊尔，甚至龟兹等这些地方的僧人，因为他们要把佛法传播到世界上来，这时候我们就要告诉人们，那个时候说的世界就是中国，就像我们曾经有一段时间讲的世界是欧美一样，我们说我们的文学要走向世界，指的是走向欧美，那个时候他们认为佛法要传播到世界各地，就一定要传播到中国，这就是中心。所以当时的中国就是世界的中心，这到唐代的时候非常明显。唐玄奘一句"我是东土大唐来的"非常厉害，是一种符号，所以我们从这些方面也可以看见曾经的中国就是世界的中心，所谓走向中国就是走向世界。所以我们现在需要重新去思考，我们到底是不是在世界上，难道非得走向欧美才是走向世界？这可能是一个悖论。

中国人的巫史传统

现在我们要谈的是另外一个话题：为什么中国人需要这种生死之教？难道中国人就没有吗？所以梳理这个问题就是在梳理中国的学术史，中国的文化。从《易经》开始，《易经》是巫史文化，一个是巫，一个是史，从巫变成史，也就是从伏羲、黄帝、大禹、文王，大家都认为这些是大巫，他们既拥有高超的巫术，同时又拥有大德，拥有治理这世界的法门、方法，这些人特别厉害，这就叫圣王。但是到了后来，巫和史就分开了，巫就单纯指的是祭祀的人，类似于儒家孔子等，这样的人都是祭祀的人，所以孔子就要学习《易经》，《易经》就作为首经出现，这是儒家的一个核心，后来我们很多人对它的理解可能有误。

第二个就是史，也被儒家传承了，这就是司马迁，当然在此之前也有《尚书》等一些史的东西，到孔子做《春秋》的时候，就更是如此。

巫和史，在孔子身上好像还能够合到一起，但是他又不是王，他缺了一个环节。巫史传统好像是从周朝以后就到了民间，皇帝、天子不再承担巫和史的任务和决策，到了司马迁的时候，巫又开始下降了一些，当然这时候也有巫的一面，那就是汉代的五行阴阳学说，《周易》非常地发达，但是从司马迁所创立的《史记》等来看，理性的声音越来越高了，这就是史的东西。

巫和史慢慢地开始分离，到了《资治通鉴》的时候，我们就看不见巫史传统的这样一种痕迹，单纯看起来是史的层面。到了现在，我们当然更是看不见巫，巫的一面流传到了民间，史的部分逐渐凸显出来。

巫史传统后来有个分化，史的部分在慢慢升起，后来史越来越强大，以至于巫的、文学的东西，甚至是哲学的东西，慢慢也退到后台去了，它的考古、知识的东西又出现了，这就跟西方的话语和学术有关系。我们拿了这些东西以后变成了科学的一种语汇，变成了知识的碎片，结果把人给解构了，这就是福柯所讲的，批判的人类学、考古学和精神分析学，表面上重新在解释人，实际上在解构人，把人碎片化了，人不再成为一个人，所以他所讲的就是人除了我们科学所发现的一部分，科学能够说清楚的一部分之外，恐怕还有我们说不清楚的一部分。这时候我们就会想到，《论语》里面有一句话"知之为知之，不知为不知，是知也"，这句话一般被认为说知道就知道，不知道就不知道，不要装着知道，这就叫知道。都是理解的大错，为什么说理解错了呢？我们只是说了一个方面，他真正想讲的是有和无的关系，知之为知之，知道的就是知道，就是你所知道的知识；不知为不知，就是不知道的就是无知，就是你不知道的那一面，把两个合起来，这就叫知之。所以我们老祖宗给我们留下了一个空间，知道的是一个方面，不知道的实际上是另外一个方面，把它们合起来就是有与无，有限与无限，知与不知，才叫智慧，这就叫智。所以，我觉得我们2000多年来对很多东西的理解都是有误的。

斯文凉州

　　这是我和王登渤先生第二次电视直播现场解说伏羲文化。第二次，我们在一个刚刚设计好的展厅里进行。头顶上是星空图，二十八星宿位列四周，背后是伏羲女娲圣图，前面则是伏羲画的先天八卦图。可以看到，星空中的这些都是天文学，今天的天文学会进一步证明它的准确性，是科学。后面的伏羲和女娲是手拿规尺，说明他们在测量日月的变化，这也是古希腊时期那些科学家和哲学家们从事的活动，也是科学和哲学。他们由此而创立的先天八卦图则是一种集科学、人文、哲学于一体的思维图。在这张图里，有世界观、方法论，也有人伦，但如何解读则成了历代人们困惑的内容。

中西方文化的差异

中国传统的研究思维和方法就是把一个学科或者是人、知识当作一个整体来说的，整体是不可拆卸的；而西方的知识体系和研究方法是可以被拆卸的，被拆卸后去研究它其中的某一部分会越研究越细，越研究越碎片化。这当然有它的科学性，但通常它不能完整地去诠释你要研究的东西，不能完全勾勒出一个蓝图或者一个背景，我们看他们历史学的著作，就特别明显，它里面没有人情味，是被物化了的史学，也就是我们今天所讲的科学化、学术化、知识化。我们刚说的一个字特别有意思，"拆卸"，机械的东西它就是西方的文明，它有一个长处，可能它的短处也在这里。我们文明的长处在整体性，短处也在整体性，当我们在说一个整体性的时候，细节部分做得不够。如果说西方的文化有中国文化天地人的三才思想，有这种整体观的时候它可能会做得更好；但是反过来讲，我们因为看到了西方这种科学的东西，可以拆卸的东西，回来把它安装好，这不更好吗？

我觉得可能未来就需要中西文化的合和，需要中西文化的一种相互印证，而不是单纯的，我们今天所说的欧洲中心主义、西方文化标准。在这里，中国文化是被判断的。以你为标准的时候跟你不同的所有生物都不叫人，比如说以森林里面的一个生物来判断其他所有的生物是不是生物，这肯定是有问题的，天下之大是叫万物，中国人说得非常好，如果把万物统于一身不是说要把万物消灭掉，而是把万物当成自己；说百姓的时候不能把百姓都消灭掉，最后只剩下一个姓，这样多样性就没了。这跟自然是不一样的，所以中国人说道法自然，既然自然界有万物，百姓也就有百种，姓甚至比百种要多，这就叫道法自然，不要消灭多样性，多样性是互相依存的。就像冠状病毒，你把它消灭掉，行不行呢？咱们不清楚，但是一定不能把所有的微生物都消灭掉，微生物是因为它依存在你身体内的。实际上我们现在看见的每一个人都是一个庞大的躯体，这个躯体里头生活着无数的微生物，它们都寄生在人们的身体里，你说把那些微生物都杀死，人们还能存活吗？是不能存活的。这就是中国文化，中国文化的生态理念也是这样的，因为它是以天地为标准，以天地为标准的标准它就是真正的标准。这就不是西方文化想象出来的标准，判断文明也不是以古希腊文明为标准，而是世界上有多个文明，它就有多种标准。

这些方法论，我们在任何一个事情上都可以用，拿西方文化、中国文化，各个方面一对比，非常地清晰，所以我们现在需要新的一种评价方式。我希望能够用到这样多样化的方式，符合道法自然的方式，也是尊重多元化，尊重地方和地方的差异化，尊重人的差异化。

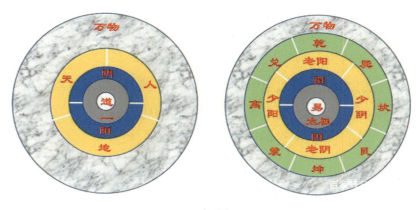

三才思想

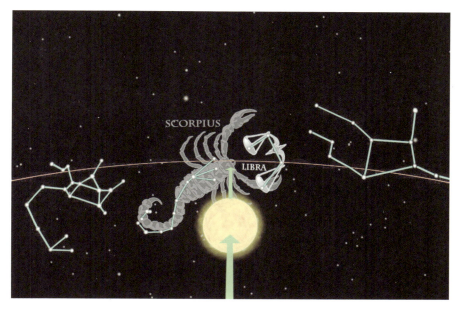

　　这是欧洲的科学家做的一个视频中的截屏，它讲的是近些年来年轻人喜欢的十二星座的天文学原理。大的原理上，中西方都一样，但是，当它面对我们具体的个体是不一样的，面对具体的地域也是不一样的。比如说天文学，在人们的眼里它肯定是科学，世界各地都一样，是的，这个没问题，但对具体的地区呢？过去中国人有自己的天文学，近百年来几乎没有了，都是欧洲人的天文学体系，即仿佛站在欧洲看星空，或者说中心站点不在中国了。我找中国现代天文学的书，竟然一本都找不到。其实我们只要仔细地对比一下就知道了。看古代史，火星对埃及人很重要，玛雅人对金星很敏感，中国人则对木星和土星很信赖，这就产生了不同的历法。现在人们都喜欢用欧洲的天文学来说我们自己的事，比如星座。我是射手座，对应的属相是寅虎，而我明明是申猴。寅虎和申猴刚好是相对冲的属相，就像子午相冲一样。想了想也对，我们和欧洲人看到的星空刚好是相反的。天文学如此，地理学也一样，生物学似乎也有这样的特色。所以中医认为，夏天的药立秋后就得换了，因为换季节了。其实想想，这些都是常识，没什么可说的，但似乎给人们讲清楚并不容易。人们总觉得天下都一样，其实各有各的特点。

讲这个是为了说明中国文化和西方文化确有不同。本来在上古时代有共同的一些东西，比如对天文历法的认识，但是大约在四千年前，很多地区都被雅利安人的文明冲断了，只有中国还保持着上古文明。这才是中国五千年文明未断的原因。不承认文化的不同，就意味着我们不相信看到的天空是不一样的。

这是在地球上观测整个宇宙的形象。它与我们的太极图有相同的原理，有阴阳，是否有四季还不清楚。正是阴阳使整个宇宙相互吸引又同性排斥，才形成了规律。地球是太阳系中的一颗行星，是以太阳为中心。而太阳系只是银河系中的一个星系，整个银河系又是围绕着宇宙的中心在运动。太阳只是宇宙的一颗行星。这就是整体性观念。很显然，宇宙的中心很亮，说明非常热。越靠近宇宙的中心，像地球上的生命一类的东西可能就很难存在。恰恰相反，是因为我们离中心很远，温度适宜，可能就产生了地球上的生命。没有整个宇宙，太阳系很难存在，同理，没有太阳和几大行星，地球上的生命也很难存在。这就是星空与我们的关系。我们与整个宇宙间的行星息息相关，只是我们无法自知而已。

但就太阳系来讲，几大行星之间也是相互吸引相互排斥的，与太阳之间形成了张力，这也就是牛顿所讲的万有引力原理。现在我们只是说质量大的行星引力就大，我想这只是事物的一个方面。我总是相信中国古人的原理，一个人就是一个小宇宙，研究清楚地球上的一切关系和规律，宇宙的关系和规律也就大体清楚了。事情远没有西方人那样迷茫，非要靠实验室和机器来告诉我们。这就是我们文化观念的不同所造就的结果。对于中国人来说，整个宇宙在我们心中是有数的，要理解宇宙恰恰不用睁着眼睛去看，而是要闭上眼睛去看。这是我们的整体观，但是整体观也有不利的一面，即往往安于现状。西方人则不一样。因为无知和迷茫，所以他们要不停地去探索和进取，所以他们要发明机器，伸长自己的手和眼睛，所以他们要到太阳里去，要去看清楚整个宇宙是怎么回事。他们这一探索，我们宇宙的样子是什么，也有个大体的可以想象的形象了。所以各有所长，要相互之间取长补短。

但是，对于地球来讲，它看到的星空和太阳的位置是那样的，而对于其他的行星又不一样。比如下面这张图：

太阳

我们会发现阅神星看见的太阳系是在系宇宙的中心稍近的地方，且观测到的方位不同。这可能是时间的问题，不仅仅是空间位置在起作用，还有时间也在起作用。那么，我们就要相信一件事，即永远要站在地球的位置来观测宇宙才是有意义和有价值的，虽然我们在不同的星球去看宇宙是有变化的，但这些观测只是为了说明人类站在地球观测到的宇宙是准确的，最终还是要回到地球生活，不可能在其他星球上生活。对于中国人也一样，我们看到的星空和大地与世界上其他地区是不同的，所以我们的历法不同。历法是天和地共同勾画出来的，这也就造成对星空信仰的不同，于是就有了不同的文化。那么，我们就要尊重不同的文化。世界各地应当有互不相同的文化，因为他们信仰星空时看见的风景不同。明白这一点，我们就会宽容、从容，也就不会太焦虑了。否则，我们就一直要与欧洲人看星空，明明我们看见的不一样，但我们可能会觉得自己看见的是假的星空，或者说是不合适的，于是，我们就会否定自己的文化和一切，这样就产生了无比的焦虑。

向西求法

我们现在讲中国的思想史。自巫和史分开以后，史学逐渐升起，巫的传统向民间靠拢，流落到民间。结果后来我们史学的传统不被人信任，官方也在用五行学说、阴阳之道等等这些来治理一个国家，因为它最早是巫史传统。巫的传统也是按照这个方式来做的，而巫的一些方法，也是按照这个方法去做的，民间把这些保存了下来，并且进行了大量的运用，所以老百姓信赖民间的，不信官方的。结果到后来，在我们判断这个东西的时候，发现这是民间的东西，所以知识分子很容易把它当作迷信。它的概念就被庸俗化、被世俗化了，而民间本身也把它庸俗化了，因为它不拥有史学深厚的学养。但这是一套方法，代代相传，我们不清楚那个道在哪里，所以它功利。比如说埋人，我们中国人说风水，它就被功利化，它没有一个公平的标准，我埋下这个人让世代子孙都要平安，要有幸福，人人都一样，但是谁给他多一点钱，他就给那个人找的地方好一些，比如老大给的钱多，给老大多弄点，你看这样就不公平，无道，结果会伤及他，这就是民间的巫术。民间盖房子也是。

民间都在用这些东西的时候，我们就觉得知识分子不能理解了，这东西肯定就成了迷信，但是你又不能不信它。因为人的一生最终到死的时候都在用它，你会发现解决生死之道还在用它，所以这就是个悖论。那么既然这样，我们就会想一个事情，我们知识分子是无法解决这个问题的，即使《周易》，即使风水学术各个方面，都不能够清楚明白地说清楚人从哪里来，要到哪里去，所以最后也没法回答"我是谁"的问题。

哲学的三个命题我们好像没办法解决。所以我们就到西方去求法，这时候已经到了汉代的时候了，汉代的董仲舒以儒家为中心，把百家集于一身时就创立了一个学说，叫天人感应，他认为天是一个可以被感知的拟人化的存在，天知道人间的吉凶祸福，知道皇帝做了好事还是坏事，所以董仲舒给汉武帝上书说有一个地方有大祸说明天子失德，天子失德就要修德，要给天下做好事，心要在老百姓身上，汉武帝就不高兴。这是因为董仲舒刚提出来天人感应学说，所以汉武帝没法接受，就不用他，让东方朔上位了。东方朔不说这个话，东方朔说皇帝做得就是好，实际上很多人说东方朔失去了知识分子那种真正的追求真理的精神，但是董仲舒追求的就是这个，所以董仲舒没办法，就去给另外一个诸侯、一个王做宰相了。

这时候我们可以看到这是一种准宗教的方式，准宗教的方式是什么意思？就是说它还不是完全的宗教，它快靠近宗教了，就是天好像快靠近宗教了，当时的中国人从古代的崇拜天，到伏羲、文王等所说的周易八卦里面的天，因为我们是按照天的方式来塑造人和国家的，就把天拟人化，再到孟子的天道、天命等。这些学术提出以后，到了董仲舒的时候，就拟人化了，人格化了，人文化以后还是不够，还是有巫史的因素在，巫的影子在里边，还是没有创立成宗教，这时候就出现了道教，但是道教是佛教进来以后，中国人在东汉时期创立的。

这时候我们就会发现一个问题，道教是因为佛教进来以后才创立的，说明佛教是先有的，所以中国人就有一种心理，认为道教既然是后来创立的，佛教是不是比道教更全面？事实上后来在佛教的传播过程中间，形成了很多的这种思想，这些思想就被很多的弟子所信仰，信仰以后这些弟子就出家，变成了坚定的佛教传播者，这些人肯定要传播佛教，于是他们就向西求法。你看，不是说整个中国都向西求法，而是说佛教在中国发展了一些弟子，这些弟子开始向西求法，他们要寻求生死之教，让中国人脱离生死之苦。因为我们即使相信天，我们埋下的人以后怎么办呢？我们也不知道。道教这时候还不发达，不能解释这个问题，所以中国人就向西求法。

斯文凉州

佛教的贡献

　　现在从我们的父辈身上可以看见，或者听他们说人死了以后会怎么样之类的话题，甚至讲你前一辈子是干啥的，这就是佛教所解决的问题，也就是说你生之前是谁，死之后又是谁。这是禅宗里头的一个谜，禅宗就是要解决这个问题，应该也是佛教里面的一个问题，所以它跟西方人、西方哲学里面的"我是谁，我从哪里来，我又要到哪里去"是一样的，你会发现西方的哲学思想和印度的宗教是一致的。也就是说印度的宗教是在回答西方哲学的三个命题。当然我们重新回过头来讲，基督教在回答这个问题，伊斯兰教也在回答这个问题，但是中国人呢？没有。中国人是讲道法自然的，老子和庄子所讲的，特别是庄子的一个故事，它告诉我们这个问题。庄子的老婆死了，他的好朋友惠施去吊唁，一进院子，发现庄子在院子里敲打着饭盆在唱歌，惠施就气坏了，说你这个家伙无情无义，你老婆死了，你怎么这么高兴？这时候庄子就讲出一个道理，他说实际上人刚开始是没有形体的，是因为道而有了形体，也就是人从道中来，然后变成了人，人依循着道，完成自己的使命，把自己这样一个作为人的过程完成以后又重新回到了道。他说你看，她从道中来又回到道中去，这不是一个好事情吗？为什么要悲伤呢？

　　这就让我们感觉到庄子的理解太通透了，也是回答这个问题。我是谁？我是人。我从哪里来？我从道中来。我到哪里去？我到道中去。你看中国人也在回答这个问题，但是道是什么，庄子就不能回答。别人问他什么是道？他说我怎么能知道呢？他就反问。他又问了一个问题，他说这世界有没有主宰呢？谁也找不着。但是这个世界依然井然有序，好像有人天天在管理着，太阳每天都会升起，月亮每天也会在晚上升起，星星眨着眼睛，万物在生长，春夏秋冬不变，如果没有人管理，为什么这样井然有序啊？这是道，自然规律，这就是老子讲的道法自然。所以中国人也在思索这些问题，在思索这些问题的时候，就此止步了，中国人认为这就是人，人就依循着道，道还有自然，你依循着自然生活就行了，所以不必要再区分。

所以，当唐玄奘在印度生活了 16 年左右，他要回来的时候，人家不让他回来，挽留他，说你就待在这儿吧，你看你们中国落后得很，人都不知道爱，不知道生死这些教法，你回去有什么用啊？你待在我们这里，你这样的人少有。

当时唐玄奘不但懂中文，还懂梵语，而且他长期在中文的这个层面上理解了很多的佛法，玄奘到印度后把他们都辩论过了，很多人特别景仰他，所以印度人就特别希望他留在那儿。他说你们根本不懂中国，中国也有能知天地能知生死的大法，这就是《易经》，不要看中国人没有脱离生死的宗教，没有创立佛教，但他们有另外的法门。我觉得唐玄奘说得太好了，他也就是说我们中国人如果没有佛教照样生活得很好，但是有了佛教，我们又多了一个文明，让我们的生活更加丰富。同时，我们对人生、对这个世界有了更多的一个出口和进口。

对于生死，我们经常会说因缘际会，说婚姻的时候是千里姻缘一线牵，有缘千里来相会，有缘则聚，无缘则散。这就把我们人世间的那些纠结解开了，人们再不需要纠结了。这些纠结没有了，人们就开始进入了一种心无挂碍，没有恐惧的状态了。这就是《心经》里面说的。佛教能够让你化掉很多烦恼，化烦恼为清净。我们中国人需要不需要？也是需要的，它给我们带来了多少人间的幸福。

凉州文化的善根

　　当我们失意的时候，我们就会想佛教里面会怎么做，它会告诉我们一个解决事情的方法。当我们此一世选择要做恶还是善的时候，我们就会选择善。儒家告诉我们说"勿以善小而不为，勿以恶小而为之"，但是没有告诉我们一直行善会怎样？当然，可以成为一个君子。可是老子说天下都认为你是美的时候，你就不是美了，天下都认为你是善的时候你就不是善了，它好像把你解构了。

　　佛教里面有另外一种说法，你此一世为善，会为你的子孙后代和下一辈子积累阴德。你下一辈子会转成一个更好的人，子孙后代会享更多的福报。它就给你一个功利的福报。儒家偏不给，实际上它都是解决我们心理上的问题，心理上的处事方法。所以我们说没有佛教的话，我们也有自己的法门去解决它，但是有了佛教，我们把生活过得如此的丰富、如此的宁静，它和我们的中庸之道一样，跟我们的儒家息息相关，所以它就和合为一了。

　　佛教成为了我们的解决生死之教。引进佛教是因为我们在学术史上缺一个环节，不知道怎么对待天，不知道怎么对待我们的过去，也不知道怎么面对我们的未来，未来好像是茫然不知的，就像今天的科幻小说一样，未来不知道怎么办。所以最后让未来的那个主人公无穷尽地运行在太空之中，而太空是无情的，是寂寞的、孤独的，多么让人害怕。而这个东西恰恰就是原来道家所讲的，就要让你进入孤独，佛教就解决了

武威城楼上的塑像。他们分别是鸠摩罗什、竺法护、昙无谶、佛念。他们都是从西向东来传播佛法的。

这个问题。当然了，你行善也就继续为人，它给了你一系列的法门，让你去做，总之是对这个社会有利的，这叫善教。基督教是教你爱，也是善教；伊斯兰教也是善教，让你有正义，要去施舍，布施；佛教就更是一心向善，不问前程。好的宗教都是教人行善，它对这个社会有教育意义。这就是佛教为什么来到了中国。在河西走廊这个地方，运行几千年以后对河西的老百姓进行着教化，包括你我，我们凉州人都是接受了这样一种文明的教化，在我们心里的某一个角落里面都存在着这种善意，这就是佛教给我们留下的东西。

所以，我说中国文化到后来留下的是一个善根。佛教是行善，我们的儒家说"人之初，性本善"，道教后来它是讲真，讲真也要善。儒释道三教最后留下来不就是一个善根吗？所以中国文化就是向善的。河西走廊或者是凉州文化里面就有善根，这个善根也就是我写《鸠摩罗什》的原因，否则我可能写不了。因为我是从凉州大地上成长起来的，我是受了我祖母的这样一种佛教的影响而写的这本书，我自己后来体会到，这也是凉州给我的一部分。

佛像石窟长廊

一

佛教从印度产生，后来就传到了北印度，我们现在说是以阿富汗为中心的广大高原上，进入帕米尔高原、伊朗高原，包括青藏高原，中心就在阿富汗那一带，所以叫犍陀罗时代的佛教，是第二个时代。后来就有了造像艺术，造像艺术产生以后，慢慢传到了新疆这一带，西域、中亚。造像艺术借助于古希腊、古罗马的这样一种雕塑，神庙里面塑像的这种方法，重新给佛教的一些人塑造佛像。它就像过去我们只有口头语言，后来出现了文字，再后来出现了艺术，等等。实际上造像艺术类似于最早佛陀的一种口头传法，到了迦叶和阿难，他们继承的这些佛经有了文字，再到有了佛像的时候就是佛教的第三次发展，有了塑像也就有了形象。

从《易经》里面来讲，要有易理，要有术，最后还要有象。象就是说《易经》会告诉你形象是什么样。后来研究《易经》的人还会画出很多的图像来，卦就有象，是一个道理，佛教后来发展到有佛像的时候，自然而然就有了。

有了佛像以后，就像巴米扬大佛在一个山谷里头，大家开凿石窟，挖出了很大的佛像。这个佛像给谁看呢？一切能够看见它的众生，不光是人，还有很多能够感知到它的动物、植物等，也就是佛教里的大千世界。它就让众生看见它的时候，消除烦恼，克服恐惧。我们可以想象，当一个人在深山里面走着，感觉到有豺狼，感觉到不安的时候，迎面看见大佛，他可能就不怕了，因为他找到了一个呼应它们的形象。

新疆克孜尔石窟

后来我们发现开凿大佛的地方在半山腰，使人能看见。有法会的时候，人远远地能够去感受到祭拜的人。这就是把佛像艺术从原来的古希腊神庙里放诸到山野里，把它造于旷野之中，人人都可以去感受，人人都可以去悟道，和万物一起生活，克服恐惧，消除烦恼，这就是佛教。

桑奇大塔

　　2005 年 3—4 月，我赴印度考察佛教艺术，对桑奇大塔、阿旃陀石窟、埃洛拉石窟、奥里萨等佛教艺术遗迹进行了深入考察。不久，敦煌研究院的赵声良先生写成《佛教石窟艺术简史》一史。老实说，我读此书，似懂非懂。那些建筑的材料、规格，那些壁画的颜料、用笔都是我不太清楚的，虽然过去也学习过一些绘画的知识，后来讲中西文化史也略有涉猎，但因为不具体研究绘画、建筑，很多东西仍然是模糊的，然而这些建筑的形式使我这个中国人在看到它的一刹那，就意识到它其实是一个坟墓。事实上，很多塔早期和后来一直是修行者的坟墓，当然，也有一些洞窟是他们生前就修行的地方，死后便成为人们观赏的地方。

　　2006 年我去看魏晋墓壁画，明显地意识到这是坟墓，但在我去看兵马俑的时候，明明觉得这是坟墓，但依然佩服这是旅游景点。我想埃及的金字塔便是如此。很多事情在传播的过程中发生了微妙的变化。神圣的佛教也不例外。

　　对于中国人来讲，阳宅与阴宅当然是有区别的，但对于印度的修行者来讲，生与死没有多少区别。一劫即是一个新生，死就是生。孔子也说，未知死，焉知生。

　　我们就是在这些高僧们的坟墓里或坟墓旁认识到生死轮回和人生的价值与意义。在很多寺院里，一边是修行的地方，另一边即是他们灵骨舍利存放的地方。左边是生，右边便是死。人们到他们生的地方看见大佛和殿堂，想象他们活着的时候如何修行、持戒、施舍，如何面对俗世与众生，走几步，又到了他们的灵骨旁边，绕着他的灵骨转圈，一方面证实他的修行是有果报的，另一方面也开示人们如何去进行现世的人生。

　　这是巴米扬大佛被塔利班炸毁后的情形。一对中国夫妇发愿用激光将它还原。很多人在感慨，一些人在愤怒，甚至有了仇恨。其实这也是大佛显示的真理，色即是空，空即是色，一切的事物，包括佛法都有成住坏空的规律。但劫难与新生往往是连在一起的。没有劫难就没有新生，这与中国人的春夏秋冬的轮回是一个道理。没有严冬就不会有新春。很多人都不愿意看到严冬，但这是自然与宇宙的规律，既然星体都不能不遵守，何况人乎！

二

　　佛像艺术慢慢地往新疆这边传来，这就有了第一个石窟——克孜尔石窟，该石窟应该是鸠摩罗什生活的那个时代前后所凿的。我们现在来看鸠摩罗什，早期是小乘佛教，是没有佛像的。而大乘佛教在犍陀罗时代才有佛像，所以佛像是大乘佛教的产物。鸠摩罗什在他12岁之前还是小乘佛教，12岁之后才是大乘佛教，他去龟兹的时候，早期都是小乘佛教，后来变成大乘佛教。所以克孜尔石窟应该是开凿于鸠摩罗什生活的时代前后。当然，若更早一些的话就在他父亲那个时候，因为大乘佛教的这种佛像艺术，从公元一二世纪就开始了，鸠摩罗什是在公元 344 年生的，我们往往说今天的克孜尔石窟比他会早一点，但是再早也早不了多少。这是我的一个设想，它不能作为学术来完全印证，这样说，虽然把鸠摩罗什有点夸大，但是我们从现在的史料上来看的时候，鸠摩罗什和他的父亲鸠摩炎是当时龟兹最大的佛教领袖，他们肯定起到了举足轻重的作用。当他被吕光迎请，往东来到敦煌的时候，乐僔和尚已经在敦煌这个地方开凿了两个或者多个石窟了，但是这个时候乐僔和尚开凿的石窟非常的简单。敦煌挨着龟兹，是可以开凿石窟的，可是没有像鸠摩罗什这样一个佛教领袖的引领，没有国家的一种投入，仅仅靠乐僔和尚个人的努力是微乎其微的。后来鸠摩罗什到了凉州，尽管作为不是很大，可是到了长安以后，他的作用开始慢慢发挥出来了，尤其到了北凉时期，王沮渠蒙逊一下就开凿了天梯山石窟，紧接着天梯山石窟的匠人，回头又去开凿敦煌莫高窟，因为那个时候北凉打下了西凉，敦煌属于北凉管，属于沮渠蒙逊管，所以沮渠蒙逊在敦煌莫高窟开凿石窟，在天梯山开凿石窟，同时也在马蹄寺开凿石窟，沮渠蒙逊做了了不起的佛教事业。这一下把佛教的规模铺开了，所以敦煌虽然起于乐僔和尚，但后来还是以凉州为中心重新回过头去开凿，属于国家行为。这时候就走上了正常的运行道路，再到了北魏时期，佛教发展得也很快，到了隋唐时期就非常快了，杨坚信佛，李世民也信佛，武则天的时候更是，她也是佛教徒。所以到了隋唐时代，敦煌莫高窟很快就发展得非常有规模了，这时候虽然不能说敦煌莫高窟超过了天梯山石窟，但它的规模已经很大了，又经唐后期开凿，规模越来越大。

当然，敦煌莫高窟还有很多的文书，这些文书说明当时的敦煌文化交流很丰富，大家都把这些东西藏在莫高窟，这是一个文化中心。为什么会藏在那个地方呢？因为那个地方是大家交流的地方。佛教在五凉时期和北魏时期是国家的意识形态，到那个地方交流，相当于我们今天听马克思主义讲座，相当于听孔子、老子，佛教和道教、儒家的讲座。那儿相当于一个客栈，大家在那里聚会、修行，还可以听圣教，这些文书就都被传到了那个地方，并保留了下来，按照这种逻辑想的时候就非常简单了。它为什么会有那么多的文书出现？它为什么不在其他地方偏偏在莫高窟呢？因为寺院同时是驿站。在很多时候，我们放下一切去思考古人的时候就要走进古人的世界去理解他。

从敦煌莫高窟、榆林窟这些佛窟开始开建，到武威的天梯山石窟，后来的炳灵寺石窟、天水麦积山石窟，这一系列石窟形成了一个石窟长廊，它们印证了我们从五凉时期到后来佛教非常兴盛的原因。

天梯山石窟外侧

这是古丝绸之路的要道旁开凿的石窟，它开启了敦煌以西中国石窟的先河，被称为凉州模式。石崖上生活着众佛，供众生膜拜。石崖下是水库，可供人们供给。水库前有路。

马蹄寺石窟（董彦成摄）

榆林窟北侧（徐兆宝摄）

炳灵寺石窟

金塔寺内的佛像（徐兆宝摄）

河西走廊是何时有了佛教的

我们现在能看见的史料里面，《魏书·释老志》说凉州自张轨后世信佛教，就是从张轨以后世信佛教，当然也有可能是在张轨的时候，就已经信了佛教。这句话有歧义，从张轨时就开始了，还是张轨以后，没有完全说清楚。但因为张轨在那儿只生活了十几年，短短的这点时间也就无所谓了。

"敦煌地接西域，道俗交得其旧式，村坞相属，多有塔寺"，说明敦煌在那个时候是第一站，实际上它不是凉州的一个中心，可是它最早就从敦煌这边传过来，所以已经有很多的塔寺。"太延中，凉州平"，这个时候凉州都是平安的。"徙其国人于京邑"，说明很多人都到武威来。"沙门佛事皆俱东，像教弥增"，像教指的是像主治国的宗教，佛教越来越繁盛，也就是从张轨前后那个时候就开始佛教的这样一种传统，这是我们现在从史书上看见的，史书上说的这些问题到底有多少的可信度，这还值得怀疑。

佛教向东传播的时候，我们发现在鸠摩罗什的时代龟兹已经发展成了一个佛教非常兴盛的大国。那么它成为一个举国都信仰佛教的大国，肯定是经过很长时间才形成的。实际上我们进一步想，在公元一二世纪，贵霜帝国成为整个中亚的中心的时候，西域三十六国有时候属于贵霜帝国，有时候属于中原帝国，它们互相在不停地摇摆。但这个时候，贵霜帝国已经把佛教完全地辐射到了西域各国，所以西域各国几乎都信佛教，这样一个历史没有几十年、上百年怎么可能形成呢？所以在公元384年，在龟兹北面，吕光迎请鸠摩罗什的时候，佛教已经非常发达了，往前推应该可以推到公元二三世纪。我们进一步想，西域那个时候已经信了佛教，难道跟它相连的河西走廊什么事都没有发生吗？他们就不信佛教吗？我们现在想到很多事情是因为经济的交往而产生的，窦融的时候经济活动已经非常发达了，他那时候就已经开始经营西域了。今天再来看我们接受西方文化最前沿的地方全是东南沿海，我们就在东南沿海率先把西方的文化引进来了，这是非常自然的一个事情，当经济活动到哪里，文化也就到了哪里。

莲花山上的古塔（刘忠摄）

莲花山下的接引寺

　　武威城南的莲花山寺，据说是中国最早的寺院。有人说要比白马寺早200年左右。那时还在西域，名叫灵岩陀，是西域的名字。这个说法没有多少证据。灵岩二字是汉语，应用的时候也到汉代和两晋时期了。但是，人们说的另一个情况倒是有些意思，即当时的西域社会可能已经有了佛教的传播，只不过多在民间传播。这就要考证佛教来到新疆的时间。不错，当时的西域，在月氏人、乌孙人包括后来的匈奴人，可能已经多多少少受了佛教的影响。

　　对莲花山寺真正有记载的时候，大概到了佛图澄的时候。他比鸠摩罗什要早来到凉州，他募资重修了莲花山寺，说明莲花山寺的确要早于他之前就已经修建了，但到底是何时修建，还是一个未知的谜。

　　现在的莲花山寺在动乱年代被破坏了，只留下一些遗迹，且路极难走。我曾在大年初一去考察，因路上积雪太多未能上去。只看见山下的接引寺。

凉州成为中国四大译经圣地之一

我们总觉得丝绸之路还是过去的丝绸之路，却没想过现在是空中丝绸之路，所以我看到有一本书，写的是今天的阿拉伯世界，特别是伊朗、伊拉克的商人，他们走丝绸之路的方法，我看到后就一下被震撼了，原来他们坐着飞机来到中国。"9·11"恐怖袭击事件之后，欧洲人基本上拒绝阿拉伯人进入欧洲世界、欧美世界，所以他们没法去欧美世界，只好进入中国，他们到这儿来批发小商品，到中国来继续做生意，这就是"一带一路"打通国际化的一个主要原因。国际趋势促使它这样发展。然后我们看到伊朗和伊拉克的商人从他们国家坐着飞机直接越过帕米尔高原，越过凉州，越过西安，到了浙江的义乌。同时我们也会想到新世纪以来，或者说20世纪90年代以来，我们在西北见到了很多的义乌城，看到了很多的浙江义乌大厦，我们认为是中国的小商品批发市场。浙江的义乌，外国人也去，十几年以后我们看到在浙江的义乌居然凭空生出来清真寺，这不就是文化到来了吗？所以它随着经济的交流就来了，因为人是带着信仰来的，他要让自己安顿下来，让心安顿下来。

由此我们可以想象，在河西四郡建立的时候，它跟西域一定是有经济交往的，在这种交往中间，佛教已经传入到了河西，只是我们现在没有把这个事情详细地记录下来。到底有没有寺院我们也不清楚，因为它在那个时候实际上是无关紧要的事情，史书里不会记录这么详细。所以这个事情我们可以这么去想，当然也是无从求证，仅仅猜想一下。从有信史以来，就是从张轨以来，他就开始信佛，信佛以后，也就是从公元301年开始，凉州及河西走廊佛教就已经非常兴盛了，它已经不单属于民间的信仰，也已经属于官方王侯的信仰了。

到了鸠摩罗什的时候，凉州就变成了中国的四大译经场域之一。长安有道安，襄阳原来也是有道安的，还有就是凉州。因为译经的这样一个原因，所以凉州就成为了当时中国的佛教中心之一，至少在西北除了长安，甚至长安的译经都没有武威这么兴盛，就因为鸠摩罗什在这里。道安没有到长安去之前，长安的译经事业并不发达，道安去不久就死了，但是那个时候鸠摩罗什已经开始慢慢往武威这边来了，所以我们就说武威这个地方在当时是中心之一，这是没问题的。那么我们再往后，当鸠摩罗什到长安以后，可以肯定的是长安成为了中国的译经中心，且是最大的中心。这时候姚兴皇帝开始支持，因为他把佛教称之为"御世之洪则"。

长期以来对于研究历史和文学的人来说，我们始终没有搞清楚一个事情，就是在魏晋南北朝的时期它有两个意识形态，因为国家被分裂了，在南方，东晋是儒家；在北方，前秦和后秦是佛教，所以把它称为"御世之洪则"。

鸠摩罗什为什么会拥有如此高的待遇？为什么要发动几场战争去抢夺他？是因为他是宗教领袖，是意识形态的领袖。在这些国家中，西域和当时的北方是一个政教合一的地方，谁要拥有了鸠摩罗什，相当于谁拥有了向天下发号施令的权利，有正当性。鸠摩罗什就是这样重要，所以历史上才会发动几场战争去抢他。我们经常说有美女被国王争取，很少听说有知识分子，或者说和尚能有这样的待遇，所以我们之前的理解是有误的。

武威海藏寺（刘忠摄）

在我看来，海藏寺的建设应当与鸠摩罗什有关。目前虽无法考证具体是什么年代修建的，但是从这个名字可以看出，这是大乘佛教的手法。在龙树的时代，佛教已经发展为一百个左右的门派，各说各的理，谁也说服不了谁，可以说是佛法面临分崩离析的境遇，于是，他开始提倡大乘佛教，讲中观理论。人们把之前的佛法总结为小乘佛教，而把龙树之后和他提倡的佛法称为大乘佛法。他说，他是从东海龙宫里找到这些大乘佛经的，如《金刚经》《维摩诘经》等。这就是海藏的意思。鸠摩罗什在凉州时又专门研究龙树，写下《龙树传》，并专事翻译大乘佛经。所以，人们把他称为龙树的嫡传弟子。

武威大云寺西钟楼（刘忠摄）

凉州早在鸠摩罗什到来之前，已是中国佛教翻译圣地。前凉张天赐时既用儒法，又大兴佛教翻译，一时为中国之最。来凉州学习佛法者比比皆是，而西来传法者也总要在凉州停留讲法一段时日，然后再往东传。在东部，则是道安率领的团队，在襄阳一带。当然，还有庐山一带的僧团也很活跃。

那时，凉州有铁佛寺，便是主要的佛经翻译地。大概与今天的大云寺有很多关联。大云寺是后来的名字。

凉州的佛教在影响中国和世界

在鸠摩罗什之后又出现了一批僧人，昙曜、昙无谶等。他们将佛像艺术继续推进。很多学者认为北凉时期是中国石窟的开端，不得不说北凉时期是中国的佛教最了不起的时期，也是造像艺术发达的时期。天梯山石窟作为中国石窟的鼻祖，是北凉时期沮渠蒙逊和昙开创的，高僧昙曜与敦煌石窟也有关系，他后来又被接到了山西，主持开凿云冈石窟。昙无谶是从敦煌过来的，他翻译佛经，也是当时整个中国最了不起的僧人之一。

那时候的僧人，从鸠摩罗什以后，全在河西走廊这一带。北魏皇帝听到了昙无谶这么了不起，就要把他像迎请鸠摩罗什一样迎请到北魏去，这一下把沮渠蒙逊吓坏了，说这么了不起的僧人，如果走了对我不是损害吗，因此他就把昙无谶给杀害了。第四个人叫佛图澄，佛图澄是道安的老师，他比鸠摩罗什要早，他是龟兹人，应该说，在鸠摩罗什之前，他是龟兹、凉州和中国北方最了不起的僧人，他在凉州把莲花山寺重新翻修了一遍，后来他就到了襄国这一带，收了道安这些徒弟。除了这些僧人之外，还有很多僧人，凉州当时有很多本地的僧人，他们有的往西去求法，有的往东去传法，把凉州的声音传播向了世界各地，所以凉州就成为了中心之一。我们现在重新来想，在那个时候，凉州的佛教事业，是多么的伟大，它几乎在影响着中国和世界。我们现在觉得凉州很小，是因为我们今天衰落了，那个时候的凉州包括整个河西走廊，非常繁荣，非常了不起，相当于今天的上海或广州，它在影响中国，影响世界。

山西云冈石窟

　　山西的云冈石窟，是在北魏时学习天梯山石窟的造像艺术而建的。当时，北魏从凉州迁走三万户人家，相当于十万以上人口，凡有名一些的知识分子和高僧都被迁往平城。

洛阳龙门石窟

　　2019 年夏天，我专门去考察洛阳龙门石窟。到处都是残损的菩萨、佛像。有些是被挖了眼睛的，更多的是断胳膊断腿的。中原，这片曾经是夏商周华夏文明核心思想诞生的中心地，在历史上不知迎来过多少的辉煌，但同时也遭遇了无数的磨难。一阴一阳谓之道，大凡事物，都是如此。佛教里的那些本生故事，往往是大恶与大善共存。而在中国文化中，命运也一样。所有事物都将经历成住坏空和再度轮回的命运。这是天道，谁也难以改变。所谓成也匆匆，败也匆匆，便是这个道理。每一年都有春夏秋冬，不可能四季皆春，一成不变。

鸠摩罗什在凉州

一

　　鸠摩罗什在凉州真的无所作为吗？其实很多石窟的开凿都跟鸠摩罗什有关系，因为他是从新疆的克孜尔石窟过来的，也就是龟兹那个地方。中国最早的石窟——克孜尔石窟就在新疆，下来是敦煌，下来是天梯山石窟（其实后来证明它又成了先河，即凉州模式）……依照这样一个顺序，它们一定和鸠摩罗什有关，所以敦煌的石窟也一定是受了鸠摩罗什的某种影响。因为凉州当时整个都是受吕光来管辖的，鸠摩罗什又是管理佛教的领袖。当时的莲花山寺有个水陆法会的佛法活动，由鸠摩罗什主持，敦煌、张掖等地的僧人就都到凉州来了。

在天梯山石窟大佛前（刘忠摄）

张掖的马蹄寺石窟也跟他有关系。天梯山石窟、马蹄寺石窟、莫高窟，榆林石窟，还有后来兰州这边的炳灵寺石窟等，可能大多数都有鸠摩罗什的一些心血，只是我们不能证明，但一定是有他的功劳在内的。我们可以猜想，他在凉州十七年，难道真的是什么事都没做吗？除了学习汉语、儒家和道家及百家的经典外，他肯定常常与人讨论弘扬佛法的事，而翻译佛经和开凿石窟便是他常常说的事情之一。他在龟兹的时候，龟兹的石窟已经开凿了，他是见过的。所以，他也一定会设想如果能弘扬佛法，将要在哪里开凿石窟。据说，天水的麦积山石窟就是那个时候开凿的，因此他肯定是实践者，或者说参与者。当然，这个说法也还得进一步考证。所以甘肃的很多石窟应该说跟鸠摩罗什是有关系的，这是第一点。

莲花山上的古塔（据说在唐代重修过）

　　第二点，在武威莲花山寺的修建方面，我们现在说跟佛图澄大师有关系，但是后来肯定和鸠摩罗什有关系。还有一座寺院——海藏寺，我认为就是鸠摩罗什命名和修建的。为什么这样说？因为鸠摩罗什在武威做的另外一个事情就是研究龙树菩萨，他是龙树的再传弟子，他把龙树当作祖师爷，传的是大乘佛教，所以大乘佛教是由鸠摩罗什带入中原翻译过来的。他在凉州研究龙树的时候，一定在想龙树为什么会从东海里面拿来佛经？海藏寺不就是应了这个名字吗？在东海里面藏着佛经，这就是海藏寺。但是什么时候建的我们并不清楚，我认为就是鸠摩罗什命名和修建的。因为除他之外很难再有其他人去这样命名，其他人没有情感。当然后来海藏寺到元代的时候又变成一个藏传佛教的寺院，海藏寺那里有一口泉水跟布达拉宫的泉水是连在一起的，喝的就是布达拉宫的泉水，这是藏传佛教。这都是鸠摩罗什在凉州的一系列功劳，当然，他还稳定了政府。有一年是灾年，田地里面到处都是蝗虫，鸠摩罗什给吕光说，你现在第一个就是要敬天，你要向上天祈祷，要改变自己的一些做法，尽量不要让上天震怒；第二个，要到老百姓那儿去慰问，参与老百姓的活动。这好像跟董仲舒的天人感应有点像，而吕光就照做了。从这个角度来讲，鸠摩罗什绝对不是一般的人，他一定是吕光后凉的一个高参，当然，后来姚兴派出使者，想迎请鸠摩罗什，吕光是不同意的，心想：我怎么可能把这么一个高参给你呢？我虽然不信佛法，我也不能给你。所以鸠摩罗什没法到长安去。鸠摩罗什在凉州 17 年，他参与了很多的建设，同时学习了汉语，学习了中国儒道两家的经典，为他后来完成佛教的中国化做好了充分的准备。

二

鸠摩罗什可以说一直陪到了吕光死掉，吕光死之后，姚兴就派大将姚硕德重新来打凉州。可能之前也打过，但可能吕光打仗很厉害，所以吕光死后姚兴就觉得机会来了，重新来打，立刻便把后凉灭了，灭了以后鸠摩罗什就被他迎请走了。

这时候已经到公元401年。在公元401年的冬天，鸠摩罗什沿着祁连山的北路一直过来，到了景泰，再到了靖远附近，在那个地方渡过黄河，继续走便到了长安，这个路线一路又经过平凉一些地方。到长安的时候，皇帝出来迎接他，然后他和姚兴大谈畅谈，可以说是相见恨晚。一个皇帝和一个尊师长谈三天三夜，姚兴非常地激动，因为他盼了多年啊，终于把鸠摩罗什盼来了。实际上姚兴把自己的身份摆得很低，他觉得意识形态的领袖不在他这个皇帝身上，而在鸠摩罗什这儿。所以他跟鸠摩罗什谈了三天三夜之后，鸠摩罗什就很高兴，第四天就开始翻译佛经，翻译的第一部经叫《维摩诘经》，中国人后来特别喜欢这部佛经。鸠摩罗什有家室，还有功名，怎么才能成佛呢？在《维摩诘经》这部经书里告诉了途径。维摩大士是位非常厉害的菩萨，他比一般的菩萨要道行高升，世俗中间的名利、两性之间的杂念等，他都已经超越了。他之所以称为菩萨，是因为菩萨本没有病，还要度化这些人，所以必须要到这些人中间来，来点化世人。他跟世人们同吃同穿，跟我们共同追求这些东西，但是他心中并不以此为根本，他要做的是让世人们在原原本本的生活中悟到什么是真正的佛法。他成家立业，但他并不是以此为根本，他是要让自己的妻子，要让自己的孩子成佛。这就叫心无挂碍，就

贾平凹为拙作《鸠摩罗什》题写的书名

是当你得到一个荣誉的时候，不论荣誉多大，你都能轻轻放下，因为你不再追求它了。但如果说你特别渴望得到它，这时候就不叫心无挂碍，这就是欲望。所以对于维摩大士来讲，一切的功名利禄、世俗生活等，他早已超越了这些东西。

想象歷史的方式
——徐兆壽《鳩摩羅什》研討會

　　2013 年前后，我写《鸠摩罗什》时，遇到最大的难题，即如何写鸠摩罗什的破戒问题。现代以来，有很多人都写过鸠摩罗什。施蛰存于 1930 年在《新文艺》发表《鸠摩罗什》，把鸠摩罗什写成一个现代性的人，把他从佛学的寺庙里拉了出来，还了俗。学者龚斌先生写了《鸠摩罗什传》，又将他置于神与人之间，多少有些犹豫未决，这与我们这个时代有关，我特别理解。施蛰存于 1926 年转入震旦大学法文特别班上过学，与复旦有缘。龚斌先生本科上的也是复旦大学中文系。到我写《鸠摩罗什》时，我就诧异了，我们三个都与复旦有关，更广一些说，都与上海有关。我是在上海发现鸠摩罗什这个故乡人的，才开始要写他，但写到他破戒时就停下了。好多个夜晚我难以入睡，后来想，既然要写鸠摩罗什，就应当了解他是怎么想的。那么他的想法在哪里？当然是他写的著作里，在他翻译的佛经里，于是便一本本读佛经。等读完《维摩诘经》时，我便顿时开悟了，知道怎么写了。小说《鸠摩罗什》出版后，在武威市做了首发式，后来在北京大学、复旦大学、中国人民大学、南京师范大学、陕西师范大学、山东理工大学、西北师范大学、杭州晓风书店等全国二十多所大学、近十家书店和十几家文化单位举办过研讨会、签售活动和专场讲座。

鸠摩罗什译佛经

一

在《维摩诘经》里面讲了一个故事，释迦牟尼派好几个菩萨和护法去看望维摩大士，他们回来以后说我们的道术太浅了。浅到什么程度呢？过不了那个关。什么关呢？举个例子，佛陀跟魔鬼波旬一直在战斗，波旬派了三千美女叫天女，其他的菩萨都不敢接，因为都太漂亮了，太美丽了，色戒这一关是过不了的，维摩大士就敢要，说都来吧，都给我吧，就把她们要来了。要来之后过了一段时间，波旬很高兴，这一下肯定把他打败了，释迦牟尼把佛陀打败了。因为他的徒弟把这些天女都要了。结果等波旬来以后，三千天女全部拜释迦牟尼为师父，皈依了佛教，魔鬼一看失败了。实际上这个故事就告诉我们，无论怎么样，表面上看起来维摩大士跟大家做的事情都一样，他把这三千天女都领回了家，但实际上最终要让她们成佛，成为佛弟子，这就是《维摩诘经》里面讲的一个故事，它同时也告诉世人，所有的菩萨并不是高高在上的，也不是你求他才来，而是就在你的身边，这是维摩大士真正的经义所在。这第一部佛经是给谁翻译的呢？是给他的第一个徒弟僧肇，这是鸠摩罗什在武威招的第一个徒弟，僧肇后来就变成了日本人特别崇拜的一个大师，《维摩诘经》后来变成了诗人王维的一个外号——王摩诘。然后，《维摩诘经》也变成了中国知识分子开始修行的一个法门。第二部经当然是最重要的经——《金刚经》，这部经到现在也没有人能够超越。有很多汉语水平高的人，都想超越鸠摩罗什，就是没法超越。只有一部经是可以另说的，这就是《心经》，《心经》鸠摩罗什也翻译了，比现在的《心经》286个字要多一点，但是鸠摩罗什翻译的现在看起来更容易理解。玄奘后来把它稍微改了一下："色不异空，空不异色，色即是空，空即是色。"有些词改了，但我们很难去理解，可能只有修行到一定程度的人、佛弟子才能够理解，一般的读书人从汉语的水平，很难去理解它。但是鸠摩罗什的语言，相对来说平实，容易理解，这是他们的不同。所以只有一部《心经》后来有变化，鸠摩罗什的经就没有去用，大家更多用的是玄奘翻译的《心经》，玄奘翻译的《心经》据说是观世音菩萨传授给他的，实际上我们现在来看，早在鸠摩罗什那里，就已经获得了这部经。

二

鸠摩罗什翻译的经有35部，294卷，最重要的是《大品般若经》《小品般若经》《妙法莲华经》《金刚经》《维摩经》《阿弥陀经》，等等，只有一部经他觉得不太满意，就是《十诵律》。鸠摩罗什翻译的经到现在最重要的也是大家读得最多的《金刚经》《妙法莲华经》《维摩经》，当然其他的经都在读，但这三部经是大家经常会看到的。我在上海读书的时候，那时候我并不知道鸠摩罗什翻译了什么经，没做过研究，那段时间有一个从美国回来的老师，他没事干就来找我，找到我以后就带我在上海的很多地方去转，转的时候他就进了一些佛堂，去打坐。我当时也不会，就在旁边看着，然后他们走的时候说，拿几本书看吧，结果带来了几册佛经，其中就有《金刚经》。我那时候正在写《荒原问道》，准备把它写成一本类似于纳博科夫的《洛丽塔》一样的书，想在修辞上做一些追求，但是有一天突然读完《洛丽塔》以后，倍觉乏味，除了华丽的辞藻之外再没有其他东西，一下子就觉得没意思了，然后我就拿起了另外一本书，日本作家村上春树的《海边的卡夫卡》，原来觉得村上春树的书是那么好，那天看完以后也觉得太轻了，原来那么喜欢的作家，现在怎么突然就不喜欢了。然后又看了一本书，是《荷马史诗》，看过以后，当然是非常的伟大，一下觉得那种正义回来了，那种广阔、英雄的东西回来了。但好像我就不知道这个东西跟我写《荒原问道》有什么关系，所以我就又把它放下了，放下没事干没书看，有一天中午我突然间顺手就拿起《金刚经》，花了一个多小时看完了。原来我怎么看《金刚经》都不能理解，那一天我突然间通解了，非常有意思。看完以后，我深深地吸了一口气。我把它合上的刹那间，看到译者是鸠摩罗什。鸠摩罗什，这不就是我老家的那个人吗，这就使我重新研究鸠摩罗什，实际上也是因为这样的一个缘起，写了后来的作品《鸠摩罗什》。也是当时写《荒原问道》时结下了这样一个缘，如果当初没到上海去，我也就不可能会写鸠摩罗什，就不可能对鸠摩罗什有这么深刻的理解。

鸠摩罗什的两次破戒

一

　　鸠摩罗什的两个孽缘就是两次破戒。鸠摩罗什在39岁有可能是破戒的那一年，但是38岁他就知道了他会面临灾难，他不知道什么灾难，结果吕光逼迫他跟龟兹的公主结婚，现在史书上讲吕光各种折磨他，我认为这个写法是有问题的。因为他是奉皇帝之命，来迎请鸠摩罗什，怎么能够那么去戏谑他呢？我认为不是，但是有一点我相信，跟后来的姚兴逼迫他去娶歌妓一样，他也想逼迫鸠摩罗什娶妻生子，因为说了一句话，你的父亲生下了这么了不起的人，你结婚以后不就可以生下比你更了不起的人，这是中国人的逻辑。因为中国人首先不是让你成佛成家，而是要让你成家立业，娶妻生子。这是最大的孝。按中国人的方式，按儒家的方式逼迫鸠摩罗什结婚，这样一解释我认为就解释通了。史书里面的解释有问题，一味地按照佛教的路径走了。因为吕光后来也不信佛教，他按照世俗的一种传统，所以他就一定要让鸠摩罗什结婚，鸠摩罗什不愿意，吕光想了很多办法，他把鸠摩罗什和龟兹公主灌醉，让他们在一个密室里面，乱性，这就破戒了。这是第一次破戒，再说第二次破戒。第二次破戒是到长安译经，译了好多经以后，姚兴对他崇拜得五体投地，你这么伟大的人，几百年出一个，如果就这么完蛋，不能留下子嗣，不如再生一个跟你一样，甚至比你更聪明的人。姚兴仍然是这样一种想法，跟吕光是一个想法，他赐给了鸠摩罗什十个歌妓，这十个歌妓就是你的老婆，你回去一定要给我生个儿

鸠摩罗什寺庙

西安草堂寺

子，这一次鸠摩罗什跟前一次却不一样，鸠摩罗什拒绝了一阵子，姚兴不行之后，他就接受了。前面是被迫，后面确实推辞了，不行，就接受了。所以我后来在写鸠摩罗什的时候，看到网站上好多僧人都在骂，因为前一次是被迫的，后一次他是自愿的。如果他不破戒，他有多么伟大！他就不应该破戒，哪怕死都行。死何其简单，对于一个佛教弟子来说死很容易，但是法就没人传了。所以鸠摩罗什说了那句话，刀山火海我也要下，大乘佛教就是利众，忘掉自己。这是佛教界，所以对他充满了讨伐。然后世俗界高兴，很多人都说鸠摩罗什终于破戒了，和尚还是有凡心的，他破戒不就跟我们一样了吗？实际上都是有自己的想法，因为那些和尚都在骂，如果说你当时自杀了，你不破戒不就跟我们一样了吗？不就是我们所想的那个人吗？世俗界认为你破戒了不就正好跟我们站到了一起吗？所以有一部小说叫《不负如来不负卿》，写的就是这个。还有很多作家也在写，我都看了，看了以后我就在想，世俗中的人包括这些作家，都希望他破戒，还有谁呢？施蛰存，咱们的现代派大师，他也认为要破戒，破戒是好的，因为它是现代性的，讲的一定是人性，他已经否决神性，他感觉破戒以后才是一个真正现代意义上的人。你看连我们现代性的大师也是这样理解。还有很多人写了鸠摩罗什的小说和传记，我都看了，看过以后，他们都不能解读这个东西，什么原因呢？我就在想，最重要的原因是，没有站在鸠摩罗什的角度去想，没有去读佛经，鸠摩罗什的身体和精神世界里，一定有很多佛经在那儿矗立着，他跟我们不同，他是一个神圣的，心中充满了伟大理想的一个佛教徒，就跟我们的孔子一样，他有他的精神世界，可是我们总是用我们的想法去理解他。

·283·

二

晚上我睡不着觉，我就一本接一本地开始看佛经。当我看到《维摩诘经》的时候，我就理解了。当我看到《妙法莲华经》的时候，我就开始把我的《鸠摩罗什》从那种现代派的方式降低成了一个最普通的法门，让普通老百姓都要读懂这本书，读懂他的故事。当我读了这两本书以后，我竟然有这么大的改变，对佛教有这么多理解的时候，我就突然觉得我们对鸠摩罗什是有误解的，所以我重新读《金刚经》，以及龙树的一些作品，觉得我们都理解得不对。他的精神世界里面有痛苦，有很多的东西，那么我们现在就可以理解，当他把十个歌妓领回来以后，发现他并没有生子，相反，他的这些歌妓后来变成了佛弟子，这不就是《维摩诘经》里面讲的吗？所以用《维摩诘经》来解读他一下就通了。前面的那一次破戒是他过于执拗了，他没有达到这样一种境界，他认为他完全拒绝就可以拒绝，但没想到是两种文明的冲突，所以他被迫以后，慢慢也就接受了。到第二次的时候，他就知道皇帝的旨意是不能违背的，既然如此，我就像跟魔鬼战斗一样，把她们变成佛弟子，这不就变好了吗？这就是我在鸠摩罗什的两次破戒里面做的一个解读方式，这样解读以后，鸠摩罗什在佛界就立起来了，在世俗中也立起来了。因为世俗中他是承受苦难、一心传法的人，而在佛教界他也是承受苦难一心传法的，都达到了一致，所以鸠摩罗什就可以立起来，否则，按照他们所讲的，如果鸠摩罗什自杀了，那么在佛教界好像立起来了，但在世俗界没有他的位置。如果鸠摩罗什不像我刚才所说的这样，世俗生活中的人们就特别快乐，你看，这么伟大的大师，他跟我们也一样，充满了七情六欲，他不能超越，对佛法就否

西安草堂寺的鸠摩罗什塑像

定了，在佛教界他就立不起来。就是无论如何，采取以上几种都理不清，而当我这样用他的佛经去解读的时候，这不就是走进了他的内心世界吗？他翻译的不就是这些东西吗？他传播的不就是这些东西吗？他信仰的不就是这些东西吗？他实践了这些东西，这就是关于他两次破戒的解读。

鸠摩罗什吞针说法的传奇

　　鸠摩罗什除了小时候有奇迹，在武威有法术，到了长安也有奇迹，当然也有我说的那样一种破戒，一个故事。他把十个歌女领回家，他原来跟弟子们一块住在草堂寺，七八百和尚，突然来了十个漂亮的姑娘，在师父的房子里面待着，和尚哪能受得了这个。鸠摩罗什没办法，搬到外面住，徒弟们就不干了，师父都这样，我们也这样。于是就在旁边的村子里娶妻生子，当然生子可能还来不及，娶老婆的肯定有。这一下把《易经》的事业荒废了，弟子们觉得不对啊，老师这样下去就完蛋了，就成了凡夫俗子。然后鸠摩罗什给他的学生们讲，我生在污泥中，但是心如莲花。意思是什么呢？我娶了十个老婆，身子到了污泥中，意思是遭罪了，但是我心如莲花，我的心没有改变，我传法的决心是没有改变的。但弟子们哪能听得懂这个话？你明明娶了十个老婆，你看，有凡心的人是不会那样去想的。鸠摩罗什没法给自己的几个亲信弟子讲清楚，最后就说这样吧，把所有娶老婆的人都叫来，叫到一起，大家都来了，鸠摩罗什说你们每个人的桌子上都放着一碗饭，这碗饭里都是铁钉，你们看着我吃下去。如果你们也能够吃下去，你们每一个人都可以娶老婆，如果你们吃不了这碗钉子，你们就别娶老婆。大家眼瞅着鸠摩罗什把那碗钉子吃完了。师父有这么高超的法术，我们都不行，所以大家就说，还是算了吧，我们跟师父不能比，继续修行，继续翻译佛经，这是一个故事。当然有的人解释说，这是鸠摩罗什的西域幻术，也有人认为鸠摩罗什真有法力高超。

鸠摩罗什塔

当然我们没有修行，我们无法理解，不去妄加猜测它，但这是一个故事。
第二个故事是鸠摩罗什的舌舍利到底在哪里？鸠摩罗什发现自己身体不
行了，于是他开始念经，他把西域来的几百弟子叫来以后，一起面向西
方诵经，但身体也没有多少好转，他意识到自己不行了，所以他把八百
弟子叫到跟前，当然只是对几个亲信的弟子说，我翻译的这么多经文里，
只有《十诵律》我是不满意的，其他的经我都是精挑细刻过了一遍，我
认为应该没有大的问题，你们要相信师父，你们等我死了以后就把我火
化了。我发个誓，如果说我翻译的佛经基本上没有问题，那么我的舌头
就会完好无损地保存下来，如果我的舌头烂了，你们就不要相信我翻译
的佛经。鸠摩罗什死了之后，大家抬着鸠摩罗什浩浩荡荡到郊外去火化。
火化完以后，大家一看，天哪，鸠摩罗什的舌头完好无损地在那个地方，
就像没有死之前那样鲜活，这就叫三寸不烂之舌，这就是舌舍利的传奇。

鸠摩罗什舍利塔

　　这就是为什么后世人们都去读鸠摩罗什翻译的《金刚经》《维摩诘经》《妙法莲华经》，除了那么深厚的汗血功底之外，还有传奇。这个传奇用佛法来讲叫加持。从某种意义上讲，他用这样一种方式证明了佛经是合适的，大家就诵下去吧。

鸠摩罗什的舌舍利到底在哪里

鸠摩罗什的舌舍利到底去了哪里？凉州有一个鸠摩罗什寺，凉州历代高僧、住持都认为鸠摩罗什的舌舍利就在凉州的鸠摩罗什塔底下，但是西安草堂寺的住持说这里有一个舍利塔，鸠摩罗什的肉身舍利不都在这儿吗？两者互相争议。

当我在写作《鸠摩罗什》的时候，我也一直在求证这个事情，到底怎么去解读它呢？西安的草堂寺有他的肉身舍利塔，这没任何问题，那么有没有可能把舌舍利分给凉州的鸠摩罗什寺，因为他毕竟在这儿生活了17年，这又有什么关系呢？所以此时此刻我就想到了孔雀王弘扬大乘佛法时说的那个故事，他把佛陀的舍利分为84000枚，当然可能根本没有这么多，那是一个说法。但是分了很多，到全世界各地去建佛塔，那不一样吗？不分怎么到其他地方去建佛塔，怎么才能建鸠摩罗什寺呢？所以我认为应该按照这个逻辑去想，后来我到武威的鸠摩罗什寺问理方法师，他给了我启发，他说最早的第一个弟子不是僧肇吗？就是在凉州收的，所以后来舌头可能是僧肇带到了凉州。结果回来一查，在鸠摩罗什寺还没有建的时候，僧肇就已经去世了。我突然一想，他不是还有十个歌姬吗？这不全是他的妻子吗？她们一定会完成他的愿望，所以我就加了一个虚构的故事，让她们按照鸠摩罗什和僧肇的遗愿，把舌舍利带到了凉州，这才有了鸠摩罗什寺，也有了鸠摩罗什塔。我用一种虚构的方式完成了这样一个故事，这个故事依然会被人质疑，这是我在小说里面写的。

　　草堂寺的鸠摩罗什舍利塔，被房子围了起来，上书"烦恼即菩提，令人深思与顿悟"。

鸠摩罗什寺

后来我去草堂寺拜访当时的住持，进去以后住持跟我说，你们凉州人都非要说鸠摩罗什的舌头在你们那儿，鸠摩罗什的舍利塔明明在我们这儿。我当时一听他怎么能这样，于是我就说，大乘佛教不就是粉身碎骨，拯救众生吗？如果说当年佛陀的舍利不能分开，那么全世界各地怎么建佛塔呢？平凉的大云寺不就是有几颗佛舍利吗？我们已经很难去证明哪些是真正的佛舍利，但是我们知道法门寺一定有佛舍利。正是因为有了这么多的佛舍利，所以全世界各地才有很多的圣地，是不是这个道理？为什么不能把鸠摩罗什的舌舍利分到凉州呢？就是因为在凉州他完成了一个汉语的学习，然后到这边才能翻译佛经，我们这样去看问题是不是更好。这样一种说法是不是就跟很多学者认为如果把敦煌的石窟完好无损地放着，不要有斯坦因、伯希和这些人把它抢到英国和法国，不要在那儿做展览，那么敦煌一定在中国，可是敦煌就不在世界了，那么敦煌还能成为人类的敦煌吗？还能成为世界的敦煌吗？我们这样理解是不是更好一些。结果方丈有点生气，不跟我说了。去年的时候方丈圆寂了，可我依然坚持我的这样一种理解，更符合大乘佛教的教义，而且我认为鸠摩罗什的舍利，如果有缘者到其他地方再建，是不是更好呢？是不是应该在龟兹那个地方再有一些，当然龟兹已经有他的塑像了，武威有他的舌舍利塔，长安有他的肉身舍利塔，同时我们会发现，敦煌有他的白马塔，为他的白马建立的塔。在每一个地方都留下了他的痕迹，都要把自己的一部分舍出去，这不就是大乘佛教的教义吗？这不就是精神吗？所以我们从精神上去理解他可能更好一点，当然可能还有人认为能不能什么时候把武威的鸠摩罗什塔挖开一探究竟，可能会有人这样固执地去想，这就叫执念。所以我在小说里面，在我的精神世界里面，我已经把鸠摩罗什的舌舍利放在了凉州的舍利塔底下。我认为这是对的，符合鸠摩罗什的精神和意愿。否则，我们就违背了大乘佛教，违背了鸠摩罗什的精神追求。

河西走廊上的丝织发现

　　丝绸之路上的丝绸，听起来有点拗口，但实际上是一个非常重要的话题。丝绸之路上的丝绸是从哪里来的？最初是从什么地方开始的？咱们有一个牛郎织女的故事，而且有织女星在天上，织女很早在先秦的典籍里面就能看到，在甘肃陇南西和县就有关于织女的传说。《木兰诗》中有这样的描写，"唧唧复唧唧，木兰当户织"。《木兰诗》开头就讲木兰纺织的事，好多人说木兰是北方人，但到底是哪里人不清楚。最早的传说，到后来的《木兰诗》，我们都能看见纺织的故事，因此，种桑、养蚕、纺织是当时人们经济来源的一种产业。

　　哪里最早产丝绸？现在有很多种说法，但不论在哪儿，都要受到环境的影响。河西走廊上魏晋壁画墓里头的砖上面我们可以看到"养桑图"，一位妇女，有棵桑树，桑树上面有蚕。第二幅画也是，一位妇女和一个小孩，小孩后面背了个背篓，里面也是蚕，他拿着一个没有箭的弓，不停弹响，为了防止鸟飞来啄食桑叶，这说明在河西走廊上也曾经有过养蚕这样一种行业。在宋元时期中国的黄河流域就是以黄河为边界的，久而久之，在这个流域之上发生了一次大的地理变化，气候也因此发生了变化。北方尤其西北变得很冷，不适宜人居住，南方越来越适应，所以后来养蚕丝织便到了南方，在扬州、苏州、杭州这些地方形成了大的产业。所以现在很多人说丝绸之路是从苏州开始的也是有道理的。从北宋之后，南宋苏州刺绣就开始有了很大的名气。

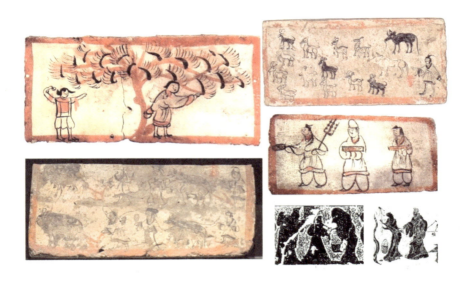

　　酒泉魏晋墓壁画中有关采桑的图片和繁荣的农牧业相连，使整个魏晋时期的河西
地区呈现出一片繁华景象。《魏书·尉古真传》记载："凉州绯色，天下之最。"

　　我想当时张骞出使西域，肯定带着很多丝绸，那时候叫帛。我们一路往西走，中国那时候作为礼仪大国，首先表现在人的穿着打扮上。穿着打扮首先是礼容，因此华丽、端庄的各类服饰便出现了，所以他向外输出的也是这些东西。因此汉武帝派张骞出使西域，拿的可能也是丝绸，这个我们可以想象，五凉时代会看到什么呢？五凉国家和西域那些小国家，也发掘出来一些锦缎等丝织品，当时中原王朝是赐给小的国家，小的国家就进贡给中原王朝牛、羊、马牲畜，还有钱。也就是说，我们现在看见的这样一种采桑的技术，在过去史书里头是没有记载的，直到我们在河西走廊上看见魏晋壁画墓的时候，突然发现它在1700多年前就已经有了。尽管后来这个产业消失了，但这个技术一直在。

　　我小时候见过我母亲那一辈妇女，她们都会些纺织技术。那时候她们做鞋垫、绣荷包。我觉得是那么好，都不敢往脚下踩。现在都是机器做的，已经没有了当初的那种感情，每当逢年过节时，她们送一双手工绣的鞋垫，我就觉得特别珍贵。我们后来都保存了这样一些技术，但是桑树就很少了。

　　桑树需要湿润的生长环境，西北太干燥就不行，我们现在的丝织品基本上都是从江南这些地方过来的，买丝织品的时候要到上海、苏州等地，北方肯定买不到好的。丝绸之路上的丝绸最早是在中原，后来就到中原和江南了。其中也有一段时间就在我们河西走廊，自己生产自己织绣。

　　我记得我结婚的时候，已经是机器做了，被面上有百鸟百子图，现在想起来，古人那时候一定手工做过百子图、百鸟朝凤等。她们把很多中国传统文化里吉祥的寓意都寄托在这上面。所以刺绣、丝绸表面上是一种丝织品，但是里头传播的全是中国文化。不得不说，小小的一匹丝绸里边，包含着广大的中国，是一个非常丰富的、祥和的中国。

盛唐时期的凉州乐舞

　　凉州的建筑是用"河图洛书"的方式建成的,其中有很多也用到了《易经》的方法,我们看到在五凉时代郭荷、郭瑀等像圣人一样的这些经师,也都还在传承《春秋》。从张轨一直到今天,我们在生活中间有哪些礼仪文化? 乐与舞联系在一起,所以叫乐舞,我们立刻会想到一支舞曲叫《霓裳羽衣舞》。

　　今天我们有一个基本的判断,那就是史学家、音乐家和舞蹈家都认为盛唐时期的音乐都出自凉州。有一天看《隋唐史》的时候,看到一句话:"雅乐就是宫廷乐,俗乐就是民间乐。"所以我们到现在为止,区分雅乐和俗乐,实际上都是从隋代开始的。书里边写了一句话,说隋代的音乐都是从原来的各部继承下来的,其中很多都出自凉州,我当时非常惊奇,我从小到大在凉州生活,没有人跳过这样的舞,在凉州生活的三十多年,我也没有见过。

　　唐代的时候从敦煌到凉州,再到长安的路径上,一直都有着物质、音乐、制度等各个方面的一个流经向度。所以凉州就是一个音乐、舞蹈文化的中转站。就像佛教进入中国,无论是汉传佛教还是藏传佛教,都要流经凉州。好像我们突然发现凉州就变成了一个中心点,说起中国这么多精神文明的时候,都不能绕过凉州,可是过去就很少这样说,这好像是我们的发现。

敦煌壁画中的伎乐场面（援引自《西域绘画·7〔经变〕敦煌藏经洞流失海外的绘画珍品》一书，重庆出版社出版）

《霓裳羽衣舞》

一

说起音乐就要梳理一下雅乐，雅乐有很多，唐代把《霓裳羽衣舞》当作雅乐，但是这支曲子后来是乱了唐朝的。唐朝在"安史之乱"之前是中国的鼎盛时期。"安史之乱"以后整个中国开始走下坡路，所以"安史之乱"就是中国的一个分水岭。无论后来的宋代还是清代，都不能够达到盛唐时期那样一种精神上的自在、自由和自信。所以从这个意义上来讲，我们无论怎么样去发展我们的 GDP，实际上都仅仅是物质文明的发展，这只能是精神文明的一个基础。唐太宗与汉武帝在彰显中华文化自信的时候，GDP 并不是很高，以史为鉴，在一定程度上我们就不能盲目地只是追求 GDP。

《霓裳羽衣舞》为什么会乱了唐朝，乱了中国？为什么会让中国急转直走下坡路？我们从孔子治理六经到汉代的时候，就缺了一个《乐经》。为什么会缺？现在很多人都说是因为它丢失了，也有些人说后来在唐代的时候被找着又不用了。但基本上大多数都说是丢失了，所以后世就没有继承。我想到一个问题：就是在秦始皇的时候他失去了天子之位。我们现在把音乐不当回事，在古代音乐是最大的一件事情，有治理作用。周公在天下既定之后用了三年时间才做了一首曲子，所以我们再往前推，可以看到大禹在《山海经》里面讲他的儿子后来到了昆仑山，天地给他做了一首曲子叫《九歌》。从孔子之后懂音乐的人也少了，因为大家不再重视道德，所以我们从秦始皇以后就缺少了正乐。但是汉武帝重新启用音乐，所以他去郊外祭祀，但我们现在看不到历史中对这一祭祀的描述，看到的只有大型的祭祀场所，有些音乐和舞蹈是看不到的。到了唐玄宗的时候，他重新想起了正乐，但是他又不知道怎么办。

二

中国人有一个想法是天的形式，即九宫格。因此认为国家也应该是如此。当我们把中国当一个"人"字来看的时候，我们会看到左边是伸出去的胳膊，一直伸到朝鲜半岛，在汉武帝的时候被匈奴占领。胳膊没有了，所以为什么叫张掖？因为河西走廊打下来，这个胳膊又伸起来了，这就是中国的地理。张掖张开以后，河西走廊就是中国的一条胳膊，如果右臂断了以后，中国就又是不完整的，右臂代表中国的行动力，左臂代表思想。汉武帝把这个地方打下来后，也完成了这样一个宏图大志，但是后来慢慢地又失去了。到了唐太宗的时候，重新要完成这样一个宏图，所以一直往西边打。因为西边是整个世界，所以我们现在就能想到唐太祖为什么把西边这些国家打下来的时候，诸侯国称他为天可汗。到了唐太宗的儿子和孙子的时候有两个特点，第一个特点，他们在当时立下了非常大的功劳；第二个特点，他们身边都有两个女人，一个是武则天，后来天下姓武，另外一个是杨玉环，后来天下差点姓胡。这就是中国历史在当时盛唐时代的一个指向。两个女人在左右中国，为什么会这样？说明当时女性的地位很高，也只有盛唐的时候，女性的位置可以达到那样一个地位。我们在敦煌的壁画里面也可以看到，离婚是常事，在敦煌的文书里还有女子休男人的休书。说明胡风影响着中国，原来的汉文化开始弱化了。

《大梦敦煌》舞剧剧照

　　早在唐时代，由龟兹乐舞演变而来的《霓裳羽衣舞》风靡一时。我曾经写过一篇文章专门写它对整个中国的影响。20世纪80年代，人们又从敦煌壁画中寻找到这种古老的乐舞，于是创作了《丝路花雨》，其华丽又不失庄严的民族风格立刻令人们着迷，其舞也迅速享誉世界。此后，人们又创作了《大梦敦煌》一剧，也获得空前的欢迎。敦煌的再生艺术在不断地产生，它在这个世界又重新开始影响中国，乃至世界。

舞剧《丝路花雨》中英娘剧照（周兵摄）

　　《霓裳羽衣舞》来自凉州，是五凉时代的一种音乐，张轨留下的汉文明传统、儒家文明传统，在后来慢慢地被弱化了。西域来的外国文化渐渐鼎盛一时，这个时候《霓裳羽衣舞》自然而然地和龟兹舞结合到一起，它们实际上是一体的，因为龟兹乐就是当时吕光和鸠摩罗什所在时候的佛教音乐。

　　印度是一个原点，在加入了一些本地舞蹈元素后传到了凉州，从根本上来说还是印度舞，我们从今天的舞蹈中依然能够看到某种相似度。因此我们也可以这样去说，从凉州献来的《霓裳羽衣舞》，实际上是来自于印度西域等国家流行的《婆罗门》。

一支乐舞乱天下

今天，我们国人任何时候都在大谈唐代的繁华、自由与包容。在唐朝的时候，万国使者都会来，街上看见的外国人很多。唐朝到了杨玉环左右李隆基的时候，因为这位女子喜欢胡乐，李隆基爱屋及乌，心也跟着乱了。他已然忘记治国该有的音乐应该是国乐，当他也开始奏响《霓裳羽衣舞》的时候，吐蕃就把凉州这些地方占领了。这些音乐全是从西域来的，后世没有人去梳理这个事情，谈盛唐，我只是浅显地从音乐的角度出发去谈了一下。

当我们把所有的世界都包容进来，认为拥有了天下的时候，此时此刻往往忘记了自己最主要的东西，我们一定要知道盛唐是当时中国和世界的中心，当天子治理天下的时候，一定是以中国的儒家文化为主的，可是后来就将这些忘了。包容是有限度的，自由也是有限度的，当这些东西都忘记了之后，我们就失德了。天子失德，民间怎能不乱。音乐就是这样，音乐降伏人心，所以孔子治理作乐，它是相辅相成的。到了唐代的时候，礼就被忘记了，单纯地剩下音乐，它是反抗礼的。

所以应该把凉州当时的音乐当作民间音乐，把它当作外国的，不应该在宫廷里面如此大张旗鼓地上演，也不应该成为国家的正乐。"六经"之乱是在大唐时期，就在唐玄宗时期。后世我们再也没有看到如此包容、自由的朝代了，因为那是一个顶点，我们再要达到顶点，又得重新上坡，当再到顶点那一刻的时候，我希望中国再不要失去自己的灵魂，不要失去"六经"。

舞剧《大梦敦煌》剧照

武威社火（刘忠摄）

　　在敦煌，佛教的力量要远胜于儒道两家的力量。所以，人们从敦煌那儿得来的往往都是佛教和来自西域的文化交流，而在武威社火这张照片中，又显示出儒家文化对河西的影响。这是来自武威的社火。人们对龙的舞蹈的认识与武威文庙中的文化相一致。所以说，在河西走廊的西端是佛教，东端则是儒教，它们平衡了整个的河西走廊，同时也说明了人类文明交流在这里形成了明显的特征。

凉州的音乐

我们现在说河州花儿、洮岷花儿。其实凉州也有花儿，叫作凉州花儿。凉州花儿，实际上跟其他花儿差不多，但是唱法更粗犷。到河西去，《五哥放羊》此类的花儿很多。我小时候在农村里见过这样的情景，流浪汉们在乞讨过程中遇到某些人家，他们说你给我唱一首花儿我就给你饭，那些人一下子就能编出一首歌曲。

我记得我们村子上的很多人都喜欢听《五哥放羊》，这是一首带有强烈爱情观念的歌曲。所以好多人觉得有情爱的东西在里面，它更适合于民间。还有一种音乐是凉州独树一帜的音乐，叫"凉州贤孝"，十分有意思，一边弹三弦琴一边唱。

小时候我们常看有人弹唱，现在想起来是胡人的那种音乐，应该是胡琴。我有一个远方的堂哥，年轻时候特别有艺术才能，会唱秦腔，会拉二胡，会拉胡琴。那时候他在城里打工，回来的时候，两只脚蹬着自行车，手上拉着二胡，一边唱着一边就回家了，很厉害。现在想起来非常浪漫。后来他发财了，过年的时候给每家都发钱。他像是小说中描绘的江湖人物。

唱贤孝（刘忠摄）

《古凉风韵》中的演出剧照（刘忠摄）

凉州的酒文化

"葡萄美酒夜光杯"，武威小的范畴之内有葡萄基地，但夜光杯不在武威而在酒泉。当我们从科学的角度去说世界上种植葡萄最好的地方肯定是在北纬 38 度左右的地方，刚好就是河西走廊。武威一直到酒泉再到吐鲁番，这个纬度上的地方光照充足，所以葡萄是最甜的，酿出来的酒也是最好的。

我们从唐诗里面看，不仅有"葡萄美酒夜光杯"，也有"犹抱琵琶半遮面"的景象。当少数民族或者外国人来到这里，他们便开始打理起生意。我们现在做生意的地方肯定是酒肆各个方面最发达的地方，当时的武威就是这样。

武威虽然有葡萄酒，但也是这几十年发展而成的，在我小时候，葡萄酒并不多。有酒的地方一定是一个比较豪迈的地方。吕光打下西域龟兹这个地方以后，他把龟兹的葡萄酒全部喝光了。当时的西域不仅可以种植葡萄，产美酒，还有能歌善舞的舞伎，西域的歌舞也就被带动起来了。所以吕光从龟兹回到武威的时候，他可能带了 10 万人，2 万多头骆驼，以及无数的珍宝。他把西域的文化整个带到了武威，使得武威这个地方形成了一种新的气象。

武威人好酒，当然整个河西人都好酒，我们把河西走廊叫河西酒廊。武威有皇台、武酒两大品牌，过去张掖有滨河、丝路春，现在丝路春没了。酒泉那边有汉武御液等。白酒实际上是后来才兴起的，我们现在说"葡

一年一度的河西葡萄酒节，在武威召开

萄美酒夜光杯"的时候，这个美酒可能不是白酒，而是葡萄酒。因为西域人喝的是葡萄酒，北纬 38 度到 40 度这一带是种葡萄最好的地方。日照时间长，昼夜温差大，水分充足，阳光照射下积攒的糖分也充足。所以这个地方葡萄是最好的。葡萄好，就产生了美酒，现在凉州有莫高葡萄酒，酒泉有紫轩葡萄酒。

夜光杯过去都是酒泉才有，武威这边少。"葡萄美酒夜光杯"可能不单纯指的是武威，而是整个河西走廊。所以唐诗里的凉州一定是一个河西走廊，是一个大凉州，是一个美学的凉州，它不是一般意义上行政化的凉州。现在很多人一谈起凉州，第一反应就是哪一年设立了凉州，哪一年又取消了，但这只是一种行政的区划。它是一种印象，它变成了文化，变成了美学的东西。凉州也是这样，葡萄美酒夜光杯，就是这些酒文化。它代表了浪漫的东西，它进入诗歌，进入音乐，进入宫廷，后来变成了美学意象。

最早我们说河西走廊酒文化的时候，还是要回到周穆王会见西王母的时候，西王母在昆仑山上给他美酒。我们就可以想象那个时候的葡萄美酒，恰好是我们可以看见的南疆，那儿也是种植葡萄最好的地方，比如吐鲁番这些地方。再后来我们看到酒文化兴盛就是在唐朝所展示的这样一种酒文化。唐代就是葡萄美酒夜光杯，而且还有一个故事，说唐玄宗有一天在梦中听有人说凉州的灯会特别美，比长安的还要好，于是他就梦中来到了凉州，梦游凉州之夜，当然可能也是文化人渲染出来的，意思就是说，凉州当时非常繁华。

凉州这地方为什么酒文化繁盛？主要是西域的商人们，使它变成了商业基地，在商业基地大家喝酒娱乐。所以酒文化繁盛，音乐、娱乐项目、舞蹈等也都非常繁盛。诗人们也是喜欢这些东西的，因此文人骚客也都来到这个地方，他们共同渲染了凉州，这就是凉州的酒文化。

凉州的贤文化

　　怎么去定义先贤，大家都是以道德来批判这些人的。我有一个大哥，他是位放羊的老汉，排行老大。但他的威信很高，他做事很有条理、很有章法，做事公平公道。所以他也是一位先贤。大家有什么事就会请他来判断，他的判断一定是公平的、公正的。乡村里面，从古至今中国文化流传下来的就是道德两个字。举个例子，我每次回家，母亲就会跟我讲讲村子里面的人和事。说哪个人去世了，哪个人怎么样了。但是在她说的过程中，我发现，她也会赞美某些人。比如，我家邻居是我堂弟家，堂弟媳妇很勤劳，虽然我跟她打交道不是很多，但母亲总是称赞她。

　　凉州那边的姥姥，就是伯伯的意思，父亲的哥哥、堂哥等都被叫作姥姥。我的七姥姥很有才能，年轻的时候，特别会唱歌，是一位很好的民间艺术家。但是到晚年的时候得了病，得病以后，我堂弟媳妇对他特别孝顺，我们在村子里的时候，经常赞美她，我爸爸也是。后来我这个堂弟偶尔生病，也都是她照顾。

　　村子里头也会有批评其他一些堂弟媳妇的，做的不好，不孝敬公婆，对丈夫不好，对孩子不好之类的。你会发现，他们更多的是用道德在判断一个人的好与坏，这是传统乡村社会传播下来的一个特点。但现在我们回去的次数少了，就听得少了。所以我常常在想，乡村如果没有道德的时候，这个乡村会怎么样？这几十年来，我们中国人，更多鼓励的是大家要发财，要致富，要追求功名等，忘记了道德的追求。我们重新回

武威文庙

到乡村的时候，乡村是我们的一个尺度，是评判我们中国社会是否良性循环发展的一个镜子，它会照出你的一些不足。

现在西方文化确实影响比较严重，西方文化可能对别人的评判是无所谓的，只要活好自己就行。这样的话，对于乡村的冲击还是很大的，两代人之间会有很大的矛盾。我们现在主要是工业社会，对乡村的这样一种影响太大，武威这个地方是农耕文化，过去都是耕读世家。现在突然间农民工要进城，土地开始流转，我们正在进入一个规模化的发展。进入现代这样的发展，它又是被迫的。

大量的人往城市里面聚集，乡村就开始变得荒芜，我们发现学校也在缩招，留在乡村里面的更多的是老人和留守儿童。只要有一点能力的人，大家都愿意到城市里面去发展、生活。

　　乡村越来越荒芜，但这也是一个必经的过程。我们今天怎么样才能够既留下传统美的一面，又能够把这样一种转型进入我们现代化的运行机制上去，也只能慢慢实践才知道怎么去做。过去有耕读这样一种生产方式，我们的文化也是有生产方式的，它把生活中日常的一些东西都联系在一起。我们现在这样一种生产方式的转变，在转向大工业，也就意味着我们原来的耕读生活消失了。我们进入商业化的一种模式。所以，过去这样一种农耕文化，还有复兴的必要吗？还有没有可能复兴？实际上也就意味着，原来的农耕文化在面临今天工业文化、商业文化的时候，我们必须重新做出调整，必须去跟它融合，形成一种新的文化，面临这样一个分久必合的局面，需要我们重新去创新。

凉州的饮食文化

　　走出凉州的人，大多数都在改变自己的习惯，那种单纯的吃面食的习惯，改变成一种面食或米饭搭配蔬菜一起吃的习惯。这可能也是更好的一种生活方式。这也就说明，原来凉州人的生活习惯可能不是太好，顿顿吃面。因为它是粮食生产地。张掖那边还有稻子，会吃点米饭什么的，凉州这边没有，就是吃面，再就是吃肉，吃的东西大多很硬。从凉州饮食谈我们的生活习惯来源。第一，我们有着游牧文明，所以吃肉、吃烤馍馍。第二，就是农耕文化所带来的，面食很丰富。凉州的面食有行面、搓鱼子、转百刀、香头子、猫耳朵、中面等，可以说面食的种类非常多，也很考究。我曾经对比过，我妈妈她从武威到兰州来，给我们做行面，她就像武威传统的做法那样早早地把面和好，过一两个小时，她说，现在面好了，可以下面了，结果回去一看面已经发了。凉州的天气和兰州是不一样的，所以她就得出结果，兰州的面和好以后，稍微放一会儿就好了，不像凉州，要放一两个小时，还是比较寒凉，空气里面的水分是不一样的。武威做行面和兰州做行面是不一样的，兰州做行面怎么都没有武威做得好吃，我记得我们做醋卤也是这样，在武威吃的时候又酸又香，到兰州来觉得就只是酸，缺少了香。尽管还是母亲做的，甚至是我们家的人做，但还是缺了一些东西，跟兰州的牛肉面一样，到其他地方味道就不一样了。肯定是受到水、气候各个方面的影响。

　　我经常想起武威的饮食。有好的一面，也有需要改进的一面，不能

"三套车"中的卤肉

顿顿吃面食，还有就是我们吃的东西普遍都特别硬，是不是稍微软一些更好，但是好像我们没办法吃软一点的，软了以后吃着就没味道了，没有那种劲头，吃羊肉也是这样。过去有一段时间特别是到乡下吃饭的时候，基本上就是肉炒个七分熟，或者八分熟就行了，不能炒得太熟。

所以凉州在饮食方面，基本是游牧文明和农耕文明留下来的饮食习惯。现在当然还有第三种，就是我们不断地从东南一带学习一些菜，同时把鱼肉海鲜类的东西，也引到了城市里，我在过年的时候又看到身边的人，虽然在城市里面生活了很多年，但是他们餐桌上的菜品结构依然是煮的肉，牛肉、羊肉、鸡肉，当然也有大肉，主要是做糟肉之类，感觉还是很粗犷，跟南方的饮食习惯有很大的区别。所以，当有人说我们吃的比不上南方，我就说各有特色。我们不能把北方都变成和南方一样绿树成荫，如果北方的沙漠都没有了，实际上也很遗憾，地理和生态各有差异，也相互依存。

如果把物种都变成一种，也很可怕，人类将无法生存。生态也是一样。所以我从来不觉得北方的沙漠就一定不好，我从来也没觉得北方吃的就一定比南方差，比如吃手抓羊肉时，我们拿在手上，调点盐之类的吃起来很香。到南方吃饭时用筷子夹起来，吃上一点点，总是不过瘾，这是和我们的生活习惯和地理环境息息相关的。我觉得没必要非得用南方的尺度来衡量北方的饮食生态，说我们不好，他们就好。我现在经常听到有人说张掖的某块湿地是水上江南，当然也可以这样比喻，但总觉得这就是一种亚文化了，被南方殖民化了。何不自然而然地展示，你看，我们北方也有水。

我认为北方的沙漠就是好，它能诞生英雄之气，那种浩荡的戈壁是英雄诞生的地方。所以各自有各自存在的理由，有价值，有信心，这就很好了。

"武" 文化的遗风

汉武帝先设立酒泉郡而后又设立了武威郡，武威郡是后设的，现在我们老是觉得先有武威郡。其实在酒泉郡设立以后，武威是打下匈奴的地方，汉武帝为了彰显大汉的武功威风，设立了武威郡，寓耀武扬威之意。

关于酒泉有两种说法，一是有九个泉，所以叫酒泉；二是霍去病打败了匈奴，汉武帝当时赐给霍去病的酒不够喝，霍去病干脆就把御赐的酒倒在泉水里，让将士们都能喝上，这就叫酒泉。

张掖是跟"河图洛书"有关系的，从疆域版图来看，汉朝时这一块是没有的，我们坐北朝南的时候，我们的胳膊是伸不直的，后来把河西走廊收复以后，胳膊就张开了，这叫张掖。后来霍去病在这个地方建山丹军马场，是皇家马场。我们的武文化就在这个地方，是匈奴、月氏、羌人生活的地方，本身是好战的，到汉武帝命名武威的时候，这个地方成了武文化的一个象征，所以天马、游牧民族等都是武文化的一些标志。武威文化里有武，武威人说话特别直，特别硬，一般不熟悉武威话的人就觉得像吵架一样，这是武文化的一种象征，因为它是有金气的，西北属金，人的性格也是这样。还有一点，凉州过去是征战的一个地方，戍边的一些将士们在这待着，军令如山，只要军队的命令来，大家都愿意听。现在到民勤去，有军垦农场，黄羊农场等，很多农场都是过去军队待过的地方，这么说还真是武威的文化，实际上是深入到了每一个老百姓的心中。过去，政府一声令下说要迁坟，凉州的老百姓很快就迁走了。有些人说遇到我们这可不行，必须一亩地或者一座坟给我几千块钱，才搬迁。武威这边很容易，大家好像没有过多计较，很快就迁走了，实际上这就是武文化的遗风。但现在我们还有一些西夏的东西，过去西夏也是游牧民族，它留下了一些武文化的东西，还有蒙古族、回鹘等少数民族，都在这个地方留下了很多，所以武文化还是非常兴盛的。

武威的攻鼓子（刘忠摄）

据说是杨家将的遗风。杨家将的后裔杨嘉谟在凉州为将，镇守边关，在武威留下了很多遗迹。

凉州的建筑风格

　　凉州的建筑很讲究，中国的建筑学简单说叫堪舆学，现代学科上可称为人居科学，实际上也就是民间的风水学。在中国古代，大至皇室，小至平常百姓家，风水学都是少不了的。它由极少的人掌握，甘肃的一些地方称其为阴阳先生，有些地方叫道士。在凉州就叫道士，这说明它是道家的学问。既然这种学问由道士来掌管，所以其他人也不管不问。到现代，大家则将他们统称为迷信。风水学是怎么来的呢？它来自于圣人伏羲创造的"河图洛书"。

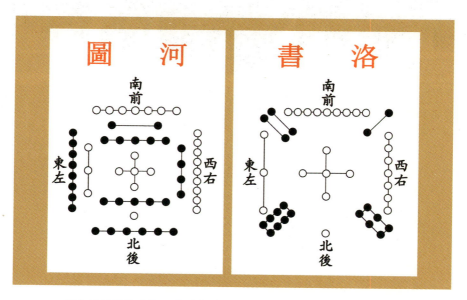

整个"河图洛书"就是对自然界阴阳、五行的一个规律性的描述

武威人的建筑，包括我老家的住宅房屋，很多几乎都是跟河图洛书一样的，我假期在研究河图洛书的时候，半夜醒来突然发现，我们家的房子整个就是一个河图洛书的模型，东北是大门庚位，进来北边叫书房，西边就是祠堂，南面也有房子，东面也有，然后在东南角上是厕所，因为它是巽位，它是出口，一个进口一个出口，厨房在西北角上，西南角上也有一个门可以出去，你会看到东南西北四个正方位都有房子，四个角上它都是虚的，厨房厕所进出的门非常有序，这就是古代的建筑，它完全是按照周公那时候规定的河图洛书的模式去建的，非常有意思。

河图洛书，就用在日常的生活中，用在建筑房子中。北边是老人们居住的，坐北朝南。那时我妹妹还没有出生，我们兄弟三人，父亲说，东边住老大，在古代叫东宫，西边可以是老二也可以是老三，一般来说是老二住西边，但古代叫西宫，太后住的地方，南面一般来说是大门，是黎民百姓进出的地方。

没人告诉我们这些事情，但是他们所做的一切都好像合乎规矩，也就是说我父母从来不知道他们为什么要这样去做，也没告诉过我们，也没有一个人给我们解读房子的这样一个结构和运行方式，直到我后来研究河图洛书，才突然明白，实际上我们都是按照一种风俗习惯在进行，但是它自有章法，这就是中国传统在无形中留传下来的。从凉州的建筑上也可以看出，中国的万事万物都在传承着这些传统文化。在凉州的点滴方面，你都能找到整个中国的传统文化。所以，从凉州出发，你可以重新去寻找古中国，可以重新去思考中国的问题，甚至世界的问题。

那么，这些知识或者说方法是哪里来的呢？从根本上讲，河图洛书又是从哪里来的呢？现在人们从上古的天文历法的考古中得知，这些知识都是从天上来的，即人们向上天学习的结果。这就是道法自然的来源。天上星星的排列是有规律的，人们把这个规律找到后，就按照这个规律

灰陶楼院模型

　　我看过很多凉州人的院子，都是上面的形制。如果院子在街的西面，则大门基本都在东北角，西南角则是后门，厨房往往在西北角，对着的正好是东南角，则是厕所。从大门进，直直过去可从后门出，厨房是进食，厕所则是排泄。这就好像一个人一样，有进有出。如果院子在东面，则大门在西北角，即乾位，后门则是东南角，可出。这样厨房往往就在东北角，西南角则是厕所。乾位在西北，这也就是人们常说的生门，从这里进。这个方位便是乾山巽向。这是我咨询很多当地的阴阳先生得到的知识。

来给地上的一切命名或制订规则。这也就是天降万法的来历，也是人们对太阳和星空崇拜的结果。在上古时代，人们都生活在旷野里，天和地对人的影响是巨大的，人们经过长时间的观察总结出了一系列的经验。这就是河图洛书所蕴含的真理。这个真理，只要天不崩坏，地球不毁灭，基本上是不变的。这也是真正的宏观科学。

　　人们根据天空上的星空、云层等，又总结出四象的星云图，而这就是龙图腾的来历。再看看整个欧亚大陆，其实也可以这样去看待。玄奘在《大唐西域记》里记录了佛国世界对整个欧亚世界的看法，也可以看作是佛教的世

凉州新景象（刘忠摄）

界观。位于东方的中国是人主之国，礼仪文明兴盛，故乃礼仪之邦；位于南方的印度等南亚人群，属于象主之国，有解脱生死的宗教；位于西方的岛屿地区的人群，属于宝主之国，人们在岛屿和大海里能得到珍宝，然后进行贸易，所以这里的人们商业发达；而位于北方的则是马主之国，这里戈壁沙漠高山纵横，人们都在马背上讨生活，所以性情粗暴。总体而言，东方的人主之国属于文明之邦。

为什么要建长城？有些人说是封闭思想作怪，有些人说是为了防御，其实归根结底与我们对世界的认识有关，是世界观在起作用。我们认为天是圆的，地是方的，所以房子是四方形的四合院，而四方的设计则是按其头顶的天空来设计的。也就是说，在房子上空，有一个虚空中的圆的天空在，天行走到哪里，哪里就是开门或建房的地方。天空是方法论。长城也一样，是我们的世界观和方法论。

甚至汉字也一样。我们的汉字为什么是方形的，因为我们的世界观使然。汉字多是象形字，都被我们安置在一个方形之中，上面则有天。天是虚置的，看不见，只能意会。这就是中国人常说的头顶三尺有神明的意思，这神明大多时候就是指天。道教将其人格化，安排了神在此值守。

由来已久的凉州杂技

凉州的杂技很多都是从西域过来的，是以一种狂欢的、民间的、小技艺的方式象征了民间生活欣欣向荣，对生活充满了向往的景象。总的来说，杂技形式多样，种类繁多。

丝绸是从我们国家传到西方去的，但是很多杂技都是从西域传过来的，比如说"舞狮子"。有个学者做过研究，最早在非洲的草原，这些地方就有狮子。因为埃及有狮子，所以会有人面狮身像。在西方有个狮子国。后来狮子就慢慢开始往东方传播。到中国的时候，刚开始是图腾传播，狮子还很少，所以"舞狮子"就作为狮子的形象传播过来了。美国有部动画片《狮子王》，但是中国就不可能拍《狮子王》，因为不是狮子国。它是有区别的。

还有鼓舞，打鼓等，最早也是从西域过来的。尽管在《黄帝内经》里有说黄帝制鼓——牛皮鼓。但是鼓舞最早是从西域这些国家来的，唐玄宗就特别喜欢鼓舞。据说他喜欢敲鼓，敲坏了几箱子鼓槌。包括凉州的鼓舞、攻鼓子等，它有"西域鼓魂"之称。

凉州的滚灯，也是从西域来的。这是我们今天还能看见的。其中有一项叫幻术，据说张骞回来的时候，他带来了几个杂耍的，会幻术，会把火吐出来，可能当时大家都不知道怎么回事，后来虽然有科学的解释，但在当时，这种杂技艺术还是非常吸引人的。

永昌镇石碑滚灯表演（刘忠摄）

武威社火踩高跷（刘忠摄）

凉州的乡村文化

　　我们一般讲文化，大多数时候讲的是一种宏观的物质文化、制度文化、艺术文化。我们往往不去讲贯穿于生活中间的、类似于人的呼吸一样的日常文化。这些文化不讲的时候，始终无法落实到具体的人身上。文化只有落实到人的生活中间，才是文化须臾不离的真正生命。我们把它叫生命的文化，这种叫法更有生命力，更加鲜活，也更加富有生活的气息。到底什么叫文化，有人说文化就是一种无须提醒的自觉，是生活的习惯方式，如果这样来说的话，我们就放心了。实际上，在凉州大地上，我所见到的那些农民，大都是有文化的，而我在城市里见到的一些知识分子，反倒觉得没有文化。知识与文化在这里发生了逆转。那些没有多少知识的农民，一个个彬彬有礼，能谦让，能宽容，而那些知识分子，则一个个看上去桀骜不驯，像个野人，狭隘自私，行为毫无章法。这大概是近百年来我们看到的景观。中国的文化传统在百年来可能恰好不是在知识分子身上传承，而是在农民中间传承。从另一个角度去说，凉州的农民也实实在在地在传承着这种传统文化。

　　苏格拉底有一句话说："任何一种生活，如果没有进行反思，就不值得去过。"可能是作为哲学家的缘故，苏格拉底这句话说得有些绝对。对于我们非哲学家，非文学家的人来讲，更多的人实际上在延续着不断生活的一种传统。如果我们每一个人都对我们应有的习惯充满了反思和挑战，这当然是好的，但是最终也可能会四分五裂。因为你的反思到底基于何种世界观和方法论？是个人的狭隘的思维活动，还是基于天地的方法论？这是至关重要的。中国农民的这些世界观是圣人按天地的方法设置的，任何人都超不过天地，所以是最大的，而这个方法论也是天地给予的，也是最科学的。假如要变，除非天地大变。这就是"天不变，道亦不变"的道理。恰恰相反的是，我们反思的是如何理解天地，而非根据自己的某种性情和感悟来否定天地之道。西方文化的不同则在于，它最初也是基于天地的观念，后来则基于上帝或诸神的意志而建立起来的一套价值观和方法论，所以也可以基于其他的神或科学对此经常性地作出反思与纠正。这便是为什么西方思想家和科学家层出不穷的原因，也是西方的思想为何混乱的原因。他们没有一个最大的可以涵盖所有思想与方法的道。

而中国有，这就是天地给予的。

所以，基于这样一种基础，假如大家都认同了，就应该变成一种生活的习惯，所以我觉得苏格拉底的这样一种观念，它只适用于一般的思想家、哲学家、文学家。农民可能没有过多的反思，他们依旧过着一种古老的传统生活。他们没感觉到他们是应该受人尊重的。小时候，我们村子里来了一些读书人，是那些在外读书的人回来了，结果见人也不问好，有些高傲，自顾自地走着。做事情没有逻辑和章法，也不会孝敬父母，觉得自己是个读书人就了不起，父母亲应当为他这样那样。村子里有一些老人就会说，你看有知识，没文化。说得更难听一些时他们则会说，你看，把书读到驴肚子里去了。那是骂人的话。

我有一个三爷爷，他读过一些书。村子里头一遇到什么事情，大家都会请他去判断，比如说分家，这是弟兄几个互相争吵的事，大家就会请一个贤明的人去断案，三爷爷就会被请去。请去以后大家就说，你来判断吧，你断下的一定是公平的。大多数时候大家是信服的。这样的人就是村子里的知识分子，就是贤人、君子。这个人不一定要有多高的文化程度，但有一点是值得我们反思和思考的。他一定传承了中国传统文化里面的仁义礼智信这些道理，就是我们一直所赞扬的道德的尺度。如果没有这些，人们也不会信服于他。

记得20世纪80年代的时候，中国大地上开始实行"包产到户"，很多人家在分家。因为前二十年国家鼓励人口增长，每家都有好几个兄弟，多的有六七个。我经常听大人们说，兄弟几个为分家打得头破血流，甚至有一个兄弟把另一个兄弟打残的。这就不得不请一个地方贤人来进行断案了。这就是中国传统文化里面非常好的一面，叫贤者治世。在我们古代的乡村，每个地方都有这样的先贤。

在古代有很多做官的人，都是知识分子。早年读了很多的书，到晚年辞官不做了，回来重新治学，重新建设生养自己的那方土地，最多的就是办学校。这也是农耕文化的特点。每个人都与自己生活的那片土地联系在一起，这就是乡土情结。古人称呼一些名家时会在姓氏的基础上加上他的故乡来称呼，比如王夫之被称为王船王、柳宗元被称为柳河东等。久而久之，这个人也就成了当地灵魂似的人物，所以在古代这些先贤非常重要。现在的人们都住在城市里，能有后世名的人不多，因为城市是另一种文化。

凉州人是如何看待死亡的

儒家相对来说还是看重死亡的，凉州人也看重死，且礼节非常隆重。但凉州人对死又是一种淡然处之的态度。当一个人要真正面对死的时候，很从容。这可能是来自于游牧文明的传统，当然也有农耕文明的影响。小时候，周末的午时，我常常一个人在房子里午休，就听到几个大人在窗户外面高一声低一声、有一声没一声地说话，常常会不经意间说到认识的某某人死了的消息，有惊叹，然后便是长长的一声叹息。我常常会听我妈或者我奶奶说，唉，人都是假的，生与死之间就是一层纸，捅破就没了。然后这事似乎就没了，再没人提起。面对死亡，每个人好像再没有多余的话。

我奶奶去世以后，家里人也是长时间陷在一种苦恼痛苦之中。但在外人看来，不是那样，好像很平静。我觉得这可能是游牧文明遗传下来的一种风尚。人们在马上讨生活，习惯了死亡。当然了，我们在对待祭祀仪式的时候，非常隆重，这又是农耕文明的影响。某种程度上来说，丧事既是对死者的，要将他超度到另一个世界，这是民间信仰体系的，同时又是对活人的，活着的人如何对待死者是要示人的，这也显示了这个家族的实力。好像越隆重越好，这种风气当然也是不好的，我个人赞同薄葬。

我记得我奶奶去世后，请来了道士，念了几天经。我父亲要去别人家磕头请人，请他们来参加葬礼。一是请人来帮忙，二是告诉亲戚、邻居们，老人去世办丧事的时间里，希望大家来送一下。

办丧事的时候大家都很热闹，我奶奶去世的时候是 76 岁。在她去世的前一天晚上，我睡到半夜突然听到有人叫我的名字，就醒来了。我想谁在叫我的名字，翻身起来一看，我还在宿舍里，其他几个同学睡得正香，没有人叫我。我当时立刻觉得奶奶去世了，这种意念非常强烈。第二天早上我刚睡醒，堂弟就来找我，说大奶奶去世了。他们都叫我奶奶为大奶奶。说我父亲让我到周六放假以后再回去。我们那时候也没有马上要回去的那种想法，很平静地度过了几天，因为奶奶在去世之前病了很久，我们已经做好了她离去的心理准备。没有任何的悲伤，也很奇怪，现在想起来，也是不可思议。

周六下午我就骑着自行车回去了，回去以后，父亲就告诉我，你奶奶，在那天晚上一点钟左右去世的。我突然一想，不就是我听到有人叫我的时候吗？然后，我父亲就给我说，你奶奶 70 多岁去世，是喜丧，人生七十古来稀，活到这个年龄已经很好了，是喜丧，就不要再哭了。我看见屋子里头，大家都在划拳喝酒，没有什么悲伤的。大家好像在非常高兴地办一件喜事一样。

关于喜丧这种文化传统，我们在电影、电视剧里是看不到的，好像人死了始终要悲伤，实际上不是，有喜丧，老人到寿终正寝的时候死了，就是喜丧。我当时很感慨，大家都那么高兴，我当时也没有悲伤。我说想看看奶奶，结果我的七姥姥（七伯）不让我看，说我们还没有成人，没有结婚，不能看死去的亲人。不知怎么回事，这一举动突然间令我特别悲伤，我想，难道我连见她最后一面也不行吗？我的眼泪就出来了，开始嚎啕大哭。父亲又过来劝我们，说最好不要哭了，要高兴才对。我们兄弟三个也便慢慢不哭了，过了一阵工夫，又跟大家一样，失去了悲伤，只是办丧事而已。

接下来的几天，大家把奶奶的丧事隆重地办完了。埋的前一天晚上叫发丧。发丧的时候，道士要让我们跟着跑，就是有这样一个仪式，要让逝者到阴间的那一世里去，要过奈何桥，如何过去，如何忘掉阳间的种种痛苦等。就是度化。具体细节都忘了，总之有一个完整的礼仪。后来我研究凉州的民俗，总想把这一个礼仪进行完整的拍摄，可惜始终未成。

服丧期间还有一事记忆尤深，就是晚上会做施舍，满院子撒很小的馍馍，大家都抢着吃，然后还要在大地上撒，小孩子们便一路跟着捡。记得前面有明亮的火把，道士一边念念有词，一边领着我们绕着整个村子四周转了一圈。然后，在第二天算定的时辰，把奶奶的尸骨埋掉。那时不知道是什么时辰，等到我研究了一番传统文化后便知道是在下午的申时，因为奶奶是属龙的，辰申相合。

很奇怪，埋奶奶的那天，天还很晴朗，正在埋时，天突然阴了，还没来得及把土填满，就开始下雨了，雨下到了坟里。有老人说，大奶奶真是积下德了，你看这雨下得正是时候。埋完以后雨变得更大了，我们是从大雨中回来的，浑身都湿透了。老人们说这就是好事，是瑞象，既对亡人吉利，也对后代有利。那时我们也不懂，听听而已。

这是我经历过的丧葬礼仪，至今记忆犹新。那时我已经十九岁了。我还记得两位道士的模样，是兄弟两人。老大是真道人，无后，胡须飘飘，面容清瘦且非常干净，真的有仙风道骨的感觉，现在好像很少见这种气质的人了。老二是有家室的，就多了一些世俗气，微胖，但也有一股子清新和爽朗。他们姓张，听说他们家世代为道士。我有时候想，他们是不是张天师的后代呢，也是在五凉时代到凉州来的。他们经营着周围人的红白喜事，也为周围人禳除各种神秘的疾病，但不可能发财。到他们的后代时，这种事业已经不能继续，他们的后代宁可出去打工，也不愿意再操持这种被称为迷信的事业了。我有时候想，这是中国传统文化中丧葬礼仪的遗产，它保存着中国传统文化科学的密码，可惜我们现代人已经不懂了，但就这样消亡真是可惜。

到了20世纪90年代的时候，这种仪式慢慢地没了。不过这些年似乎又有了这样一种风气，听说一是有些夸张，二是像工业化流程，三是有些假。古代那种哭丧的生意又回来了。我觉得这些东西就不要提倡了。不管如何，礼仪贵在真与诚。要传承一些传统的东西，也要简化这样一种风俗。礼仪是一种教育，有教育活人的意义，倘若假与繁作乱，这种礼仪就会令人厌烦。

但有一种礼仪也很薄情。我周围有一些空巢家庭，或者独生子女的，老人都是学者，生前寂寞，死时也寂寞。他们总留下一份遗言，要求一切从简，不办丧事，不请人送葬，像清风一样飘走。给儿女们也尽量不添负担。这样的薄葬到底好不好，是值得重新思考的。尽管我们也不可能再像孔子提倡的那样守孝三年，但必要的"麻烦"还是得有的，否则，父母为儿女操碎了心，而儿女们为父母却没做多少，彼此不相称。此种因果不大好。因为这样的薄葬对死者是一种道德的提升，而对生者则是道德的丧失。一个仪式，送走逝者，知死，然后知生。我觉得这个关乎道德，是很重要的。

传统观念中的姓氏传承

在过去的武威人来看，如果家中只有姐妹，没有男孩，这简直就是奇耻大辱了。因为他们认为这是无后，没有香火了。为什么会这样认识呢？这与中国人的信仰有关系。中国人的信仰是天地信仰，即信仰天地。天地信仰如何实施与继承？中国人有一套方法论，其中姓氏是一种。姓氏代表了天，姓名中决定排行的那个字代表地，只有一个字是可以由家里人决定的，那就是除姓和排行的字之外的第三个字。这个字其实往往也是被确定，不能动的。因为这个字是决定一个人的道德才华方面的。比如我的名字，徐是姓，代表天，是血缘关系，是天定的，不可动。兆字是排行，也是早就确定好的，也不能动，它代表地。只有寿是我自己的，似乎是由我来定的，但其实你生下来时就由父辈或祖辈确定好了，由不得你自己。这就是天地人三才在人姓名中的体现。

姓还代表香火，这是法定的，天定的。姓氏能传承下去，则意味着始终有后人祭祀先人，姓氏若断，则意味着祭祀断了，也就是香火断了，那么在古人看来，他们就成了无人祭祀的孤魂野鬼了。这就是香火的意思。

这就是祖先崇拜的传统，就是中国人的文化。男人们一直是香火的继承者。这是男人尊贵的原因。女人是嫁出去的人，泼出去的水。你姓朱，有一天，如果你找一个姓陈的丈夫，你生的孩子就得姓陈。朱家的人，朱家的坟，就没人再去了，没人光顾了，农村人觉得没有人上香就成孤

祭孔活动

魂野鬼了。所以好多人不理解这个问题，因为它是指文化的根。家里有
男性，就是根续上了，香火就续上了。祖先们在另外一个世界，就能够
有幸福的生活，否则就没有幸福的生活，他们就变成流浪者，到处乞讨
的鬼。这里头有一个观念的存在。所以如果说你能生个二胎，就最好一
个姓朱，一个姓陈，姓朱的孩子，继续延续朱家的香火、姓氏，那么朱
家香火就被续上了，两家就都高兴了。所以我们这几代人，根本不了解
文化根深蒂固的东西在哪里。

　　《左传》里说，"国之大事，在祀与戎"，第一个是祭祀，第二个是兵。
对一个国家来说，祭祀是如此重要。对一个家族来说，祭祀也是第一位
的，所以过去家家都有祠堂，祭祀如此重要。中国文化就是这样的文化，
我们现在当然觉得人死了就完了，不需要这样。所以我们就可以放弃这
一块，这是我们现在的观念所导致的，迟早是要拾起来的。

中西方伦理观的差异

　　关于前面说的姓氏传承的传统，你可以说是迷信，也可以是一种文化，但即使是迷信，它也是中国的古文化。我们要否定它，首先要去认识它，这才是科学的态度，如果我们都不去研究它，不去理解它，就简单地粗暴地将其否定，则是不科学的态度。所以说，什么是科学，什么是科学的态度，首先是要弄明白的。所谓科学，就是说被无数次证明是对的，那么我要问，中国文化是取法于天地，也就是说按照天地的规律在制订我们的伦理，要否定中国文化首先就得否定天地是错的，那么，能否定天地吗？太阳到现在的运行依然是几千年前的样子，这个天道没变，我们的很多文化就不能说是错的。我们把实验室里的叫科学，天地间的事实是不是科学，我想更应当叫科学。所以我始终认为我们太崇洋媚外了，想当然地把我们的学说打倒了，推翻了，将其确定为迷信。反过来说，这才是真正的迷信，是迷信西方文化。

　　中国人的文化取法于天地，这就是道法自然。每个人姓名的命名也取法于天地，是三才思想。当我们不理解的时候，我们就根本没办法去说这个事了。比如说为什么叫"香火"？为什么叫"根"？为什么中国人就把"无后为大"说得那么厉害？是因为这里头有一个唯心主义的东西在起作用，是先祖崇拜那一种特征在起作用。所以到凉州去，这种文化是很深的。生下女儿以后怎么办？她还姓你的姓，这没问题！所以紧接着下一代人到底怎么姓，就成了一个问题，也有可能就变成现代这一代人重新去梳理的一个问题。这不是凉州人的问题，而是整个中国人的文化问题。它肯定不是那么简单。

有一次，我一个朋友开玩笑，给我们讲了个故事。他说，我儿子信上帝，有一天他对我说，爸爸，咱们一起去看看上帝。他说，好。然后就去了。去以后，牧师告诉他说，从今天开始，你们就不再是父子，你们就是兄弟。大家共同面对同一个父亲，这就是上帝，叫天父。他回来就骂，说我今天不是你的老子了，我今天变成你的兄弟了。这个故事说了什么事情呢？它是中西文化的信仰冲突。所以无论是科学主义，还是西方的宗教过来以后，它跟我们的文化是不一样的，它把我们文化的根脉给切断了。我们就把父亲不当父亲，也是这个原因。所以我们推翻父亲，推翻父权，就可以跟父亲吵，甚至打。无父无母，最后变成无兄，没有兄长，所以现在独生子女都无所谓了。天底下就我一个，我就是中心，父亲、爷爷、奶奶全是东西南北，围着我转了。所以现在问题太大了！就是如何调整中国人的伦理观，如何把中西文化的这些东西都结合一下，重新在中国文化的根上创造出新的伦理，使它既变成平等的，同时又变成相爱的一种伦理，这个还是太难。至少我觉得我们这一代人，甚至下一代人，都会深陷于其中。这是一个不能立马解决的问题，但这是我们努力去回答的问题。

传统礼仪观中的道德观念

我们那一代人，有很多兄弟姐妹，延续了传统的伦理。我是老大，所以我在我们家就得变得最强，得最富于牺牲精神。我得变得最公平，家里有什么事情，得第一个冲上去，因为我是老大。弟弟们说啥，我得公平地去处理，处理不了我就得牺牲自我，去把这个事情摆平。这是我们传统社会给予老大的伦理精神和赋予的精神使命，也是压力。所以我们那一代人，只要说是老大，肯定都能忍让。为什么？他必须学会忍让。在兄弟们面前，如果兄弟们都要这个，到时候只有老大忍让。当然我们从古代到现在，那些宫廷剧里面看见的并不是忍让。毕竟现在的宫廷剧只是在想当然地创作，没有体验生活，是一群生活在狭窄空间里的"80后"或"90后"创作的。实际上，在我们生活中，很多时候都是老大在忍让，必须要有颗仁人之心。我对我的两个兄弟，我的妹妹都是这样。虽然做得不好，但我努力在做。我宁可牺牲一点自己，也要让他们变得好起来。另外一个就是，我必须让自己强大起来，我才能够保护他们。

独生子女其实也非常艰难，既是老大又是老小，既是长子又是幼子。既是姐姐又是妹妹。所有的过去的伦理，都寄予一身了。面对的是将来会有两个家庭的老人。我就经常在想，我们的孩子有多难啊！我们尽可能不要给他造成一些压力、困难，这些东西不都是现实给我们构造的吗？现实让我们建立了这么一种伦理关系，所以我们过去说，我们那几代人，父辈永远在故乡待着，我们是有故乡的，父母在哪里，家就在哪里，现在就变了，孩子在哪里，家就在哪里。倒过来了。所以现在我经常在想，我女儿到哪里，将来我们就得迁徙到哪里，像候鸟一样。这就是时也，势也。父母一直在牵心孩子，但不知道孩子在牵心谁。等他们都有了孩子，便会理解父母，再牵心他们的下一代人。这就是中国人的文化，生生不息，代代相传。所以，孩子也不是说是你想教育就能教育的，我们得等待他们成长，做好他们出错的准备，等待他们回来。他们不是机器，一个命令就可以，他们是人，是人就需要按人的规律来认识他们。我们每一代人都是那样走过的，他们也一样。真理是不可传授的，真理是必须通过自己千辛万苦的经历才能得到。我们必须学会忍受和等待，而不是抱怨。

天梯山朝拜的人们

20 世纪 80 年代之前，这些地方几乎无人前来。人们对这些寺庙都不甚了了。记忆中我是在 20 世纪 80 年代中后期才知道还有寺庙可以进去。记得当时的海藏寺开放了，正月十五日，无数的人都涌向那里。我什么也看不懂，只是看见无数的人。我也不懂那些年龄大的人们，因为是他们年轻时拆掉了大地上的寺庙，砸坏了神佛的塑像，现在又是他们来看他们曾经毁掉的一切。

天梯山石窟（阿天摄）

天梯山石窟被誉为中国佛教石窟鼻祖，天梯山那尊坐佛是中国境内建造的第一座坐佛。我在三十岁之前对此一无所知。二十岁之前人们对此知之甚少，二十岁以后到兰州来上大学，对西方文化产生了兴趣，对东方文化有一种不自觉的厌倦心理，所以对此也不愿意多了解。三十岁以后开始写小说，尤其是三十六岁以后开始做丝绸之路旅游，并进行中国传统文化研究，这才对传统文化有了一些深入的了解，对凉州文化也有了一些感觉。有了这些了解，慢慢地，我才深入到对凉州文化的深层挖掘中。

尊师重教之礼

　　孔子的儿子孔鲤先于孔子去世，孔子去世时孙子也才五岁，没人披麻戴孝，所以徒弟们问子贡说："师兄啊，我们怎么样对待老师？"子贡就说了一句破天荒的话："像对待父亲那样。"这句话可以说前无古人，因为之前没有人说过这样的话。我们可以看到，之前有很多君王为他的父亲守孝三年，但没有一个学生给老师守孝的。这是一种伟大的精神开拓，它超越了血缘关系，进入了道的层面，所以石破天惊。大家也觉得应该这样。于是就都披麻戴孝，给孔子守了三年的孝。

　　那时候的守孝是结庐，就在孔子墓地的旁边，大家都住下来，当时他们也有可能把妻子、孩子都带过来守孝。三年之后，徒弟们差不多都走了，只剩下子贡一个人不愿离去。他又守了三年。这三年可了不得，算是把师道立下来了。子贡的一句话使他虚度了六年光阴，这真是伟大。

　　因为这样一些行为，子贡名声大振，各个诸侯国都请他做相国。于是有人就说："子贡，你比你老师要伟大得多。"子贡却说："你们不知道，我的老师就像巍巍城墙，而我就像城墙底下的小草。"任何人都无法在子贡面前诋毁老师，所以子贡对老师的那样一种尊重，是刻在骨子里的。孔子是开了私学的先河，也是开了师道，子贡是把这种师道传承下来的人，否则的话就断了，因为没有他的这样一些举动，后世那种师父带徒弟传帮带的传统，就不会传下来了，所以他是开创了一种师道。后世就有了"一日为师，终身为父"这个说法。

或许在一些人看来有些迂腐，但世界上的伟大思想基本都是这样传下来的。耶稣的学生保罗等都牺牲了，但学术团队前赴后继，逐渐形成了一个大的团队；释迦牟尼有一个学生团队，后来把他的经传下来了；孔子也一样，七十二贤人有子贡这样的带头人，他的六经思想也被传下来了。即使是行不言之教的老子，在后世也有道家弟子在传承思想。所以，他们的思想才越发展越广阔。反过来讲，假如没有如此连绵不绝的学术传人，这些圣人早就成了传说，他们的思想可能就断流了。圣人们都曾经是教师，对了，何为教师？关键在"教"字上。何谓教？《易经·观卦·象传》上说："圣人以神道设教。"什么是神？《易经》上也说"阴阳不测之谓神"，就是非常玄妙的道。所以，在这样的"神道"上，圣人们便立教。教在这里有教育和宗教两种意思，其实最初都差不多，都是指传授天地大道的意思。所以说，真正的教师应当是这样的人，这就是韩愈所讲的"传道，授业，解惑"的意思。

　　正是在这个层面上，教师和他的传人之间形成了一种伦理，即师生伦理。这就是尊师重教的传统。哪里有这样的风气，哪里的文明肯定最为昌盛。只是很多时候我们的官员们不懂，总觉得吃好饭是硬道理，把大量精力放在经济发展上，而把教育放在次要位置上，结果是可想而知的。

　　老师和学生的礼仪，就是师生之仪。现在这个伦理也混乱了。老师不把自己当回事，不重教，学生自然也不把老师放在心上。但是，我记得过去不是这样的。记得小学三年级时，看到老师天天拿装满红墨水的钢笔批作业，很威风，就和弟弟悄悄把墨水偷了回来。回家时正好被父亲看到染红的手指，就问我们墨水是哪里来的。我俩不说话，父亲就一人给了我们一个巴掌，要我们赶紧放回去。我们就赶紧把墨水放了回去。从那以后，我们再也不敢偷别人的东西，更不敢偷学校里的东西。

武威文庙魁星桥

　　还有一次，我在课堂上乱说话，被老师一脚踢到了讲台上，然后又一脚踢到教室外面，狠狠地抽了我三教鞭，罚我在太阳下站了两个小时。我回家睡觉时也不敢让家里人知道，因为那时我们都知道，无论老师在学校里做了什么，父亲都认为是对的。很多年之后，学校校庆，我作为杰出校友之一被邀请回去致辞。我记得当时有很多人迎接我们，有一人大声喊着我的名字，我一看是当时打我的老师。他那么兴奋，拉着我的手说个不停，完全不记得曾经打过我。那一刻，我不仅刹那间原谅了他，而且还被他感动了。

　　现在各种制度太多了，捆绑了教师，也捆绑了教育。教育不再是进行封闭式的人格塑造，而是透明的被监督的教工。教师独立自主的行动被取消了，人与人的对话机制消失了。看上去无比和谐，其实这已经不再是教育了。

　　我认为这是可悲的。

道法自然

说到道法自然，再赘述一句话。它是我们的世界观和方法论。自然是我们的世界，道便是世界观和方法论。它是整体性的。中国的道在一出现时就以整体性的面貌示人，道和术是绝对不能分开的，一旦分开，术也就会走向邪路。所谓"道不虚行"是《周易》中的话，是指道永远都在天地间运行，不会离开任何事与物，只是我们往往无法察觉而已。

比如，从道的角度来讲中国人的性命。中国传统的男性年龄也是按照一种规律性的方式在划分，男子以八岁为一个周期，八岁时蒙童时期告别，进入少年时期，开始求学，十六岁时少年时期结束，进入青年时期。十六岁时，意味着男子的身体初步长成，精气成，但此时还较弱，等到十八岁时便可以结婚了，二十岁将会有儿子。男人到二十四岁的时候，身体进入青年人最成熟的时期，三十二岁时进入高峰，到达壮年，开始慢慢走下坡路，四十岁就明显走下坡路了。四十八岁是一个临界点，一方面身体极速在下坡，另一方面很多人的事业却在此时达到高峰，这就极不相称。这一年还是人的本命年，所以这一年对很多人都意味着不平坦。六十岁是生命的一个轮回。古人认为，一个人能活六十岁，一个甲子年轮回结束后，也就可以了，死而无憾了。但是，对于黄帝等另一些圣人而言则不通，他们还想希望理解天地之大道，来学习如何让生命延长的方法。这就是《黄帝内经》等古籍上的法理。

黄帝是在五十岁时问道的。这时候人们对天命有了充分的体认。王羲之大概也是五十岁时写的《兰亭序》，孔子则是在五十岁时觉察到了天命的降临，开始对《易经》有了一些简单的认识。越过四十八岁这个坎，进入五十岁时，身体的欲望没有那么强烈了，人的自信心也降低到了自然的状态，这时就抬头看见天了。天在这时候以广阔、永恒、浩大的方式出现。人就向天低头了，就想与天和地和解了，甚至求法于天地。这时候智慧就显现了。

所以，中国人在五十岁时会是一个分界点。如果按照五行的方法来说，十年一个天干，五十年就是一个五行刚刚走完，后面的五十年是另一个五行。十年一步，五十年五步，所以五十年也是一个轮回。这是从天干来讲的。从地支来讲，就是五个十二年，到六十岁一个轮回。

五十岁，我们现在才定义为壮年，这是因为现在的医疗条件好，大过了自然条件，这也是人类学习自然界的规律而得来的法，是道法自然的结果。所以，现代人到这时候才进入另一个轮回，即秋冬。前五十年走完了春夏，现在是秋冬。能活到一百岁，就是轮回完了另一个天干的五行，生命就圆满了。这时候是真的死而无憾了。

但中国人总是忘了天干的轮回，只说地支的轮回。所以都以十二年十二年来计算。这是按大地的规律来讲的。如果按照人的规律，则仍然是八年一个阶段，那么到了六十四岁时，生命的深秋来临，男人几乎就没有生育能力了。所以唐代的时候，孔颖达先生就非得证明孔子的父亲结婚的时候肯定超过了六十四岁，那就意味着，孔子的父亲是不能生孔子的，一定是神与孔子的母亲生的，这就把孔子神化了。

中国人的文化始终有一个观念，无论如何，人在本质上就是一个物种，不要经常把自己当作超越了物质性一样的存在，类似于神一样的存在。这是僭越，是人对自身伦理的僭越，意味着不吉祥，意味着入了魔道。古人是不这样去想的。古人觉得天地中间是人，是万物，所以天地人三才思想就包含了世间万物，所以人跟万物也是一样平等的，这就是道法自然。

　　孔子十五岁时开始立志学习，到了三十岁时，学成而立。三十而立指的不光是身体、家庭方面，最重要的道德，人格要独立。我们现在一般理解为三十岁结婚。这也是一个方面，修身齐家嘛。但是古人在三十岁早就已经生了好几个孩子了。四十不惑，进入不惑之年。这个里头，孔子有他自己的人生经历。他是三十岁开始办私学，确定了志向，到四十岁的时候，他完成了《诗》《书》《礼》《乐》四本经。当然，准确说是四十二岁。孔子说的四十不惑是有具体内容支撑的，《诗》是教人学会说话，古人讲"不学诗，无以言"，这是孔子删减《诗经》的主要原因。行为方面，得学《礼》。《礼》是人的伦理学，学习跟人跟自己跟万物和天地如何打招呼，如何行为，如何生死。《乐》管的是人的艺术学修养，你听什么样的音乐，是有说头的，不能随便什么都听。也就是说音乐对人生是有大作用的。佛教有一个说法是"降伏其心"，是靠对人智慧的开悟来进行的，孔子是靠音乐。这就是礼乐的关系。礼是对人的约束，如果不舒服，不高兴，觉得不自由，但用音乐来和之，则平和了。所以礼乐对古人来讲就是阴阳。为什么孔子在他生活的那个时代是"礼崩乐坏"，就是指人的基本伦理没有了，从朝廷到庶人都没有了，人不知道怎么行为和与人打交道了，听的音乐也是纵欲和败坏人心的，也坏了。所以他要重新来制礼作乐。这本来是周公的圣事，但五百年后丧失了，他重新来阐释，广大。所以中国人的文化传统有时也被称为礼乐传统就是如此。

　　五十岁的时候，孔子向老子问道。《庄子》一书里说的是五十一岁。孔子自己说五十岁如果学《易》，就不会有大过了。反过来也证明孔子在五十岁时向老子那里学习了《易经》，只是当时没当回事，直到五十六岁流浪列国时才开始学习。那一次拜访老子，老子对他讲，你不要一味地耍你的聪明，不要老指出别人的错误，来显示你的聪明，其实，当你指出别人错误的时候，实际上别人就开始有反作用力，反作用到你身上了。另外，你看，任何事物总是有多个面，我们所在地方向至少有八个，东西南北和四个角，其实还有一个或两个，指中心。这就是河图洛书中显示的道理。当你批评别人的时候，只是看到了他的一面，所以不中肯，你并没有看到他的另外多个面，然而任何事任何物的生旺墓绝不是这一个面能说得清的，要说清它太困难了，你需要对它们有一个整体性的认识。比如有太阳，是发光的，是阳，也就一定有一个月亮，是不发光的。太阳对万物有作用，这是我们能看得见的，但月亮对万物的作用我们是不清楚的，这是阴。有天就会有地，有男人就有女人，世间万物都是阴阳合和的产物。现在我们来说说太阳，太阳是从东方的寅时出发的，但它其实是从北方的子时就开始入胎了，又经历了丑土的润养，到寅时才生成的。在午时它达到最为明亮，即明旺的时刻，然后就开始往下坡走，到了戌时彻底地落下山去，在亥时落入大海里。这就是太阳的一天。这一天，它有生有死。然后，它在第二天还会重新出来，自然已经是新的一天了。看上去这世界是一样的，其实是大不一样的。每一个物种都发生新的变化。你看，这就是道，天道，地道，也是人道。

孔子是在后来研究《易经》的过程中慢慢体悟到这些的，所以他常常后悔。我们发现，在这里，我们讲了三个时间的规律性东西。一是天干的运行，以十年为一个单元，所以从三十岁以后孔子都是以十年来总结自己的人生的。二是地支的运行，人是以十二地支的规律在行走，这就是命运。当然，还不够。三是人道，即男人以八岁为一个单元，女人以七岁为一个单元。

天地人三道都讲了。这就是道法自然。

孔子和他的学生们

　　孔子回到故乡已经是六十九岁的花甲老人了，面临他的是一系列的伤心事。在前一年，他老婆死了，那一年，他儿子也死了，剩下一个一岁多的孙子。所以，他回到故乡的时候，实际上心里是一片凄凉，但是他终究回家了。他在外面漂泊得实在太久了。五十六岁出去，十三年后回到故乡，他依然为国家出谋划策，但鲁国的君王，也不可能再用他了，他太老了，向他问计就已经不错了，他的学生们都在做官。到七十三岁这一年，他终于感觉到身体不行了，他就在门外面等着。等待他，最挂念他的那个人，就是子贡。

　　学生和老师也是讲缘分的。这世上凡是没有血缘关系而建立起来的最好的关系，都是缘分。

　　孔子弟子三千，贤者七十二人，他最重视的是颜回、子路和子贡。《史记·孔子世家》中提了多次孔子与这三个学生对话的场景。为什么这三个学生对他如此重要呢？一个是子路，忠勇而鲁莽，还经常批判孔子。子路在孔子见过南子回来以后说，老师，您怎么这样？您见了美女就这样好色吗？害得孔子发誓说，绝对不是你想象的那样，如果是那样，就让上天来把我收拾掉。孔子还做过其他事情，子路也批评了，但是孔子依然喜欢他，因为他经常住在子路亲戚家，子路对他是真心的爱戴，很忠诚，就像刚才那样一种批评，实际上是子路把他看得非常高非常重要才发出的疑问。但是孔子说能够真正理解他的是颜回，颜回志向非常高远，所以有一次孔子问三个人说，我现在这样，不被这个世界接纳，是不是我的学说有问题？颜回说，老师，您是对的。我们的学说没有被接纳，是因为这世上的人，不能理解老师的主张，后面会有人理解的，我们不能因此降低我们的主张和高度。是我们在给世界立法，我们的法是最高的，理想也是最高的，这是不能降低的。子路不理解，就觉得你为什么不能去实践它，不能随意去处理一些事情，为什么非要这样？子贡则说，为什么老师不在现实与理想中找一个中间状态去处理它呢？为什么非要坚持高蹈的标准呢？当三个人都问完以后，孔子说，理解我的还是颜回。这三个学生，各有自己的特点。颜回是只要能吃饱，再不贪求吃好或吃得更好，对物质世界不大关注和迷恋，一心求道，且安贫乐道。孔子说，这是他希望的状态。

到孔子死的时候，前面两个学生都死了。子贡听说老师有病，快马加鞭地赶来看望老师，来以后看见孔子蓬头垢面，拄着拐杖，在外头一直等他，他扑通一下就跪倒在了老师跟前，说："我来了。"老师就说了一句话："天都要塌了，泰山也要倒了，圣人都快要死了，你怎么才来？"实际上他们这种情感是很难言语的，因为此时此刻，子贡是他最重要的依靠了。说过这句话七天以后，孔子在子贡的怀里就去世了，这个时候没有人披麻戴孝。我们知道武威的风俗，都是儿子披麻戴孝。未成年的孩子一般不出现，但是实在没办法也得披麻戴孝。这个时候孔子的孙子子思还太小，所以，他的学生们便为他披麻戴孝，给他送终。

这就是孔子与子贡的关系。关于他与其他学生的关系，在一些典籍里都有记载，这里就不多说了。总之，他的学生当时分布到各地，尤以山东、河南等地为多。

武威文庙中的匾额

武威文庙状元桥

　　武威的文庙始建于明代，但假如追溯凉州之文脉，则可直追前凉张轨之时。他在当时的武威郡姑臧城建了学官，办了太学，收入贵族之弟读经书。所以，武威的文庙可以说是在那时就建起来了。现在说的文庙只是明代的而已，说到底只是一个建筑罢了。

孔子的哲学思想

关于孔子，百年来甚至说两千多年来，就一直有争议，实际上孔子自己也说了，他写下《春秋》，后世一定会一直争论下去。我们现在来看，关于《春秋》的争论，可能是史学界一个非常大的问题，但是后世的很多争论不是关于《春秋》的，而是关于他的生平，关于他一系列的言论，关于他和儒家的一系列问题。

比如说关于孔子，很多人都说孔子没有形而上学，孔子没有世界观，当然也不会有方法论，孔子只有社会伦理学说，所以大家都说孔子不是个哲学家。这种言论后来也传到了国外，黑格尔就曾批评孔子不是哲学家，充其量只是个作家而已。从黑格尔开始，中外学者把儒家就看得比较低。认为道家是有天道观的，孔子只说人的事情，没有天道。没有天道，意思就是没有哲学，没有形而上学，我那时也接受这种看法，且也是这样认识的，因为看不到孔子关于世界观的探讨。后来我研究孔子，从 2004 年开始研究，到现在也已经十九年了。这十九年，我对孔子的认识经历了一个从批判到重新认识、再到同情，最后到理解和热爱的过程。孔子不是神，是一个活生生的人，有缺点，有大失败，但更多的是令我们尊敬的坚持与追求。正是因为他生前有大失败，所以死后才会令知识分子同情。但后来我们对他的理解就变了，把他说成了一个没有失败过的读书人、圣人，把他说成了一个"周游列国"、四处讲学的成功人士。这显然是大错。但这种错误竟在后世一直延续，无人去纠偏，这真是令人哭笑不得。

我每到讲孔子时，都会在前一天晚上重读《史记·孔子世家》。一开始也没什么，大概过了四五年，就觉得他太不容易了。他是我们文人的楷模。四处都是反对他的人，就连那些被史书记载为贤人的大人物，也在诽谤他，排斥他。他曾多次遭遇危险，几次险些丧生，但是他有一个信念，他认为上天不会让他死。他说，从文王以来的学问都在我这里，上天如果要让我去广大它，又怎么能让我去死呢，所以不用害怕。他的这种信念我们今天的人是不会有的。他是一位非常重视祭祀的人，最大的祭祀就是天地，所以他对天地的那样一种信仰是我们所没有的。我想他抬头看见的天空，也是与我们今天看见的一样，四顾茫茫，但他信仰它。我们现在的天空，被发达的科学仪器打破了，把天空的七窍都钻坏了。我们所见的天空都是冰冷的天体，不会人格化。但他那时是被人格化了的，所以他是幸运的。想到他的大失败，我便联想到我们文人们的命运，便流泪不止。整个文学史乃至文化史，有它自身传播的秘密。他似乎是为那些曾经拥有过大失败的人专门来写的。那些生前享受过尊荣的人被留在了人间，消失于历史中，而那些生前被百般折磨和有着千般痛苦的人，则被人们推到了星空，让他们在死后享受人们的景仰。想到这里，我便泪流满面。

所以后来每次要讲孔子的前一天晚上，我都会把书房门关上，反锁上，生怕家人进来看见我流泪。我重新一行行地读他的历史，重新一段段回放他的历史，我也想到自己的人生，把自己也放进那段历史中，且把孔子拉回到今天。如此便觉得孔子与我自己仿佛同一个人。这真的是大同情。

这样一种同情下，便可以重新来理解孔子了，对他的偏见与反对就少了很多。那时，我觉得他是一位意见领袖，是一位英雄。但在讲授孔子十年后,也就是2015年7月26日这一天,我在兰州与朋友们打牌、消遣,突然间就觉得应当去拜访一下孔子,于是放下手中的牌,直接去了机场。先到北京,住了一晚,第二天坐高铁与我爱人去了曲阜。在那里,我度过了非常难忘的两天。我拜谒了孔子,回来后便觉得不一样了。一个新的孔子回来了。

2015年7月27日拜见孔子

因为我的跪拜,后来也有人上来跪拜。跪在这里与"五四"时批判的不同,仅仅表示一种尊重,并非被奴役。在永恒的天地和伟大的精神面前,我们真的没有什么高贵可言。我们是渺小的存在。跪拜只是一种礼仪,一种认可,一种感谢。相反,高傲在此时只是一种愚昧,一种鲁莽,一种无礼的表现。一百多年来,我们把个体主义解放并逐渐放大,个体渐渐超越一切,大过我们存在的边界。它走过了头,走向了反面。今天是它重新回头的时候。我们如果再鼓励个体主义走向极端,则人类只有走向动乱甚至灭亡的边缘。

那时，我已经研究《周易》有些时日了，大概已经有五年多时间了。年轻的时候，也曾试图研究《周易》，看那些汉字是认识的，但就是无法理解，且将其只看成是一部占卜的书。后来上中国传统文化课，学生们要让我讲讲《周易》，我讲不了，便开始学习。

我的学习是从两个方面进行的。一个是阅读经书，从南怀瑾的《易经杂谈》进入。过去看过很多解读《易经》的书，都觉得是大道理，没有入口。南怀瑾的这本书通俗易懂，代入感很强。我是在一个失眠的夜里一夜读完的，觉得突然间开窍了。当然，后来还看过很多人的书。另一个方面是向民间学习。所谓的这个民间只是一种说法而已，其实民间的占卜先生们所用之书也都是在《四库全书》中，应当是官方学术，但因为学者们都不用，便被民间的先生们用了。我主要是看他们占卜时如何解卦。一开始真的是云里雾里，什么也听不懂，因为他会讲六神、天干地支和五行方法，这些都不懂。后来我便向他们请教，也听不懂。他们只是讲如何用，什么道理他们也不懂。再后来我又去请教风水先生，因为他们讲的是地理科学，稍稍有一点入门。地理上的事，风水先生们告诉我，好的地方每个人都会觉得好，站在那里都觉得安宁、吉祥。这样说我便懂了，与我们写小说一样了。再后来，我就开始研究中国传统的天干地支、阴阳五行，最后研究河图洛书。这样又用了整整十年。这十年中，后四年可以说是每天都沉浸于其间，看各种天文学、地理学、生物学书籍，查找各种典籍，去很多地方体验地理的奇妙，大体有些懂了。孔子是五十六岁以后才慢慢想到要学《易》，我是四十二岁时开始。那个年龄时，孔子已经完成了《诗》《书》《礼》《乐》四书。我虽不敢与圣人比，但有时也僭越一次，自觉到临终前应当能对《周易》有一点通感。

如此在十年后算是对《周易》有了一些理解。现在回头再来看人们对孔子的理解，后世多不把《周易》的整理放在孔子身上，甚至在魏晋

　　在这儿，我感慨良多，回兰后即为此专门写了一篇三万八千字的长文，纪念子贡，为孔子辩护。

　　之后《易经》成为道家的专属智慧，儒家多不涉猎，以至于我们后来说《易经》时与儒家已经没有关系了。其实，六经之道为《周易》，后来的五经或十三经也都以《周易》为道经。为什么人们会视而不见？

　　关于《周易》，在后来经历了一次疑古派的洗礼，把孔子跟《周易》的关系疏散了，同时人们一谈起《周易》，就觉得它是算命之书。《周易》的世界观、方法论、哲学、历史、文学方面的内容则不再被人们重视。鲁迅对孔子是有大偏见的，胡适稍稍入了一点道，但也是以纯实证的方式去论证占卜之术，而未从世界观的角度进行解释。这是什么呢？盖因《周易》成形的世界观和方法论已经被后世淡忘，甚至说孔子也未能说清楚，至少他的解释后世没有记录下来。这就使得《周易》不能与孔子有太大的关联，且对孔子的理解也往往缩小到其他五经上了。

　　要对中国传统文化进行正确的解释，就需要用今天人类的全部知识去重新解释中国人古老的世界观和方法论，重究天人关系，重释天地人三才之道。

孔子的《周易》和《论语》

孔子 56 岁以后，被迫流浪列国，他对当时的世道非常不满，然后就写《春秋》，符合礼教的就赞扬，不符合的就鞭挞。这就是春秋笔法。到晚年快死的时候，他把《春秋》终于修订完了。他认为后世赞扬他是因为《春秋》，诋毁他也是因为《春秋》。为什么呢？因为对礼教的认识不同。

为什么会有不同的认识呢？这是今天的人们不知道的，事实上看，那时的人们也不知道。礼教的设计并非人随意设计的，后世人们对它的理解是错误的。礼教的创立完全是道法自然的结果。

《易经》中说，天高地卑，乾道成男，坤道成女，所以男尊女卑，这是按当时人们对天地的认识来确定男女的社会关系的，并非随意胡乱设置的。现在我们要进行男女平等的社会定位，就要解释天地的关系。

《易经》中说，面南坐北，左为东，右为西。只要我们去看看万物的生长，就知道我们北半球的人都是朝着太阳的方向确定自己的位置的，所以如此。人不是简单地在人间确立关系，而是以整个世界来确立自我。左为东，为大，为生，右为西，为小，为亡，这是顺时针方向走的，所以男左女右，所以职位的摆设也是左边为大。所以，干什么事我们一般以顺时针方向走就是对的，顺的，合适的，按逆时针方向走是向着死亡的，只有殡仪馆的人是朝这个方向的，因为逆时针方向过去便能遇到刚刚死去的死者。这就是简单的礼仪，它都是从世界观中生出的方法论。

有什么样的世界观，就会有什么样的方法论。中国古人的方法就是生活在北半球上的人们认识整个天地而得来的，并非随意发挥的结果。但现在我们对这些礼仪的出处都不清楚了。这全是《易经》的法则。《易经》上讲，百姓日用而不觉。但它同时也讲了一句，说在"日用而不知"的时候，"故君子之道鲜矣"。意思也很清楚，在孔子的时候，这些习惯已经有了，这些方法已经成为人们日用不觉的生活日常，但是，君子不知道这些是不行的。

反过来讲，孔子之时这些事情已经日用不察，君子已经不知道这些了，所以孔子才说"朝闻道，夕死可矣"。那么，身处今天的我们知道这些吗？就更不清楚了。今天更是没有君子了。人们对天道的事情不清楚，人道自然也就乱了。西方形而上学在黑格尔的时候终于走到头了，因为他想确定一个永远不变的框架，但是他的这个框架不是从科学世界观来的，难以服众，所以在他之后，便都是反对他的声音。存在主义和后来的一切主义都在寻找人类赖以依靠的天道，可它在哪里呢？

瞧！西方世界也回到了孔子当年的时候。于是，一个礼崩乐坏的时候来临了。西方世界自此进入一个坏的时代，但我们仅仅因为他们创造的物质世界而将他们神化了。拜物教重新踏上历史的舞台。海德格尔等讨论时间、空间、道的问题，都触及到了孔子当年的问题。

所以，我们今天是必须重新回答孔子当年问题的时候，自然也是回答整个世界的问题。这就是重新确立天人关系，重新来为人类的伦理世界寻找到一个科学的万古不变的天道，然后才能在此基础上确立人道。

人道的确立不能只在人类社会中，而要在天地万法之中。这就是道法自然的规律。孔子晚年是找到了，且手不释卷，越是到了晚年，越是如此。韦编三绝是一个形容，但是他仍然觉得不够，他说，如果再给他几年时间，他就把《易经》"彬彬矣"。彬彬是什么意思？文与质相符，天地人和万法都达到和谐的中庸境界。那时，他把四十二岁之前已经确立的《诗》重新删订，为其配好了音乐，使《诗》能唱；他又把《乐》也调适了，使其更符合五行之道。现在，对于《易经》还有一些没有精通，这是很遗憾的事。

哪些没有精通呢？可能很多，但其中有一些是留下了巨大的问题，如《河图》《洛书》到底是从哪里来的？《河图》代表的是什么意思？《洛书》又表达的什么意思？后人认为有先天八卦，这先天八卦到底是什么样子？它又表示的是什么？关于卜筮，它是什么原理？它为什么令后世有那么大的热情来继承，甚至迷恋？

但他带着这些巨大的遗憾走了，而把这些问题留给我们后人。我们又被这些问题质问，百思而不得其解。如果说孔子之时还没有考古，没有甲骨文等出土文献供他参考，所以他无法回答这些问题，那么，今天我们有了考古学，有甲骨文、简帛，甚至古老的岩画、彩陶画等这些材料，我们是否能回答孔子的疑问呢？

是时候回答了。

现在我们再说说另一本书——《论语》。人们都说这本书体现了孔子的思想，甚至还有人说"半部《论语》治天下"，这都是狂语、妄语。黑格尔就是看了《论语》以后批判孔子不是哲学家的。这部书，充其量只是孔子思想的一个摘抄，就像黑格尔所言的那样，不系统，没有整体性。

那么，我们如何来理解孔子的整体性思想呢？

过去我不是很清楚，直到我做了传媒学院的院长后，当我想要把我的学生培养成为一个什么学生时，我就开始制订院训和培养计划，这就有了"传媒六艺"的想法，等到要把它一个个落实下来的时候，才发现这是一套完整的思想体系，就一下子理解孔子了。这也就能理解历史了。为什么后来汉代设置了五经博士，为什么朱熹仍然坚持在四书之前要有一个五经。《乐经》是丧失了，但其他的五经都在。这就是孔子的整体性思想，是关于一个人要掌握的整体性知识。《论语》只是一个窗口，是进入六经思想体系的导读性作品。

从六经中重新理解孔子

"半部《论语》治天下"这句话是北宋政治家赵普说的。半部《论语》怎么能治天下呢？我觉得这个不行，他必须得有其他的佐证材料才可以，其实还是六经。他把孔子和孔子学说只是限定在《论语》里头，说明他对《论语》的重视，但由此也小化了孔子，使后世对孔子产生了太多的误解。

当然，我们后世对孔子的认识，基本上是从《论语》着手。结果西方的哲学家，也从《论语》着手，来理解孔子。黑格尔是一个，但到了黑格尔的学生雅思贝尔斯的时候，他觉得不对，他出了一本书叫《大哲学家》，他把孔子、老子纳入《大哲学家》的范畴里边，世界上所有的哲学家，要么是宗教的创立者，道德的创立者，要么就是神学的创立者，要么就是形而上学的创立者——简单说，从对事物的辩证认识创立了一套哲学体系。比如说康德、老子，他们都是形而上学的创立者。只有孔子，他认为是人性道德范式的创立者。雅斯贝尔斯是真的看到了孔子光辉的一面。但他如此高抬孔子，如此论述《论语》的广大性，就是合适的吗？也不合适。黑格尔和雅斯贝尔斯对孔子的认识，都是我们给他们的，是我们的传播所致。

关于这个认识，我周围很多朋友都持这样的观点。不论学现当代文学，还是学古典文学的，大都持这样的态度。这使我很诧异。有一次，关于孔子是否信神这个话题我们展开了讨论。大部分学者都认为孔子是不信神的，以一句"不语怪力乱神"为证据。我说，这只是说他不说而已，不说难道就不存在吗？我们暂时不说神，难道这世上就没有"怪力乱"了吗？他也视而不见吗？这真是奇怪。我还列举了《周易》《礼记》中的很多关于祭祀的说法，他们竟然说这些不是孔子的作品，不能说是孔子的思想。

我大惊。孔子是儒家的代表，儒家是干什么的？是祭祀的术士。孔子三岁时就在学习如何祭祀。如果不信，何必要祭祀？他说，祭神，如神在。在《史记·孔子世家》中，好几次孔子遇难时都说，上天是不会让他死的。他的信仰是那样的坚定。我们要相信，孔子生活的时代是古代，是一个非常重视祭祀和巫术的时代，是万物崇拜仍有余绪的时代。他不是今天的人。

我们之间发生了持久的争议，那场争议也使我感到重新厘清孔子思想的重要性，必须还原孔子的真实面貌。在一次旅行中，我碰到几个攻读先秦文学的博士，与他们谈起这个话题，使我没想到的是，他们也持我前面那些朋友的观点。后来，我认真地给他们说孔子的思想在六经之中，也说到了我做院长给学生编教材的事。教材不就是我们写的吗？虽然是集众人之果，但到底还是自己要相信才好。他们才勉强认为我的这样一种认识有道理。

只要认真读过《史记·孔子世家》的人，就会看到司马迁记述孔子在晚年把《诗经》配上音乐的事——当然《诗经》并非孔子的作品，但配以音乐大概还是他的发明。其他的作品，如《尚书》确实也非他的作品，但都是通过他整理的，他基本都同意，或者说，他的思想也体现在那里面。《礼记》和《乐经》后来都亡佚了，但周礼在很多地方都有记载，也有出土文献，人们还是知道的。这些东西是前人的东西，孔子也是同意的，所以编辑到了一起。《春秋》是孔子写的，《周易》是孔子编辑并修改后的内容。

西方人都重视要自己写，才是自己的，但在孔子之时，私人写作并未流行。孔子能"述而不作"已经是一种与古人共同写作的圣事了。这样的事情，后世其实很少。这是真正的公共精神。后世的私人写作，尤其是文学，基本上是一些情绪的抒情和一些个人己见而已，相比圣人们广大的世界性语言，太狭小了。西方知识分子不是强调公共精神吗？为何到孔子身上又要强调私人性、个体性呢？这岂不矛盾。

孔子的六经思想，与西方的亚里士多德是相同的，都有系统的思想体系，只是孔子主要是编纂，将前人的思想总结与删订成自己的思想体系，同时也有自己的创作，而亚里士多德也是在总结前人成果的基础上进行了创作。他们的思想共同构成那个时代东西方两个社会的思想基础。

所以我们今天要讨论孔子，就不能只看《论语》，还要看六经，应当说后者更为重要。

重新解读孔子

　　再重复一下，《易经》就是孔子形而上学的哲学思想，《春秋》是他的史学，《尚书》是他的政治学，《诗经》是他的诗教，《乐经》是他的音乐学也是艺术学，《礼记》是伦理学。亚里士多德跟他比的话，就是一样的。孔子有一个非常有秩序、有逻辑的体系。所以我们后世理解孔子，应从六经来认识，如果单纯地只从《论语》来认识孔子，太狭隘了。把孔子的思想跟老子一比，认为老子比孔子要高得多，老子有天道，有哲学观，有世界观，孔子是没有的，这不对，《易经》的世界观和方法，一下就把孔子重新解读了。他和老子是一样的广大。他们都是在广大和精微上能建都的人。

　　现在来说一说儒家。没有《易经》的世界观和"与天地准"的道体，儒家的伦理世界就不可能建立起来。说得再明白一点，孔子所倡导的儒家的伦理之教并非他建立的，而是从周公开始的，而周公又是根据什么呢？周公精通的是《易经》，上接的是文王，再往前就是大禹、舜、尧、黄帝，最早可到伏羲。伏羲是画八卦、创易经的人，华夏文明的世界观和伦理观是他创造的。这就是传承。孔子走的便是这条线路。

　　所以说，他们都是先观察天地的大道，依天地之道而建立人伦。到孔子的时候，已经经过几千年了。有些礼已经很繁琐了，无法实施了。司马迁批评了这个。现在我们不谈孔子上承的这个传统，而是直接从孔子开始谈儒家，岂不是不问源头只说断流吗？

所以说天道在孔子和老子的时候断流了，消失了。人们不再探讨整个世界的问题，大概是认为这没有再谈的必要了，而直接开始谈天道以外的问题了。老子谈的是他的个人己见，其中有天道，但更多的是从中阐发哲学智慧。孔子则从中寻找人类社会的政治、道德、伦理、文学、艺术的问题。这就是大道失，仁义出。仁义既出，礼教则固之。礼教越来越实，惩罚便随之而来，自然的人渐渐地消失。天道越来越隐蔽。所以子产便说："天道远，人道迩，非所及也，何以知之？"意思是天道太远了，难以企及，人道却很近，能够认识，两者已经没有关系。子产的话大概就是后世中国人共同的感受了。现在的社会更是如此。人类的能力越来越大，已经不再管天人关系，也不再把天地崇拜，只崇拜人自己，但人自己有什么呢？除了情欲和身体之外，还有什么呢？过去我们确立的道、德等内容全都是在天地人三才之间确立的，现在只剩下孤独的人。

人是不能自我确立的。就犹如一个人要说自己的好与坏，不能只说自己，他必须与他人或他物相比较才能说自己的短长、方位、好坏。现在的我们说，人是社会生活中的人，古代则说，人是自然万物中的一个。这便是区别。我们如何来处理这个问题呢？是要沿着社会生活来无节制地给自然的人以律法，或契约，或社会进化论似的打压、排挤、淘汰，还是要留一些空间给自然的人以存在的可能，这便是大问题。

这个问题西方的存在主义哲学家已经探讨了一百多年，至今无果，且越来越复杂和难以有定论。相反，他们最终回到了人与自然的关系。海德格尔讨论过这个问题，尼采也讨论过这个问题。人与自然的关系是人类最为理性的关系，是人在大地和星空下依靠自己的能力而确立自身的，而这样一种文化就在中国古代文化中，在老子与道家的文化中，其实最早也存在于孔子的世界里。

此时，我们再来回望中国的历史，就可能一目了然了。比如董仲舒提出的天人关系，他在此基础上根据阴阳五行而确立的男女社会分工（早在周公时已有分工）和"三纲五常"的伦理道德、政治社会体系。如果我们非要把道家和儒家进行一个区分，那么道家就是执天道者，而儒家就是依据天道确立人道者，两者缺一不可。这就是人类社会的发展超越了上古人类时期人与自然的关系，人类社会进入高度发达的时期，再后来，建立城市则进一步进入社会化的阶段。人类慢慢地会忘记自身是处于天地之中这样一个大的世界观中，而简单地会认为自己能够掌握和改造自然，使其服务于人类，让人类成为整个自然界供养的一种生命存在，即使如此，我们也不能忘记我们是需要供养的，是需要自然的。然而问题往往在于我们总是忽视自然的存在，简单地以社会组织的政治学方式来为人类确立尺规，这就是人类走上歧路的时候，因为这样一种歧路很容易出错并被怀疑，结果这种社会学说不攻自破。

如何寻找一种牢固的社会学基础？这是今天的社会学家孜孜以求的目标，但是，他们不知道，科学家们在做另一件事，即以科学的方式确立宇宙的发生、发展、成熟和消亡的规律，从而确立人类自身的存在。在这样一种宏伟广大的探索中，渺小的人类的存在却异常重要，因为这是人类自身的探索。这是一种理性的探索。可惜的是，我们的社会学家往往和科学家们分道扬镳，各说各的话，不知道他们什么时候才能进行合适的对话，并走上阴阳合和的道路。

我以为这就是中国文化重新发现大道的时候，因为这时候我们必须去重新寻找古老的天道，而这种寻找必然是带着我们当代的所有学说去寻找、对话、理解、认领、创造。

那么，我们首先就要探讨儒家的"三纲五常"有没有道理，由此我们也便要回答"三纲五常"的基础学科《易经》。《易经》中的诸种阐释是否科学？是否与今天我们的诸般发现和学说能对话和产生共鸣？也许是现代对古代进行精微环节的补充，反过来，古代的那种宏观的天人体系又会得到有效的认可。这就是中国传统文化创造性转化的过程。今天我们很多人一提到复兴传统，就与当下的诸般学术对立，就与西方文化对立。这都是极其狭隘的。

孔子之所以创立六经，是因为对他之前的学说进行了一次集大成的述而不作，同时又在不满足的情况下写下《春秋》，并按自己的理解编撰《易经》的《十翼》。这里既有继承，又有创新。

传统之变与价值重构

　　百年来，我们在学习西方文化的过程中走得非常快，中国发展得也非常快，东南沿海尤其快，我们西部要慢一些，到凉州就更慢了。20 世纪八九十年代，每次我回家都觉得家乡变化很慢，人们的意识还在前现代，没有人愿意出去打工，都守着土地，而土地又很少，所以人们之间的矛盾很多，人与人之间存在着极大的敌意。我觉得凉州城也多年如一日，但我们看到外面的世界一日千里，就觉得心痛。真正动起来大概是到了 20 世纪末、21 世纪初，大量年轻人不堪土地的重负，都出去打工，寻找新的出路，结果他们发现了新疆，发现了城市，发现了沿海，于是，他们纷纷走出凉州。我们村的年轻人走出来的很多，现在在新疆工作生活的也有好多。有很多年轻人带着他们的父母去了东部。村子里有一些院子开始空了下来。原来他们精心地在大地上建造了房屋，还以为能永远地住下去，谁知没过几年他们就不得不舍弃它们，而去了新的地方。

　　生产方式是最大的创造者。很多人不明白这个道理。为什么我们河西从游牧文明变成农耕文明，我们从游牧生活变成了耕读生活，就是生产方式的转变。我们的先人从马上下来，开始耕种土地，然后在田头建造房屋，在那里繁衍生息，且读书生活。不知不觉中，我们从西域中分享出来后就变成了中原文明的一个有机部分。

　　现在的年轻人也一样。他们在城市里打工，不再耕种土地，与土地告别，成为城市的一部分，成为某个工业流水线上的一部分。这就使他们学会了与人合作，使工业的流水线能够继续下去。他们以此劳作，以此获得报酬，并在附近居住下来。很多的工厂又为他们建造了高楼大厦、医院、学校以及电影院、超市，他们慢慢地适应这种生活，而忘记了过去的农耕文明。他们也不再去抬头看太阳和月亮，不再迷恋星空，而是每天都锁在小屋里，看着被政府或企业或相关组织传送的各种消息并进行服务。有了手机和网络以后，他们就更是如此了。

辽阔的自然与他们分别了。他们并不可惜，他们只是偶尔感到有些不自由，但这种不自由很快又被说服。这就是今天的生活。中国绝大多数人都经历了这一切。这使我们更加坚信工业文明，而对农耕文明报之以怀疑和否定的态度。资本开始发挥着巨大的作用，再也不是土地，不是太阳和大自然。这样，当人们在提倡中国传统文化时，他们是狐疑的，基本上是不抱希望的，然而有那么一刻，尤其是开始面临死亡之时，他们又一次怀念中国的传统伦理和生死观。

到底人有没有灵魂呢？到底应当怎样死去？到底应当怎样告别人世？到底应当给孩子留下什么？那些还在家乡拥有阳宅的人们，将会又一次踏上返乡的道路。每一个人的返乡应当都与诗人一样，他们试图想回到过去，但这已经不可能。他们试图想创造新的故乡，也是不可能的。只能够抱憾而归。

只有这个时候，他们才会感到其实在生命的深处，他们给古老的生活习惯留下了空间。他们随时都想回到那块曾经自由生活的空间里——尽管那所谓的自由充满了不自由，尽管那故乡充满了贫困，但他们还是愿意。

一种古老的东西在起着作用，在不知不觉地起着作用。这是今天时代的一种回声。只要与那些年老的在城市里游荡的曾经在乡村长久生活的人们长谈，你都能听到他们撕心裂肺的声音，都能听到他们内心强烈的挣扎，不管他们现在多么富有，都无济于事。

而年轻人，那些没心没肺的年轻人，正走在工业化的大道上。此时，我们就会反问，难道大地上的工业者们再也不需要天空，再也不需要太阳、月亮和星空的照耀？难道人类可以自行设计一个魔洞来生活？那么它的方法又来自哪里？中国古人的方法都来自天空。我们住的房子，我们死去的坟墓，我们的办公室，我们的起居日常以及我们所有的礼仪活动均习自天地，如果我们失去了这套方法，而自行设计一套方法，岂不是常常与天地相违？

我们即使设计了一套自鸣得意的东西，但有一样我们不能忘了，那就是我们的身体。它是自然物。它是天地间之物，尽管由我们父母来生，但我们很清楚这是自然之物。既然是自然之物，它就应当遵守自然的规律，而非人为的规律。我们身体的脏器的活动都是有规律可循的，可我们强用之，不按规律办事，结果我们中间大多数人失眠、抑郁……

是的，我们一方面要肯定人的创造性，但另一方面又要清楚地知道，我们的这些创造对于天地宇宙来讲，简单不值一提。我们能发明飞机、导弹，是因为天地向我们吐露了事物的秘密，我们发明了信息网络，也是因为天地间有这样的秘密存在。我们发现了它。这是我们比动物们高级的一面。但是，另一面我们却又在失去。那就是我们与天地之间的那种感性的信任关系。在上古时代的人，是靠人与自然的感受力在生活，就像今天的自然物一样。那时的人类不自傲，对天地是膜拜的，敬畏的，也与天地融为一体。生是自然的生，死是自然的死。古时的人类对生死也许没有现在的人类这样在乎，因为人们应当知道另一场生命又在等着他们。可是，现在呢，我们对天地不信任，我们没有什么能够真正地信仰。这是我们现在的人类普遍失德的原因。

在敦煌莫高窟壁画上有一个故事，讲的是佛陀与鹿头梵志的故事。

有一天，佛陀带着众弟子下山来，遇到了鹿头梵志。他们一路前行，来到了一个堆放死人骷髅的地方。梵志一向自视甚高，想与佛陀一比高下。他是当世通晓人世间一切知识的一个知识分子，他精通天文地理，无所不知，他的医术也非常精湛，救了不少人，积了很多的德。他还知道一个人的前生、此世和来世。他没有碰到比他还要高明的人。

佛陀便与他共同说了五个人的死亡情况和投生去处，都说到了一处。但是最后，佛陀又给了他一根骨头。梵志一下子愣住了。这是根什么样的骨头，竟然感受不到来自他前世的任何信息，也无法知道他死后去了哪里。他闭着眼睛摸了很久，终于摇着头说，这个真不知道。

佛陀说，这是根罗汉的骨头，是修道者的骨头，你哪里又能知道他的来龙去脉呢？梵志问，难道你也不知道吗？佛陀说，我知道。梵志说，为什么？佛陀说，这就是佛法要高于你所知道的世俗之法的地方。于是，梵志终于被降服，归了佛门。

无独有偶，道家也有这么一个故事。当然，准确说也非真正的道家的，属于偏门术士的方法。这就是中国民间运用的八字算命法。八字算命法由来已久，在明代的刘基那里归于正道，其实归根结底属于道家的东西。一句话，道法自然。自然之道弄清楚了，道理也就能说得清了。我看过，也研究过，道理简单，没那么神秘，但要掌握它则非一日之功。我是去了解它的方法的。高明的道士或江湖术士一知道你的八字，就知道你所有的一切秘密了，包括你的父母、孩子，都能看出来。但是，有一种人的他看不出来，这就是修行者的。道理与前面那个故事一样。

它说明的是什么？这就是今天人类的状况。今天人们走到了什么地步呢？对道德的怀疑达到了最为虚无的境地，而道德的确立又需要信仰。如果知识为实，那么，还需要一种信仰的力量才能使它真正成为实在。有了信仰，一切追求就参与了情感、价值、生死，一切的行为和言语就有了着落处。现在，一切都是虚无的。

所以我们要恢复的中国传统文化到底是什么呢？不仅仅是知识，还有情感、信仰。后一步更难，但现在看来，第一步知识系统本身就非常艰难。比如《易经》，它可以成为一种江湖道术，成为算命的东西，也可以成为医术，还可以成为所有知识的来源，掌握了这一切，就成为了一个梵志一样的人。但是，如何才能成为佛陀那样的人呢？还需要道，需要修行。这就是《易经》的另一个系统。这个系统在后来被变成了义理派的东西，但它因为没有道术的演练而变成了说教，久而久之，人们就不信任它了。

现在我来简单说说《易经》的自然观。《易经》的八卦首先是一个天文地理学概念。我们可以先不去说天文，只说地理，它就是我们所说的八个方向。东南西北是正面的四个方向，但还有四个方向相交的四个角，它也是方向，于是就有了八向。它就把地理方位都包括进去了，没有遗漏了。这八个方向我认真研究过，上古时代的人类几乎都有这样的研究和图像。古埃及的图像有阴阳之分，与我们的河图洛书非常相似。四个正面的方向是四个男人站在那里，托着星盘，四个角则是八个女人，每一个角是两个女人托着星盘。男的如果指一，女人就指二，它与我们的阴阳是一致的。今天研究上古时代人类的星象历法是很有意思的一件事。你会发现中国人是继承了人类上古时代的天文地理知识系统，其他地方后来基本都被宗教消灭了。而且其他地方的八卦与五行运行的规律似乎不完整，只有中国是最完整的。当你发现这一点时，你就相信中国文化的确是从上古一直传到了现在，始终未断。只有外来的文化连绵不断地融入进来，而这一套世界观和体系始终未变。这才是中国文化始终未断的真正秘密。因为它掌握着整个人类最为理性的天地知识系统的密码和方法，所以中国人是这样的一群人，尤其知识分子，无论你给他什么样的宗教信仰，他都不会简单接受，或将其当作信仰的全部，他始终是怀疑的，因为在他心里始终是有天地这样一个宏观系统的。

　　看到这一点，我也就确信中国传统文化有恢复的必然性，同时也确信这样一种理性的文化将来必然也会被全世界的人所接受，因为在世界各地都曾拥有这样的世界观。

重振中国传统文化自信

　　新文化运动以来，我们评判文学作品的标准，或者我们的作品是否能走向世界、是否能跟其他国家的文学作品相提并论，始终采用一个世界标准，而这个世界标准大多数情况下都是欧美标准，比如马尔克斯的《百年孤独》、泰格尔的《吉檀迦利》等都是精神欧美化了的产物。这使我联想到过去的亚历山大希腊化运动、罗马时期的希腊化和基督教化以及 15 世纪以来澳美世界以及亚洲部分地区（日本、韩国、新加坡、印度等）的欧洲化。

　　世界史是由欧美学者写的，亚洲学者尤其中国学者参与性小，所以几百年的历史都由欧美世界说了算，中国从原来的天下突然间变成了万国之中的一个，也只能参与其中。这就是所谓的进入世界，但我们参与性太小了。这就是《丝绸之路：一部全新的世界史》的作者弗兰科潘在一开始写的感受。整个世界都在接受一个历史思路，即人类是从非洲大草原出发的，文明首先是从两河流域产生的，那里不仅是亚历山大征服过的地方，而且是基督教产生的地方。基督教的前身是犹太人，犹太人从乌尔出发，到了埃及，后来去了以色列。这说的是宗教的产生。另一个历史的线索是希腊的神话、科学、哲学的产生，这就是理性精神。两种文明在罗马结合到一起，并且欧洲大一统的雏形就产生了。后来便是一千年的基督世界，然后是文艺复兴、宗教改革、十字军东征、海洋发现、地理大发现，它们促成了欧洲的扩展和资本主义的产生，最后是美国的出现。亚洲的历史呢？文明如此单一吗？

学历史的人似乎都接受这样的历史，但我这个学文学的人不能接受。就像我不能接受文学只有欧美一个标准一样。文学的多样化标准才是世界标准。人类不是线性发展的，不是从一个点到另一个点，而是网状的非线性方式发展的。环境决定着人类的生存与发展。不是世界都在海边，不是人类都在岛上生活，不一定非要建一座城池，我们有草原，有广阔的田野，我们需要一顶帐篷或是田头建一个村庄就行了，因为我们要放牧，要耕种。历史被知识化，在空中行走，只有文学还在日常生活中流行，在大地上行走，所以反抗历史的一定是文学，或是田野调查。反对欧美中心主义文学的也一定是中国的西部，而非东南沿海。这也是环境使然。

但无可争议的是整个世界都欧美化了，也就是说欧美主义同时也代表了世界主义的一种取向，这就是现代性。现代性，进一步讲就是对中国传统和亚洲传统的否定。也就是在这样一种趋势中间，我们反观东南亚一些国家，包括大陆还拥有追求古典美学的作家，就会发现一些别样的存在。我们可能也需要对这样一些作家进行梳理，看看他们在百年来是怎样面对气势汹汹、浩浩荡荡的现代性，他们是怎样保存中国传统的美学的。

但就现代性来讲，还有一个问题，文学，从内部而言，它就是一种哲学和精神的调整。中国传统文学所指向的那种追求——天地人，三才思想，阴阳和合的思想，五行相生相克的世界观和方法论的思想，都被称为迷信。西方的科学、西方的民主，西方的基督教，这些东西又被重新梳理，所以它指向的是这个东西。

那么也就是说，我们传统所表达的一切都是值得怀疑的。"上下五千年"文明不再说了，它被怀疑，被否定。人们重新寻找它，重新梳理它。我们过去所讲的，就是文学里面所表达的一系列的美学的东西，后来都不说了。尽管红学很热，一直轰轰烈烈，可是没有一个人说，我要写一部作品，跟《红楼梦》相提并论的作品，直到《废都》的出现。而《废都》更多的是跟《金瓶梅》对比，《红楼梦》可能是其古典美学的追求。

再从哲学意义上来讲，我们把孔子、老子全部否定了，包括释迦牟尼，我们迎来的是西方的哲学，西方的圣人，所以它从根本上来讲是非常大的调整。就是说文学太小了，我们说文学的时候往往说不到这么深。那么我们中华民族几千年的文明就被否定了，我们迎来的就是匍匐在欧美文学的脚下，向人家学习，向人家低头。可能这个说法也有些人不会同意，但事实上大致如此。因为我们放弃了我们的标准，开始向西方学习。但中国的知识分子大多不相信基督教，不信上帝，仅仅是信科学的，这里又保持了中国传统。知识分子可能信佛或者信道，他仍然保持理性的存在状态。

对现代性的思考，首先从萨义德开始，或者说不是萨义德，而是从历史学家斯塔夫里阿诺斯开始。萨义德是从文学上、思想上进行思考，而斯塔夫里阿诺斯写的《全球通史》跨度 2000 年左右，他是从历史角度思考。斯塔夫里阿诺斯讲大约公元 1500 年之前的历史是陆地文明的历史，是欧亚大陆互相交流的历史。丝绸之路在这段历史中具有非常重要的作用，东方的中国和西方的罗马帝国在中西两端平衡着世界。大约公元 1500 年之后，便是海洋文明的世界。现在则是空中、网络信息世界，世界的格局又在改变。

在斯塔夫里阿诺斯笔下，首先肯定了中国在历史中的作用。在此之前，德国哲学家雅斯贝尔斯出版了《大哲学家》，他认为世界哲学的版图不应该简单地局限在欧洲。他们过去寻找的美索不达米亚平原这一块文明，应该向亚洲展开了，但仍然在西亚，现在才看到了中亚和东亚。这一下就把孔子、老子、释迦牟尼和龙树容纳进来了。

当然我们同时也要知道雅斯贝尔斯和斯塔夫里阿诺斯，尽管他们是在调整目光和思维，但他们的思想却仍然是欧美中心主义，只不过他们在拓展这样一种世界版图而已，但是孔子、老子、释迦牟尼、龙树，他们在东方树立了跟西方不同的观念思想。这在他的著作里虽有梳理，但仍然是西方的理性主义。

大家可能会觉得我扯远了。不是在谈凉州吗？怎么扯上了孔子和这么广阔的文化？我要问的问题正好相反，谈凉州与河西走廊就只能谈这里的山水吗？只能谈这些的民俗文化吗？难道佛教、道教、儒家的文化没有来这里吗？我们的民俗文化有没有儒道释？显然是有的。凉州是中国的一个缩影，在凉州你可以谈中国任何的文化现象，而且它是接地气的。如果不谈那些核心价值，凉州又如何成为中国的一部分？更何况凉州还有中国现存最好的几大文庙之一的武威文庙。

中西方文化差异与交汇

一

到了萨义德的时候，因为古老的对抗，在物质文明方面高度发达的西方基督教社会向东看见西亚、中亚和中国。他们以一种文明中心主义的姿态重新叙述世界，重新传播他们的价值。这使我们立刻能想到在中国，当中原文明中心建立时，周公在河南洛阳建一座成周城，然后写下"宅自中国"的大字。四方则以相等的距离进行定义，我们所在甘肃等西部则被定义为西大荒。在海洋文明不断扩展的近几百年内，西方社会也是同样的方式把中国定义在文明世界以外。

他们看见了整个世界，然后将他们重新异化，于是一种矮化东方的行为就这样在理性精神的推动下全球化了。妖魔化东方便势在必行，且被理论全副武装，中国也自然被妖魔化了。我们现在可以看见大多数西方影视作品中，英雄不能是亚洲人来当，尤其英雄不可能是中国人来当。我们没有看见一个英雄是中国人，而黑帮、仆人、小偷等反面角色里头有的是中国人。这就是他们的视角，这就是他们的视野。文学更是如此。我们看见的，实际上是欧洲人确立了一种世界观以后，我们如何去适应他们。他们并没有想要适应我们，他们想要扩展领土。所以在这样一种态势之下，萨义德就提出了反抗意见。

萨义德提出几个概念，第一是"东方主义"。"东方主义"在世界上很了不起，不能简单地被否定等，这是他提出的第一个概念。第二个概念叫"知识分子"。这个概念有利于我们反抗强权，反抗一些凌驾在我们之上的观念。比如欧美中心主义观念，还有我们古代建立起来的中原文明中心说，它也把我们中国边疆地带的文明全部遮蔽了。这个概念非常有利于我们重新理解历史，重新理解当下的存在状态。知识分子是哪些人？是永远站在强势文化的对立面，对它提出批评的那群人，是少数人。如果说知识分子一旦重新进入强势文化中间，他就不再是知识分子。

知识分子永远是那些意见领袖。这个说法在美国是有存在理由的，因为第一是言论自由；第二是不管怎么样，我都要批判你。这在西方话语体系中是可以存在的，它是合理的。中国古代文化是一个整体观，它和西方文明是不一样的，西方文明始终或者说经常会站在某一个点上去批判，去切入，尤其近代以来的很多的思想家都是如此。他只是要对这个世界重新切开一个横断面。我要让你流血，我要进去，我要发言，我要看到真实，我要说明我发现的真理，这是在确立自我。黑格尔之后的存在主义、现象学、直学主义、后现代主义基本都是在原有的世界观崩溃之后的各种重新阐述。用中国的话语来讲，就是原来那个稳定的天道不在了。科学的宏观观测与实验室里的微观观察，都以日新月异的速度在更新，但是，哲学家似乎不再信任科学，而是进入自我的思维层面进行自我阐发。尼采是最为典型的例子。哲学的解构非常容易，而构建则异常艰难。

中国文明不一样，中国文化中知识分子永远在天地人中间，我孤独地站在那个地方，我要聚拢世界风云。我要重新把天地人和合为一，它是这种观念。天是稳定的宇宙系统，它自有一套稳定的规律在启示渺小的人类如何做。如果天空太遥远，还可以俯察大地上的万类，一样可以获得生命的智慧。中国人永远不以人为中心，人的一切都是在与天地万物的比较中获得一种伦理的属性，所以个性往往要在整体性中获得，而非独立的不计较他者得失的个体性。这就是说他有一个稳定的参考系统，那就是始终不变的天道。天不变，道亦不变。所以，如果说有一天中国的知识分子感觉到世界跟我是对立的，我跟天地对立，我跟社会对立，他会不适应，他会觉得很痛苦，他便会重新掉头转向儒释道，进入一个天地人的世界中寻找安宁。这是不同文化所决定的。

但是，萨义德所讲的那种东西，在儒家知识分子中也一直存在。从孔子一直到了鲁迅，多少代知识分子，他们实际上经常对社会进行批判。反言之，他们没有建立一个整体的世界观，对整体世界观的认识缺少了对天道的精微观察与论述，而只是从社会性一面进行批判和构建。这显然是孟子以来的儒家知识分子的局限。所以当我们对社会提出批判的时候，那是一种方式。可是当我们对一种世界观和方法论提出批判并同时进行构建的时候，它是统一的一个系统，这就是西方所讲的系统论，我们叫整体观。

二

现代性是一往无前地往未来走，它是盲目的。它犹如一列无人驾驶的列车，在无人区拼命往前跑。谁也不知道它往何处去，谁也不知道前方哪里就是悬崖，就是黑洞。所以，它需要回头看看，需要回望传统，回望古代中西方的传统，这样两个传统就都回来了。如果这样的东西方文化都相遇，现代性也就不会片面化了。我们需要拥有谦虚的胸怀，重新面对这些课题，这是整个人类共同面对的问题。极端信仰科学，也是片面的。科学只是一种方法，是器，是术数。它要成为道，还需一种东西，就是它的方向。有道的科学家会给科学赋予这种道，而无道的科学带来的则是灾难。然而，科学给予我们的，是一种稳定的系统，是基础。

乌鞘岭长城遗址

中国的知识分子常常在观察这些山川河流以及天地间的寂寞存在，因为这些存在比人类要长久得多。它们是如何变化的，它们是如何产生并失去的。它们怎样面对天地，面对生死。这就是中国人所讲的师法自然。自然界的一切存在都是一种生命的伦理，在他们身上，天道在透露着它神秘的启示。

科学与科学技术是两回事。科学要探讨的是宇宙的本质，而科学技术的发明是另一种事物，它是利。所以，过分相信科学也是一种迷信，因为它没有方向。科学应该放到适合它的位置上去。在中国传统里面，一边是科学，一边是人文宗教各个方面，就比较均衡。科学纠正人文宗教里面的不合适的地方，人文宗教经常纠正科学主义的盲目性。早期西方的哲学和科学也是如此，只是后来基督教的一千年抑制了科学，而等到科学重新被释放后，它就想一举消灭宗教。这都是极端主义。

科学像是军队，人文艺术宗教像是文化，一个是文官，一个是武官。古代在朝堂上站的时候，左边是文官，右边是武官。文官和武官互相交流就左右平衡了，符合中庸之道。换言之科学和人文精神互相交流，它就平衡了。为什么这些中国传统文化的东西被人家否定呢？因为它是用西方的科学来判断我们近几百年来的已经被人们玄化了的五行等完全被迷信化的东西。但是反过来，假如说用现代科学重新去证明古代的那些东西，不就重新变成了科学吗？所以中西文化要相遇，要和合，古今要打通。

河西走廊能给中国和世界提供什么精神

当下一个非常重要的问题，是在面对整个世界文明的时候我们怎样自处，怎样处理中国文化，怎样处理自身拥有的地方文化。

中国文化分为中国传统文化、中国现代文化和中国当代文化，中国现代文化又非常复杂，既有马克思主义文化，又有西方引进来的各种文化，还有变化和曲折前行的中国传统文化，到了当代更是复杂，从西方引进的各种思潮的力量过于强大，造成了我们对整个中国传统文化的怀疑、丧失和放弃，所以处理这些文化间的问题比较复杂。今天有很多种观点，众说纷纭，百家争鸣，但是难有一个结论，大家都向着不同的方向去了，甚至陷入一种循环与骚动。过去我们都说殊途同归，如今好像不见归日。

西部在五行上属金，带有杀伐之气，气候上较为寒凉，所以人的性情刚烈，比较讲义气。关于战争，过去的羌人、月氏、匈奴都是这样，非常简单，重义气，但是也鲁莽，所以在中原文明看来这里就是西戎，戎从戈从甲，是兵器的总称。这样的民族需要文明的教化，需要中原文明、传统的儒家文化进行教化。那么，西部能给中国带来什么呢？

阳刚之气，血性。任何文明在教化走向教条的时候，在物质文明大于精神文明之时，在欲望文化高于信仰文化之时，它就走向了质疏的一面，需要调整。现在的中国也有类似的一面，东部很繁荣，物质文明也较为发达了，城市文化为中心，娱乐至上，人类崇高的一面信仰的一面遭到了极大的破坏，所以需要西部的野性去给它补钙。西部自身也需要文明化，但这个文明化非东部的，而是来自传统的和现代的共融的文化。

也许人们习惯了阅读各种文化，很难一下子说清楚南北东西之差异，只要读读文学作品，就可以清晰地看见。南方的文学都是偏阴柔细腻，比如苏童的小说里面都是那种雨雪霏霏，女人愁眉不展或情意绵绵。余华也有这样的才子气。20世纪八九十年代很流行，我也跟着他们学习写作。那时北方的文学则是另一种气质。张承志的《北方的河》，路遥、陈忠实、昌耀则是另一种气质。我也喜欢，但青年的时候更喜欢有才气的，后来随着年龄越来越大就更喜欢北方气质的东西了。何况我个人自身的精神气质也逐渐饱满，里面装了北方的山河。所以我常常在想，我们西部和北方的文学能给中国文学和文化带来什么东西呢？我想就是这片山河的气息吧。

那么，西北的气息是什么？今天我们已经缺少了一种方法论。古人是有的。古人认为西部在五行是属金，有金气。金气也代表秋天。所以它给中央和四方土地给予的就是金气。再说得简单一些，就是它的山川显示出来的古老的蛮荒之气。就像一块放了好久的土地，它养了很多年，里面一定蕴藏了无限的生机。相反，东南部的土地一直在种，地气快尽了，不能耕种了，得放一放了。那么，西部的东西就是原始野性，是元气所在。更何况，从地理上来看，它是地球上最年轻的、生命力最旺盛的高原。古人以为，所有土地上的地气都是由它所依赖的大山所释放的，而非土地自己。那么，整个西部的地气就蕴藏在青藏高原之中。这种地气在大地深处运行，统筹着附近的大地。从这个意义上来讲，这里的昆仑便有了象征意义。

所以，中国的元气生发之地就在昆仑，就在西北，就在蛮荒之地。我们经常提到洪荒之力，洪荒之力从哪里找？就从西北找，很难在南方找到洪荒之力，我们从文学的角度去理解洪荒之力，就是生命中原始迸发的那些东西。

南方找什么？火在南方，是生命长成并茂盛之地，所以是夏天的景象。它是物质文明盛放之地。东方呢？东方属木，是生命开始的地方，是文气生发之地，代表的是礼仪，它守的也是文化。这大概就是各自的气象和生命的特征，也是各自的属性。每个地方都有发挥它强大作用的时候，但也不可能长久，因为四季轮回是自然法则，天地间所有的事与物皆如此。

这就是道法自然。

时代的呼唤

今天，文化都在重新汇合，我们经常说的一个词叫风云际会，现在我们面临的这个时代就是风云际会的时代，在这个时代就有可能产生伟大的人。

这个伟大的人不是政治家也不是军事家，政治家和军事家非常重要，但是他不能在根本上集结人心。我们中国人叫他圣人，西方人叫作圣人、救世主，这个人他要把所有的东西包括情感、知识和宗教集合到一起。所以，如果是政治家，如文、周公一类的人就要成为圣人才可以。一般来讲，是要把当时的智慧进行一个集大成，知识系统能解释过往、现在和未来，而在道德方面又要成为榜样。这样的才可以，是很少见的。

我们现在的知识分子基本上都很难成为这样的人，因为他们认为知识很重要，要高于道德，实际上知识只是其中的一种基础性的存在，它是化合我们各种思想的一种成分，更多的还需要情感和道德的力量。情感的方向即道德。我们老是忘记了我们是人，但同时我们也太在乎我们是人，所以我们老是把万物踩在脚下，把天地踩在脚下，失去了帮助我们立德的伟大存在。没有了天地这样的大的稳定的存在，人在宇宙算什么呢？人如何确定自己的尺规呢？

另外，在知识之外，我们需要的还有智慧，智慧就是人与天地之间的一种伦理关系，这些东西融会贯通能塑造那么一个圣人，这个人是谁？不知道。在知识、思想、情感、道德修养各个方面发展到一定程度的时候他就会出现，这是应运而生，是呼之欲出。这个人代表了我们这个时代共同的心声，但不是说他像救世主、像上帝、像很多宗教创立者那样一定是个完美无缺的人，也不一定，中国人的圣人从来都是有缺点的，就像古希腊的神一样。比如孔子。这是我们中国文化非常开放非常务实的一面，我们在说孔子是圣人的同时也说他的很多缺点，他是一个鲜活的、完整的人。他是人能达到的，不像耶稣五百年出一个或是一千年出一个，那不是你所追求的，你怎么追求也达不到。他拒绝了人，可是孔子从来不拒绝人，只要你想做你就可以达到。

　　中国人的这种思想后来在佛教里得到了回应，尤其是大乘佛教，只要你一心向佛总能成佛，甚至说放下屠刀立地成佛——哈，我认为这个有点太快了，如果这样都能够成佛，是否说我们不必承担我们前面的因了？肯定不合适。这些东西它都有悖论，需要我们去清理。传统里面包含了很多这种不合理的东西，放下屠刀怎么就能立地成佛，即使你的思想发生了变化，你仍然应该为你的前因去赎罪，所以今天我们很多人说"酒肉穿肠过，佛祖心中留"，恐怕也只是一种狡辩。心无挂碍是可以成佛的，但你不能同时想着既成佛又吃酒肉，禅宗发展起来就变成了左右逢源的狡辩，变成了怎么都能给自己开脱的一种文化，它想把过去的东西一笔勾销，某人曾经触犯了法，现在烧香拜佛就可以赎罪，那可能不行。所以中国儒家讲个"诚"字，诚心了你一定会接受之前犯下的错误，诚心去悔改就是承担你所有的罪恶，以此去修行，以此重新去做一个自己，洗心革面重新做人，从佛教的角度来说你此生或许不能完全消除你的罪孽，可能还需要多次。

　　从儒家的角度思考，你过去犯下的罪需要人们去原谅，得不到人们的原谅你的罪孽始终是在世上放着，只有获得谅解你才会成为一个君子。儒家是这个法门，道家不讲，道家甚至认为善恶只是互相转换，因为从

罗什金辉（刘忠摄）

天道来讲春秋各司其职，冬天有杀人，春天是生人，难道说冬天就不好吗？从道家的角度它是另外一个法门，从我们一般的伦理意义上可能很难去理解，只有上升到一种历史的命运观里才可能去化解。在此一世，就是佛教说的短暂的此生，要达到这种和解比较困难。

怎么处理传统？中西文化的冲突又怎么去解决？我觉得中国文化的方法论是回答了这个问题的——和。但怎么"和"又是一个问题。中国人的方法论也是给了答案的。

文学的旷野

　　西北这个地方保留的这些东西可能永远也灭绝不了，因为它在地势上来讲属于中国的西方，属于一个游牧之地。今天虽然有耕地但还是荒地比较多，荒地和人的心情相依相处，人与自然相依相偎，所以心中也有荒的一面。有荒的一面说明什么？人给自己的精神空间留下了一个无穷的荒地或者旷野，每一个人后面都有旷野。我童年时一个人到一块荒地上去非常害怕，但是内心是想去的，有一种探险的快感，之后梦中常常会去那些地方，会被惊醒。我在小说里面经常写这个东西。我就觉得西北人可能在生命的后院里面有一块荒地不断地被探索，我们的心灵也经常被荒地重新建构。那是精神的高地。现实为实，心灵为虚。虚实之间不断地在进行交流。我觉得这个很好。

　　很多人都批判"五四"，说"五四"有偏颇的一面，但我是另一个看法。这要用中国文化的方法论，即道法自然的方法。这个方法很久不用了，但在民间还有用的。佛教有成住坏空的规律，佛法也是如此。佛陀给他母亲说法时说，佛法也一样要经历这样的历程。中国人的方法是生旺墓绝，是道家在用。所有事和物也都遵循这个规律。太阳最为明显，一天之内要经历寅时的生，午的旺，戌时的入墓，亥时的绝去。这是我们每一个人都能感受到的真理，它比佛教准确，有时间的准确性。佛教传到中国时没有了时间的方法，道家便给它补充了，两个便融合了。马克思主义是唯物世界观，也是这个道理，即所有事物都有产生、发展、高潮、衰落、死亡，看上去都是一个道理，但马克思主义的方法也没有时间的规律可循，中国的这个方法是有的。这就是司马迁在《天官书》里讲的时间规律。他说，这是天道。

如果我们顺着这样的方法论去看中国传统文化的命运，那么，它到明清时期就已经发展到末端了，礼教已经太过了，人性不堪重负，所以这时候就迎来了它生命的秋冬时节。从 1840 年以后的一段时期，就已经进入秋末，而到"五四"时期就进入到冬天了。把它藏起来了。这与佛陀讲的佛法的规律是不是一致？但进入冬天并非完全消失了，它又被酝酿，为新的春天做准备。我们现在提出要复兴传统，是不是意味着它又迎来了春天呢？所以说，中国传统文化的糟粕必须要革掉，不革掉我们没办法走下一步了。很多人批判西方文化，说不要西方文化，那怎么可能呢？中国文化从来是一个包容和合、集大成的文明，没有西方文化的科学与人文精神，中华文明的新生靠什么呢？单纯靠现在我们所知的中国传统的文化是不够的，它太腐朽了，尘埃太厚了，很难再生，它必须需要一种新的文化来擦亮它，扩展它，补充它，发展它。

就中国本身来讲，四十年来我们的马克思主义和西方文明在发展，确实发展了很多，东南沿海地区发展得很快。你瞧！是不是感觉生命是从东部生发，到南方就很茂盛了呢？但是它必须要向西部运转，这就是司马迁和孔子等讲的天道。所以，此时此刻我们看到了很多发展中的问题，看到了新的焦虑，有种被烧焦的感觉——那种科幻片里头所有的一切都被烧毁，你好像闭上眼睛能看见的场景。尽管我们看见的东南沿海是高楼大厦，是一片碧野绿树丛丛，但是你总是感觉到那个地方有些问题，这是非常让人难以理解的悖论，所以这恰恰可能需要西北的东西来中和。西北的发展刚好很慢，东西不平衡，这会引起社会矛盾，所以必须发展西部。过去几十年说发展西部，都是看到了东西部要平衡的问题，但是不到时候，西部的天运不能真正到来。现在则是时候了。所以，这个时候，不仅国家领导人，就是普通人也都会往西看。所以我以为未来几十年的发展在西部和北部。西部和北部真正发展起来了，中国才会真正达到小康水平和共同富裕。如果按照中国人的时间循环论来看，六十年是一个甲子，天道要循环一次。改革开放三十年主要是发展东南部，从十八大以来就慢慢调整到西北部了，也就是国家的重点要往这个方位上来运行，现在已经十年快过去了，还有二十年，也就是到2040年左右。这就是古人的方法论。这也就是司马迁所讲的"夫作事者必于东南，收功实者常于西北"，都是按天道的认识来进行的，并非按西方经济学家的统计方式进行。

回头再来讲，西北这片荒地就是中国人的一个后院，中国人精神安放的一个地方。今天人们更多地谈它在政治上的重要性，说河西走廊多么重要，它对新疆和西藏意味着什么，这都是人人能看到的道理。从精神层面来讲，我们一旦失去了这片荒地，那么中国人的精神就可能变得非常狭窄，变得非常颓败甚至奢靡浮华。查看历史就是如此。东晋和南宋都是因为失去西北这里后就变成了那样。这就是中国的中庸之道，阴阳之道，别人不一定这样认识，但我读了《史记》《道德经》和孔子的《六经》等著作后就相信这个道理。这也就是我们讲河西走廊、讲丝绸之路在今天的意义和价值，它不光在经济政治维度重要，在精神文化层面也非常重要，它是古老中国的一个大命题，现在我们需要重新把它拾起来。

野蛮是文明的救世主

今天我们谈的传统大多数是我们在批判的传统，特别是宋明理学以来儒家进入一个新的发展阶段。儒家从大的角度来讲，有过四次革新或者是创立，从周公的草创到孔子重新整理学说，是五百年。从孔子之后到孟子是一次小的发展，到董仲舒就是一次大的突破，新儒家把百家合于一身，所谓的"罢黜百家，独尊儒术"实际上是把其他的各家抑制下来，让他们都跟儒家相融合，到儒家的身体里面来生长，这可能是一个大的创立。这也经历了五百年。接下来的一千年是与佛教相融合的千年，直到儒家丧失殆尽。这就迎来了第三个创立期，即北宋理学时期。张载所说的"为天地立心，为生民立命，为往圣继绝学，为万世开太平"，今天很多人并不太懂"绝学"二字之谓。它就是儒子们从《易经》出发，重新梳理天道，这个镜子被擦亮后，儒学有了新的依靠和发展，所以北宋五子之后朱熹进行集大成整合，理学就产生了。我们现在说的传统大多时候都是这个传统，但它在运行过程中，人们慢慢地忘记了五经，只剩下四书，礼教在明清时期越来越严苛，家庭伦理的专制达到了极点，进入了一种非常禁锢的呆板状态，它也走到了末端。五百年之后，王阳明试图重整圣人之事业，但到底没有形成大的气候和好的学术团队，只不过是一次小的震动而已。这样一千年就过去了，终于迎来了西方文化的冲击，它不堪一击。

有些人说，宋明理学是儒家的一种高级形式，它进入了格物致知的层面，但是我认为它在后期走向反面，这就是物极必反。鲁迅、胡适、陈独秀这些先驱革的是什么，救的是什么，可以说是魂魄，是奔放的生命，文学界称它为人性。人性是一个中性词，不妥，但一直在用。《周易》六十四卦里头有一个卦叫革卦，革卦的意思就是到一定程度就有一定的革命要发生，叫革故鼎新，否则历史就会被中断。只有革故鼎新之后，四季循环才有可能。在中国道法自然这个方法论中，所有的事情都是这样，所有的善走着走着就成为恶，但恶到尽头就会成为善。老子的道德之论就是在这样的自然观中得到的智慧。所有事情都无法停下来，所谓"天行健"是说天的运行方式是健壮的方式，无时无刻不在运动，没有一刻要停止，大地也一样。其实人也一样，在显微镜下看，每个人都不过是无数微生物的供养者，人也是寄生者。人是无数微生物组合起来的一个大生命。每个人都有生有死，没有不死的人。这就是唯物主义基本的朴素的真理。但是，我们在具体生活中并不是按这个规律来认识事物的，也不是按规律来办事的。我们总是忘记这个规律。但是西方文化后期追求绝对，这是它的一个弊端。黑格尔追求绝对理念、追求绝对精神，我们中国文化是不讲绝对，因为一旦讲绝对立马走向反面，所以我们现在生活中总是有人提倡什么彻底，在中国传统文化里面都是有问题的，它太绝对化，不适合于中庸之道。彻底之后，马上就是它的反面。

　　回过头来讲，我们今天所说的国学、传统文化表面上说就是喝茶，是烧香拜佛、穿汉服、读《三字经》等，这都是宋明以来的东西。宋明以来三教合一，大家都上香拜佛求神，知识分子往往都被这些东西给迷住了，不再去追求真正的天道了。所以，宋明以来儒学的社会化运行就渐渐地走向极端，从伦理上开始束缚人了。明代的朱元璋从制度上开始，大一统还不够，进一步设立东厂西厂，再把各种权力都收起来；到家庭里面更是如此，提倡烈女贞节观，这些都是走向反面的例子，人性已经被束缚了。天子代替了天道，这是很荒谬的。天子是要去理解和维护天道。所谓万物，是指它有万种生物，万种生物即有万种性情，但这万物既都是自由的，又都遵循着天道。这是为什么？明清时期天道隐去了，代替的是专制。

所以我们说西北这样一种认为是有点野蛮的天性，实际上恰恰是文明所需要的。我不能简单地一口咬定文明的东西就是好的，因为文明它会衰落，以后谁来拯救它？就是野蛮。所以野蛮也是文明的救世主，它们是一对孪生兄弟。没有野蛮就没有文明，没有文明就没有野蛮，它们是相依相成的。

五行是中国最早最朴素的科学和方法论

　　我们现在所谓的传统都是失去了根脉的，我们把它变成一种玄奥的、人人无法解读的世界观，变成一种迷信。本来它是一个非常朴素的世界观，对中国人来讲东西南北中就是五行，是天体运行的大则。这是古人在观察天象和地理时得出的一种宏大的宇宙观。恒星与恒星之间是相互依存的，人与人之间也是一样，那么，事物与事物之间也一样，互相牵制就像一个家庭或单位一样，是有规律可循的。一个家庭里面的成员一定是互相牵制的，互相牵制才成为一个合理的家庭，如果都不牵制，你走这条路他走那条路最后大家就走散了，它没有中心了，没有中心大家就不再以它为家。中国文化里的很多东西都有一个中心，这个中心就是金木水火土五行中的土。土在中央，剩下的四种元素不断地相生相克，同时跟土相互影响，大家不断往中心去，彼此又是相克的，就像兄弟两个人一个强一个弱，做父母的一定是把强的稍微压一压，把弱的稍微扶一扶，但他们之间肯定还是强的影响弱的，父母在中心一定是互相扶持，这就是父母。

　　相生相克的观念作为最早的一种方法论出现，到后世却被忘记了。我们总是追求极端，非黑即白。《三国演义》里面的人物看上去慷慨激昂，刘备的粉丝居然把他老婆杀掉给刘备吃肉，这已经发展到了令人发指的程度。所以《三国演义》是儒家哲学观、世界观和生命观在《史记》之后的一种新的抒发，但看上去有些极端了。

　　理学之后中国传统文化走向了一种极端，很多中国人不愿意接受传统有我们自身的原因，我们需要拿西方的东西解释我们的传统。举一个例子，西医发展到后来它就是一种术，西药就像是道家的炼丹，过去道家炼丹炼出来的矿物质好多人不敢吃，担心中毒。道家炼丹是一种不成熟的科学，但它一定是最早的科学，这种东西我们后来就没有了，西方人有，它回过头来把我们丢失的续上了，所以我们为什么要反对西方的科学呢？但是这种东西走过头也就不对了，我们现在把西方的一切当成了科学，西方成了一把尺子，用它一量，我们自己的全是错的，全是迷信，所以我们把传统扫出门去，把科学请回来，但是西方的这种科学没有整体性观念，它是零散的。我们慢慢也发现了它的不足。中国人过去的很多辩证的方法后来都被西方科学证明了。

我们古代的最早的科学观、世界观是需要现代科学去证明的，将西方的和它结合起来不就是一种新的世界观吗？如果我们能够用科学的方法证明我们的道是合适的，把阴阳五行学说论证成为一种人人都懂的方法论，它不就造福于人类了吗？人们说，科学是证明不了的，这话说得绝对了，都没有做就否定了。

最早人类在大地上生活用土制作陶罐，我们在森林里生活用树枝开垦土地就是木克土，我们的燧人氏发明了火，用木来生火，后来又发明了金，金属可以砍木头，这不是金克木吗？但是，火又可以来炼金属，可以克它。铁器就有了。大洪水时代大禹用土治水就是土克水，据说也是从他开始就有了铁器。如此来说，中国人最早的金木水火土五行学说不光是天上的星象所决定的，也是地上的圣人们用具体生活来验证过的。这些学说到今天谁能证明它是错的呢？人们总拿科学这一个概念来定义我们中国人的学说。什么是科学，他们说就是一再地被证明了的规律。五行学说被证明了几千年都是对的，突然间就被说成是迷信。有谁证明它是错的吗？似乎没有。我们听到的只是武断的判词。

风与土的搏击（刘忠摄）

　　中国人的智慧都是从生活中出来的，多属于宏观理论的学说，人们按这样的方式生活久了，就都有一种宏观的思维方法，所以不精准了。大概、或许等词就会常常挂在我们嘴边。我觉得我们可以再精准一些，这就需要西方世界的科学方法来改造我们。我这样解释可能有点牵强，但是它是历史和现实。我觉得我们可以回到最初的中国人的世界观、最初的方法论中，去证明我们中国传统文化，证明古老的思想在今天是符合科学的，符合历史逻辑的。其实，如果我们重新回到所有民族古老的世界观去查看的话，我们会发现它与中国古老的文化高度一致。

　　这样，我们重新回去的传统，就不单单是中国人的传统，其实也是人类的古老传统。但是，在西方和世界各地，这些古老的东西都丢了，只有中国还保留着它们。现在，西方文化的精准帮助了我们。如果说没有西方文化，我们的传统文化发展到末端就真的变成了迷信，我们就不会重新去认识它。所以我觉得两种文化互相可以促进，互相可以印证。

现当代文学中的平民化

如何将过去百年以来在西方话语体系中运转的概念转到中国传统的场景里来？使我们对它更熟悉一些，它也跟传统能接壤，也就是古今贯通。这是一个问题。传统和现代，再生发一些概念，可能有利于我们今后进一步去阐述一些问题，我们不一定非得在一个单纯的系统话语体系之下来运行，而是一个共融的、和合的背景之下去理解和运行。

我在写《凉州传》的同时，还写了一些中国传统文化经典的阐释文章。在写这些文章的过程中，突然间我好像有一种非常强烈的冲动，想写一部关于这方面的散文，所以就即兴写了一篇将近 10 万字的散文《寻找昆仑》，这部散文围绕如何处理现代性的问题而展开。我们说的现代性，在文学意义上指的是从"五四"以后的文化方向，中国的文学放弃了传统，从西方引来了一条河流。传统文学的山林文学，以皇帝、诸侯、将相、才子佳人为主人公，然后转向平民，这是内容上来讲。所以周作人说：新文学就是平民文学，也叫人的文学，是对人的。在中国文学史上可以说这是对人的第一次解放。它从形式上来讲，针对的是文言文这种模式，或者说古白话，类似于《红楼梦》《三国演义》《西游记》《水浒传》这些作品中文白夹杂的语言形式也应该放弃。

因为老百姓的语言没进来，要寻找一种平民文学，必然要跟它的形式结合起来。它是一体化的，所以这就是进入我们现代文学的一个话语体系。

新文学是一定要面向平民的，要面向大众的。这个话题好像我们后来很长时间就忘了。实际上我们老是强调一些文学观念的时候，就把面向平民面向大众这个方向忘记了，但另外一个方面我们走得又过了。

新中国成立后30年，我们一直在提倡文学的平民化、文学的大众化，这一过程中，农民的顺口溜都变成了文学，这又太过了，文学毕竟还有一个审美的方面。完全放弃了审美，完全把它变成一种平民的、街头的顺口溜什么的，好像也不行，它就走了两个极端。所以我们始终说文质彬彬，要把它放到中间，可能更好。有了美学的追求，也同时有了"人"，特别是平民的方向，这种文学就是最好的当代文学。这可能就是我们前30年和后30年文学在不断发展的过程中，寻找到的一个中庸之道。所以单纯说哪个好哪个不好，我觉得都不对。

文学对社会的教育功能

一

我们很多人做研究的时候，往往是文本主义，就放弃了现实，因为古代文本流传到现在有那么多注释，那么多史料需要梳理，使我们常常忽略了生活本身。文学都来自于生活本身的逻辑。生活本身存在理性的逻辑，可是我们后来构建了一个好像跟生活本身脱离的学术逻辑，这一学术逻辑就是梳理史料，哪些人做了哪些事情，好像是自成一个逻辑，这会导致我们忘记了生活，忘记了现实本身。

这导致我们陷入一种形而上的文本主义里，本来是形而上和形而下统一起来，现在我们把它分离了。这个我感受颇深，所以我重新回到现实中间来做创作，或者说跟现实联系起来做学术，包括我讲五凉文化。一旦跟现实联系起来，它是那么鲜活，它的很多问题就能解决。但是一旦脱离我们当下的现实，它就变成了僵硬的知识，空中楼阁，纸上谈兵，不但难以让人信服，还让人生厌。

另外，作为我们这一代人，如今的中年作家，经历了那么多，然后重新回到创作的时候，就会发现文学本来是面向大众、面向自我的一种文学。我们在上大学的时候，《文学概论》里面讲，文学有认识功能、教育功能，还有传播、娱乐等功能。可是我们后来也忘记了文学的教育功能，所以我们特别强调文学的认识功能——认识人性。特别强调认识人性的恶的东西，对善的东西不太相信。后来就走向了审丑的一面。最近这些年，虚构的东西太多，又走向假的一面。瞧瞧，放弃了真善美，就一定会走向假恶丑。这是另一个极端。

文学，不管怎么讲，还得回到人本身。人一定是有好的，也有坏的，好人也不一定完全是善的。但是如果说人恶得多，这就进入人性恶的层面。之前我们进入了人性善的层面，进入极端，把人高大上、假大空了。现在我们进入了假恶丑的一面，把人恶化了。给世人的一种误解——文学怎么这样？大家就会慢慢疏远文学，所以这几十年文学慢慢淡出视野了。

我们忘记了文学还有最高的一面，即它的形而上本质，这是文学成为教育的最高形式。神话、史诗都是这样的文学。现在我们不可能有这样的文学了，因为我们不再相信有神话和英雄了。那么，文学怎么办？文学只能是如实地做个生活的记录者吗？它再也不能建构意义和灵魂了吗？我想还是可以的。

电影和电视剧，它跟我们文学的走向是不一样的，它更大众化。这个跟它的媒体属性也有关系，因为它是面向大众的。面向大众文化，不就是我们新文学运动开始的那种追求吗？可我们为什么又否定了它呢？老觉得它不是文学，老觉得它不是纯文学，这不是自相矛盾吗？实际上我们走着走着就忘了，这是一个问题。还有当我们在这样做的过程中，我们对我们自身也充满了否定，作家就是在写作。我们写作是为了什么？为了构建一个新的自我，构建一个新的国家、社会、理想的人性、理想的人生，甚至一个理想的世界。文学应该构建，不应该全是解构、破坏。可是我们好像现在面临的全是解构，全是破坏。在这种情况之下，文学的那种教育功能就丧失了。

二

　　我说的文学的教育功能不是说一个作家必须高高在上地站在一个启蒙者的神坛上去面对大众，而是他自身也接受教育。每一次他的写作可能对他来讲就是一次脱胎换骨，这种写作我过去没体验到，只有写《鸠摩罗什》的时候才有所体验。因为写的是一个伟大的人物，不是普通人。他要追求的是一心传播佛法，一心为善，一心为了大众，甚至说为了众生，不光是为了人，也不光是为了此一世的人，还为了万万世的人。这种理想，这种牺牲精神，会让人觉得他像一面光辉灿烂的镜子，相比之下我们的这面镜子是多么丑恶、狭小、猥琐。

　　好像照妖镜一样，让我看见自己和这个时代的丑相。在这样一种写作中我就会否定自己，放弃自己的很多，重新思考如何生活？如何创作？特别是如何进行后面的人生？因为我做文学也是为了人生，我不能单纯地为文学而文学，那就是一种本末倒置。所以我在写作的过程中做了很多调整。首先第一次调整就是从先锋文学的创作调整为大众的创作，面向大众进行创作；第二个是我翻译了很多佛经，从那些佛经中间重新感受到了中国古典传统的伟大力量。那些精神教育了我，重新塑造了我。当我创作出《鸠摩罗什》之后我觉得自己变了，过去曾困扰我的东西，感觉应该克服它，应该重新去做一个人。我其实也是在说我们作家不应该是高高在上的教育大家，也要受教育。当我们的主人公是一个光辉灿烂、伟大的形象的时候，我们一定是被教育者。可是，当我们的形象是一些丑恶的猥琐的小人时，我们就应当从教育者的角度去写，去写他们还可能存在的了不起和人性之美。

　　司马迁写《史记·孔子世家》，最后他到孔子的家乡去，一看孔子之后五百年礼容还在，礼器也在，孔子的教育被后人继承了下来，所以他写下"高山仰止，景行行止"。如果他不去孔子故里，他怎么能有这种伟大的敬仰呢？他写的这些人，都是古代的圣贤，都是可歌可泣的人物，每一个人的身上都有他去学习、去颂扬的精神。所以他就创作出了这部作品。而这一部作品也是借他的手，来重新去教育中国人。我觉得这就是伟大之作。这是我在写《鸠摩罗什》的时候，我的感受。

顺应天命

　　从天命观的角度来说，不是说你去做，你追求，你就能实现理想，不是那样子的。这个世界上有很多的因素在左右你的行为，这叫命运。所以很多人都愿意拿自己的强力意志和才华，甚至说愤怒，要跟命运做斗争，但最终都失败了。这里头就有很多的妄念。中国不叫哲学，叫智慧。当你知道天地之间的智慧的时候，你就信服了。最高的智慧就是天地的智慧了，还有什么比天地的智慧更高的吗？没有了，如果说有，一定是妄念。为什么？你是天地之子，天和地就已经把世界观、方法论都给你说了，你只要能悟道就已经不得了了，"朝闻道，夕死可矣"。

　　可是，从西方来的哲学，它会告诉你天地的大道是人可以去自我立法的。所以我们现代以来，就不是这样的运行模式，甚至从孔子以后也有很多人，就觉得自己了不起。他就要跟天地斗，不愿顺应于自己的天命。但是天命也是可以改的，也就是中国人的一句话"尽人事以听天命"。这就是命运观，人只能做到人做的事情，天命里头有很多的因素在影响你。你不能说你单方面就能决定一件事的结果，因为单方面的事情，你想单方面决定的时候，其实会牵扯到别人的命运，牵扯到一个时代的命运，牵扯到国家的命运，跟你相关的所有的事、物和人都有一定的联系，多种力量都在纠结着。你怎么能够决定他们？他们的命运实际上也就是无数个个人的命运，跟别人的命运、时代的命运、国家的命运息息相关。你只有把各种力量平衡之后，才能找到一个最好的点，这就是孔子说的天命。我们现在很多人把这个理解错了，可能是因为没有去阅读、研究孔子。

　　我到四十岁后有些东西就有点放下了，到五十岁时，很自然会有一种变化，就好像觉得我已经五十岁了，人生过了大半，甚至是多半，还需要去追求那些无意义的名利吗？所以对命运里面的很多东西、过去追求的东西，就会觉得没意思了。五十岁，五十一岁，五十二岁，这三年我感受是最深的，也觉得过去很多时候都在为自己生活，为自己追求。现在突然发现得为孩子牺牲，得为他们做垫脚石。是狭隘吗？我也曾怀疑过这一点。后来我发现这就是中国人的文化习惯在起作用的结果。我们没有唯一的宗教，我们的根还是道法自然，所以我们对先祖崇拜还是有执念的，我们对生命的繁衍这个古老的命题是高度认可的。这也许就是《易经》中讲的生生不息的观念吧。这就是人类能够延续至今的重要精神，是牺牲精神。

　　还有一点感受。你会觉得有些东西无关紧要，你就开始放弃名和利，古人在这时候有很多的纪律。说少年的时候，要戒力，因为你的力量太强了，一定要稍微戒一点，向中庸发展。青壮年时期要戒色。因为这时候人的欲太强，以防男女之间的事情处理不好，所以要戒，才能够达到家庭的平稳和道德的完善。到了老年时候要戒得，也就是得失，尽量不要去得，你要失去。很多人说到这时候你要做减法，这就叫中国的智慧。它告诉你哪个年龄段可以去克服一下身上那些强的东西，弱化它，达致中庸。因为实际上也到四五十岁以后是你收获的时候。收获多的时候恰恰要尽量去取舍。第一，德行就广大了，别人就尊重你了。第二，你会少一些烦恼，少一些烦恼以后，心胸不就开阔了吗？然后你得的病就少了，就可以长寿。所以中国人的方法都是这样，这就是让我们始终要达到中庸之道。中庸是核心，这就是孔子一直在提倡的。当然这是他的孙子子思所继承阐发出来的一种观念或者方法、境界。

与道同行

　　孔子到六十岁左右的时候，因为研究了《易经》，也经过那么多的蹉跎岁月。他就明白，如同老子所说的那样，当你说了一个面的时候，你发现另外一个面也存在，所以在说白天的时候是因为有一个黑夜的存在，这就叫"知其白，守其黑"。那么怎样面对别人的批评呢？因为孔子一直在被别人批评，他就觉得什么批评，在六十岁的时候都能够理解了，因为万物有万种声音，百姓就有百种追求。所以一百个人对一个事情就有一百个看法，不必要那么执着非要有一种方法，一种看法，这叫耳顺。

　　七十而从心所欲，不逾矩，是什么意思呢？到七十岁的时候，就明白实际上什么事情都有运行的法则，所以就叫道法自然，心中没有太多的固执，一切都随心所欲按照人家的规矩来做。医生说不吃肉，好，我就不吃了。医生说你现在吃点啥，他就吃点啥。儿子说，你不能做这个事情了，因为怎么样，他就听人家的，一切都遵从一个规则来做，因为他心无挂碍。没有什么其他的东西可以让他执着了，所以他就随心所欲地生活，什么意见都能听进来。这就是中国人追求的最高智慧，就是与道同在，与道同行。如同庄子所讲的成为圣人。圣人就永远跟道在一起，这就是人生的最高境界。中国人说，纪年都是按照一个十年来说的，但是六十年又是一个循环，这就是天干地支的循环。因为天干和地支组合起来就是六十，所以古人就是按照这种方式来掌握时空的运行、生命的运行。各个方面都是按照它来做，这叫道法自然，也叫智慧。

比方说，在七十而从心所欲，不逾矩的情况下，以后都是遵从。现在大概很多老人都能活到九十岁以上。按照《圣经》和《山海经》里面说的，古代上帝的子孙和炎黄子孙都能活八百岁以上。彭祖也是八百岁，那都是上古时期的人，说他们是因为知道要怎么样去生活，按照道法自然的方式，而且他们知道哪个地方生活能够长寿。比如说《山海经》里面讲轩辕氏，他知道江南和山北是阳面，都要住在那里。为什么？太阳照着，阳气重，可以补钙等微量元素，人可以御寒，而且寒风也吹不倒，不容易生病。还有吃谷物，所以长寿。都是按照天地的法则在运行，因为那个时候，人的意识不是很强，一切都按天地的规律进行。

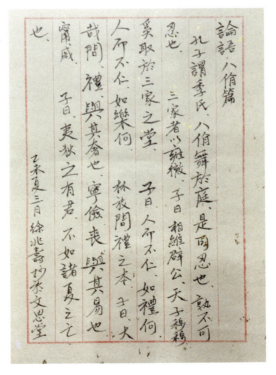

从2014年起，我每天早上抄写一篇儒道释经典文章，这种习惯坚持到了2019年。后来，因为各种事情太多，只是偶尔为之。但在内心深处，仍然想坚持这种习惯。

　　《黄帝内经》就告诉我们，上古时期，人都是按照这种方式来运行。可是后来人的意识变得很强，社会化程度越来越高，人的欲望很强，杀伐之心很强，所以老是愤怒或者哀伤、争斗，老是固执，老是杀伐，七情六欲太强了，这样就使内心深处的元气不断散发，最后生命越来越短。他说这就是我们短寿的原因。

　　黄帝问道的时候就是五十岁，所以五十岁就是重新生活的时候。我后来经过考察，王羲之写《兰亭集序》的时候也应该是五十岁左右。因为他慨叹那种生命的意识应当是这个年龄才有的。他说，我们今天看生命的各种变化和看待古人的方式，就与后世的人们看我们是一样的，所以他说人生在世没有什么是永恒的。

《黄帝内经》

　　五十岁的时候会发生很多事情，黄帝也是，所以他就到崆峒山问广成子，问道，再访西王母，也去问道。素女告诉他一些法门，又叫《素女经》，因为后来他又跟岐伯在一起研究什么是道与术，合起来就有了《黄帝内经》。为什么后世把这些叫黄老之术？说明黄帝和老子的很多思想是一致的，都是道法自然的思想。

　　《黄帝内经》告诉我们两个道理，一是人乃万物的一种，人要依循自然去生活作息，春天来了做春天的事情，夏天来了做夏天的事情，晚上九点钟一定要睡觉，你不睡觉一定对你的脏器是有影响的。

　　万物都按照这个方式去做，只有我们人把自己摘出来，要立于万物之上，因为我们是天地万物的灵长，上帝也是这样讲的，孔子也是这样讲的……我们后来就逐渐把自己拔高，最后把这种道法自然的观念放弃，我们自己制订了一个法则生活，但是你还在天地之间生活，太阳和月亮的运行规律你也不能改变，天地你也无法去改变，这不就是妄作吗？所以我们后来就有人类中心主义，把万物都奴役下来，把天地也奴役。我们破坏了自然，受到了惩罚，现在开始治理了，这不就是我们中国的生态主义观念吗？不就是《黄帝内经》告诉我们的一个法则吗？

　　第二个道理是什么呢？人要节制，还要有度。这个非常重要，动物高兴的时候给它一些吃的就会吃很饱，因为它不懂得节制。但大多数动物懂得节制，可是有些动物不懂，我小时候亲眼看见我们家的一只羊吃多了麦子撑死了。所以第二个道理就是要节制，这实际上讲的是人一定要在追求名利，追求欲望的时候要节制，包括家庭生活要节制，特别是在男女事情上，这样就会长寿。在这一个方面，《黄帝内经》以及中国古人给我们制定了很多法则，就是要让我们节制，但我们后来都忘了，甚至我们批判它，说是压抑人性，于是我们就任意妄为，任性为之，好像这就是人性，这就是自由。所以当我们把那种东西当作自由的时候，我们忘记了我们应该道法自然，忘记了自然界本身有它的法则。

岐黄故里庆城县

2016 年、2021 年，我两次去庆阳考察农耕文化，想从山野和民间日常生活中发现《黄帝内经》生发的痕迹，也考察了黄帝到尧舜禹时划分九州天下的道理。在那里，有一条别样的山脉叫子午岭，就像人的脊椎一样，它是九州的分界线。天下就像一个人一样，它的东侧是人的左边，右侧是人的右边。但是，后来的周代，以为天下就是它以东的那些地方，周公重新划分了九州。而它以西的广阔山河，则被定义为西戎。

生命的法则

按照我们古人的一种说法，当你在自我运行的时候，你的意念中日月星都在运行都在观照你的时候，日月星的能量就会到你的身上，你就会有全新的生理机制。这个方法我没有实践过，不是很清楚，但古人相信这个。我不做更多的阐释。但这就告诉我们一个方法论，即整体性的方法论。所以，中国古人是按照天地中间的这些法则给人重新制订自由的法则，生命的法则，生活的原则。中国人就是这样，西方信仰上帝，他们是由上帝来决定的，上帝说人是万物的灵长，人要管理世界，管理伊甸园，所以就有了亚当。上帝说亚当太孤独了，取下一根肋骨给他造一个女人，把她命名为夏娃，于是她就叫夏娃，然后他们偷吃了禁果把他们赶出了伊甸园。其实还说了一个道理，人把自己看得太高了。所以从那一刻起人就有了原罪，原罪实际上就是人的智慧和人的欲望。智慧就是他老是把自己看得太高，所以现在我们要重新回到中国人的方法里面，我们就要去除自以为是的想法，包括科学和哲学里面自以为是的主观性。

第二个就是欲望，欲望就是要重新给人制订一种非常和谐的法则或伦理道德。佛教的说法是五情、五色各个方面都乱掉了，修行才能让人和谐统一。实际上最后回到了中国的一个说法，那就是人与天地是一体。人是小宇宙，天地是大宇宙，人和谐了，天地也和谐，天地和谐人也和谐，天人感应。再通达一些来讲，中西方的思想还是能够融通，很多东西本质上都是一样的。其实说了这么多就是为了说，孔子等先贤总结到的这些规律也适用于我们每一个时代，如果说我们能够遵从这个规律的话，那么我们遵从了一个大道，不然的话可能就是适得其反或者伤及自己。

我们往往是走着走着就忘记了天地，觉得自己有多厉害，要跟孔子掰手腕，跟上帝摔跤，我们总觉得能够打败他们，最后我们在自己心中建造了一个大厦，然后也有很多人可能会追随你，结果过了一段时间以后，大家发现错了，重新回到原点。大厦顷刻间就倒了。《黄帝内经》告诉我们怎么样去长寿，这就是道家法门。这就叫黄老之术，或者叫老庄之学。

总之道家都在追求长寿、长生甚至说永恒，这就弥补了孔子的另外一个缺失，孔子格外注重追求人生的价值——立功立德立言，他把人生的另外一个面忽视了，那就是人的身体人的精神所依凭的形式，他觉得这个不是很重要，人世间的外在的东西更重要。所以他强调了社会性，强调了人的精神性，强调了人的价值，但是道家又从另外一个角度开始否定它，又开始弥补它，所以说两者合起来就比较好。

传统的伦理在逐渐崩坏

初中的时候，老师们都还是挺严厉的。其实是因为我们小伙子像一匹匹烈马，只得由老师把我们管起来，家长管不住。我们再回头来讲，我们现在是伦理倒转了，或者是伦理丧失了。比如说我，包括我们那一代人和我们的父辈之间的关系。吃饭时肯定是老人或者父亲先吃，孩子最后吃。现在变成了孩子第一个吃，这个伦理就倒转了。以前上房里头住的肯定是长辈，这个是有原因的，中国文化里面的上房是主位，现在家庭里头，都觉得那是最好的地方，让给孩子住。主位让给孩子了，他能镇住这个主位吗？肯定镇不住。他是有什么德行能够享受那个地方？他还没有。这样就导致孩子会野而且不服管。最后导致的可能是各种各样的问题，这就是我们今天的家庭伦理。

到后来学校也是这样，老师是不能管学生的，学生还能要挟老师。再到后来，扩招以后，学生本来是公费，现在要交钱来读书，突然间学生成为上帝，学校是为学生服务的。古代也是你得拿着钱去受教育，为什么就成为现在这种情况？都是市场经济闹的。我们当下把这些伦理的事情没有处理好。师道我们完全不顾了。那么师道不顾，家庭伦理不顾，最后还能培养出好的人吗？所以道德低下，就没有信仰了，这是很正常的事情，这和我们说的师道有关。

再来说说婆媳。都说媳妇熬成婆，都要经过九死一生，非常艰难的过程，才能熬成婆婆。婆婆对媳妇的那种严苛，过去是非常变态的。它是礼教之下的畸形产物，所以鲁迅就批判这样一种礼教，要反抗它。这是必须要反对的。因为不平等的婆媳关系如何相处，没人能说清楚。婆婆是必须与媳妇平起平坐吗？父亲和儿子也要平等相处吗？如何才是平等？是按照西方的婆媳关系和父子关系那样？还是在东方伦理的基础上进行调适？没有人能说清楚。

周公时，他对这一系列的关系都进行了规定，这就是制礼。又花了三年时间来作乐，才完成了礼乐制度。自"五四"以来，我们没有进行这样的理论梳理和建设，任由人们自由探索。到后来，媳妇天天跟婆婆吵架，对婆婆不孝顺，又该如何呢？所以现在我回老家以后，听村里说得最多的就是婆媳关系。有好几个家族，原来父母生得多，有六七个儿子的，少的也要四五个，女儿们都嫁到远方了，儿子们也都成家了，原本要过着幸福的晚年生活才对，可是他们反倒成了没人赡养的孤寡老人。父亲活着的时候，还可以，父亲死后，往往老母亲一个人住着，很孤独，大家也是互相想过很多办法，说是如何尽孝，如何赡养母亲，但是最后都没有好的办法，婆媳关系总是一个关键的因素。媳妇们都要自己过，大多都不愿意与老人们一起过，那种日常的孝顺敬养是不可能了。过去的那种婆媳关系再也回不来了，新的关系又未成型，所以便造成了很多家庭的悲剧。

难道真的没有办法解决这些问题吗？中国古人把这些伦理关系都用家庭来维系，现在我们都把家庭解散了。空巢家庭比比皆是，老无所养已成社会问题，更何况中国已经来到了一个老龄化的社会，这个问题已经成为迫在眉睫要解决的大问题。

古代有《孝经》，圣人们也有一系列关于贤孝的论述，但现在呢？不知道何解。古人说孝顺，孝和顺是连在一起的，只有当你体会到

曲阜孔庙的牌匾

孝和顺连在一起时，它才真的会产生奇妙的感情和结果。假设女性朋友们将来见到你婆婆的时候，她说什么不合时宜的话，你就宽容地笑笑，她可能说错了，你也不要去顶撞，不要去当着别人的面说她，给她讲道理。要谦卑一些，要顺从一些。找合适的地方和机会再委婉地说说你的想法，或者找别人说说你的想法，尽可能地沟通、和解，那么你们的家庭生活就会很幸福，否则就矛盾重重。

　　但是在过去几十年来，我看到的和听到的往往是儿媳妇当面就骂婆婆，这是很恐怖的事。老话说，不能给老人脸色，现在已经不是脸色，直接是把愤怒泼在老人脸上。老人变成了弱势群体，不敢怒，不敢言。可能到下一代，也没办法去很好地处理这些事情，但是这是必须要解决的伦理问题。为什么呢？西方是一个以基督教为伦理的社会，无父无母是他们的特点，他们的父乃天父。我们中国是一个家长制的社会习惯，家庭对于社会很重要，父父子子是重要的伦理关系。家庭若不稳定，社会就会很混乱。好的社会一定是一个礼仪之邦，过去我们是，但现在不是了。如何才能重新是礼仪之邦？这是个需要我们认真讨论和解决的问题。

传统的养生观念

我过去有很长一段时间觉得我父亲是个文盲，我是个博士、教授、作家，想当然比他高级一些。我以知识分子自居。后来我发现事实并非如此。我得了很多毛病，都是因为我要实现理想，获得荣誉，所以熬夜，拼命工作，胃就受伤了，身体各方面都有损伤，再后来耳朵也受伤了。那时已经四十岁了。我觉得身体发出了信号，不允许我再如此点灯熬油了，便开始思考人生和生命。

我父亲是一个淡泊名利的农民，他没有太多的理想，只要能生活好就好。后来我发现，他才是真正的道法自然，心无挂碍。他晚上九点钟都能睡着，不管电视里多吵，我们在炕前怎么吵，他在沙发上或者炕上都能睡着。然后到十一点钟，我们大家都吵累了，我们要睡觉的时候，他起来跟我们说上一两句话，转身又睡觉了。早晨五点左右，他就起来了，有时候为了不影响我们，在炕上或床上再躺一阵，清醒一阵，就起床了。他开始散步，在乡下时便去田野上转一圈，回来以后喂牛喂羊，然后八点钟左右吃饭，上午的时候去劳动，中午睡一觉，下午去娱乐。来到城市也一样，早起早睡，到大街上去呼吸新鲜空气，然后回家吃中餐。他每次吃饭都觉得很香。

他的这种生活，不就是陶渊明的生活吗？陶渊明追求的生活，不就是这样吗？后来我又发现，道家修炼的方法就是他的方法。晚上九点钟和早上五点钟，是道家和佛家修炼的最好的时刻，这个时辰就是天地自然交换阳气的方法，而这个方法就是古代中国人普遍遵守的方法。我父亲是中国千千万万农民里边的一个，有力地证明了中国古人正确生活中的方法论。这是最好的生活方式。

所以我父亲身体健朗，基本啥毛病都没有。前几年来我们家的时候，扛了一百五十多斤重的面袋子，他一口气从一楼扛到六楼。后来，我和几个小伙子，硬是拽到三楼就不行了，休息了半天，再到四楼又不行了，缓几次才到楼上。这就告诉我们，我们现在以为我们是知识分子，以为我们获得了真理，其实很多方面的能力不如传承千古中国文化的那些人。这就是中国古人的生活方式，是道法自然。反过来说，道法自然就是他们的日常。

五凉时期那些农耕的方式，生活的规律，传承了无数代人，父辈这一代也是从前一代人那里继承下来的，可到我们这里就没了，因为我们来到了城市里，过起了城市生活。城市生活再加上商品经济、工业文明，基本上属于西洋式的生活了。这是无序的生活。道法自然的方法被我们抛弃得无影无踪，我现在重新回过头来从我们父辈那里还能学习到这些。

我现在尽量能不熬夜就不熬夜，早上早点起床。因为这跟人的脏器是相关的。为什么晚上九点钟要睡觉？因为这时候是亥时，亥时和子时是主肾的，休息或者练功各个方面修的是肾水，肾是生命之源，是有道理的。

最后发现，和我父亲相比，和那个农民相比，我自以为高高在上，因为我几十年学习了那么多的知识，实际上都是徒劳的，还得回到生命的规律上来，但这些规律他们从上一代人那里用习惯的方式继承了下来。他们不会说，也不一定能懂，可是他们是最有规律的，完全是道法自然。相比之下，我学习的那些东西就相形见绌了。

这就是中国传统文化的魅力。就像佛陀的五指，不管孙悟空怎么跑，最后都在他的五指山里头。中国文化就像个五指山，你怎么跑都在那里，因为它是天地的法则。我们后来讲的都是人的法则，都在追求人的欲望、理想，最终会回到天地法则那里。我现在常常庆幸我曾经生活在乡村，从我们凉州的那些父辈们身上，窥见了很多天地的真理。其实我也相信，只要我们认真去梳理，在中国的每一个乡村，在老去的那一代身上，我们还是能看见传统文化最后的习惯，而这些便是真实的日常的传统文化。文化不是写在纸上的那些文字，而是一种生活方式，一种生活习惯。